捕獲大作戦 1

Y u r i k o & K e i g o

丹羽庭子

Niwako Niwa

EB

エタニティ文庫

目次

捕獲大作戦1

ふ‐じょし【腐女子】

BL（ボーイズラブ）、やおい、薔薇など、男同士の恋愛を扱った漫画や小説を、こよなく愛する女性のこと。婦女子のもじり。

二次元の男×男の恋愛模様に萌え、同人誌制作・購入などでエネルギーを充填《じゅうてん》する彼女達の普段の姿は、ごくごく普通の女の子。本性をひた隠しにし、学校、会社、そこかしこにひっそりと生息しているのです。

そう、あなたの周りにも――

1

上司と部下のイケナイ関係……萌えですなー！

乱雑に書類が積まれた机の隙間から、私はずり下がる眼鏡を押し上げて、こっそりと二人を眺めた。

カチョー——袴田圭吾《はかまだけいご》、三十一歳、バツイチ独身。二ヶ月前まで課長代理だったけど、先月から正式に課長となった若きエリート。カチョーは大人の魅力がムンムンで、元奥さんに昔の男と逃げられたらしいっていう噂がまず信じられないハイスペックなお方。

清水《しみず》センパイ——清水博之《ひろゆき》、二十七歳、独身。次期係長候補の筆頭！　こちらも将来有望株のイケメンだー！

誰にも見られないよう背後を気にしつつ、談笑する二人の姿をメモ用紙の片隅に描く。

ああ、堪《たま》らんですよ、この二人が……っ！　くううう〜。

私はカチョーと清水センパイの二人をモデルに、めくるめく愛の世界を漫画にし、同人誌即売会やサイトにて絶賛販売中。

私は世間でいうところの『腐女子』である。ＢＬが大好物の、滝浪《たきなみ》ユリ子二十二歳、新入社員。三度のメシよりＢＬが好き、をモットーに生きている。

女子として必要な要素――ファッションやメイクは、守るべき最低限のラインである「清潔さ」を失わないように気遣っているので、腐女子……とはバレていないはず。

それにしても、就職試験の面接官だったカチョーを初めて見た時は衝撃を受けましたね。「これぞ理想のＳ彼氏！」って。きっと言葉でも体でも、技巧を尽くして相手を陥落させているに違いないですよ。

この会社はステキ男子がたくさんいるから、まさにパラダイス。創作意欲が湧くってもんだよ！

社内恋愛のカップルも何組か見受けられる。

係長候補の清水センパイ、それからマメ橋……もとい高橋《たかはし》センパイも職場ラブですね？　皆さん内緒にしてるつもりみたいですが、私は知ってますよ。どうして私が、こと他人の恋愛事情に聡《さと》いのか？　ふふーん、腐女子の観察力をなめてもらっちゃ困ります。

……ただ悲しいかな、私自身は彼氏いない歴イコール年齢という現実。というか、よくあるこの腐女子のテンプレがリアルに使えてしまうのも如何《いかが》なものでしょーか。

恋の一つも芽生える思春期黄金時代に、ある漫画に出会ってしまったのが運命のツキでした。

それはＢＬといわれる、男同士の恋愛模様を描いた漫画や小説との出会いだったのです。以来私は、西に即売会があれば小遣いとバイト代をつぎこみ、東にオフ会があれば予定最優先で参加。充実していた我が青春！

ま、そんな訳で、彼氏を作る暇などまったくなし。したがって、Ｈなシーンはイメージで描くか、または絡みナシで描いているんですが……最近、ちょっとばかり悩みがあるんデス。「貴女の漫画には、ちっともリアリティがない！」と読者さんからコメントを貰いまして……アイタタ、バレてますよ世間の方々に、私がエロエロを知らんってことがね！　ああ、どうしたものか。

「滝浪さん、例の資料はどこかな？」

「あ、ハイ。こちらにありまっす！」

終業間近カチョーに言われ、私は角型０号サイズの茶封筒を取り出した。明日取引先の会社へ持って行くために、資料を揃えて入れておいたのだ。

封筒を受け取ったカチョーは中身を確認し……

「なんだこれは？」

「え？　ひ、ひゃぁぁぁぁっ!?」

カチョーが手にしているもの、それは……私の趣味がモリモリに詰まったＢＬ漫画原稿。所属するサークル『ＢＡＲＡ☆たいむ』に送るはずの封筒を、間違えてカチョーに渡しちゃった！

一旦手にした原稿を封筒に戻したカチョーはひと言。

「……滝浪さん？　会議室まで来てくれるかな」

「……はいぃ」

死刑宣告のような冷たい声に逆らえるはずもなく、私はトボトボとカチョーの後についていった。


会議室、といっても十人ほどが入れるくらいの小部屋。カチョーはパチパチッと電気のスイッチを押し、私には椅子へ座れと促したけれど、自分は行儀悪くも机に軽く腰かけた。

こんな状況なのに、「あー、その姿、様《さま》になるなー」なんてジックリ観察しちゃったよ。

カチョーはさっきの封筒からふたたび中身を取り出し、私の力作である原稿をパラパラとめくる。

――くっ、何の羞恥プレイなのですかっ！

「この漫画、登場人物の名前に見覚えがあるのは気のせいか？」

うぐっ、気づかれましたかっ！

読み終えたらしいカチョーは、トントンと原稿を揃えて封筒にしまった。そして、腕を組んで私をとくと眺める。

「さ、さあ？　気のせいじゃありませんか？」

「袴田、清水……課長と係長……三十一のバツイチと二十七の……」

しらばっくれてみたものの、カチョーが漫画の設定をそらんじて読み上げるから、恐怖で慄《おのの》いた。

「あの……えーと……見なかったことには……」

ギロッとひと睨《にら》み。

「ああそうですよね、ハイ。なりませんよね、すみませんっ！」

シュンと肩を落とす。――終わったな、私。

上司達をモデルにコテコテなＢＬ描いちゃ、場合によっては自己都合退職ですよね。そうなったら、これからの活動資金をどこから捻《ひね》りだしたらいいんでしょーか⁉

「このように私をそのまま投影したかのような創作は非常に気分が悪い。実際の私は至って健全な趣味を持ち、当然男にはまったく興味がないからな」

「はい、そうですよね……」

「これを世に出すつもりだったのか？」

「えー、えっと……これは趣味を同じくする者が集まってサークルを作り、同人誌という自費出版物を作り上げ、んーと、即売会なんかで手売りをしたり通販したり……ああ、でもこの手の漫画は腐女子が好んで読むものであり、そこまで……」

「ふじょし？」

「つまり……男性同士の恋愛が堪《たま》らなく好みな女子達です。BLの同人誌を買う人自体〝そんなに〟いるわけじゃないし、私の所属するサークルも〝そんなに〟有名ではないし、世に出回る部数も大したことがないから、なんと言うか……」

最後はゴニョゴニョと口ごもる。そう、大したことはない。私のは、あまり……いっ、いいんだよ、好きでやってるんだからっ！

カチョーは一つ溜息を零《こぼ》し、原稿が入った封筒で机をコンコンとノックするように叩く。

「この件に関して、本来ならば重役会議にかけた上で処分を決定するものだが……。私としては自分がモデルとなっているこの漫画を、お偉いさん方に見せる勇気はない。よってこの件は、私の胸に収めておく」

「え！　いいんですかっ⁉」

まさかの不問？

「まだだ、最後まで聞け。それには『三つの条件』があるが、のめるか？」

「『三つの条件』？　何ですかソレ」

「のむと約束できるまで言わない。のむか、それとものまないのか?」

それ、二択のフリして一択ですよ? 拒否権ないじゃないですか! そんなご無体なっ! ……いや、まてよ?

カチョーは確かにSキャラだけど、普段は紳士だし? だから私、『三つの条件』というのがどんな内容なのか気になりつつも、あまり深く考えずに頷《うなず》いたのデシタ。


「すまん、待たせた」

ここはとある喫茶店で、時刻は午後七時。私は定時上がりだったけど、カチョーの残業を待っていたらこの時間になった。それでもかなり早い方らしいけどさ。

あのおっそろしー『三つの条件』の詳細を聞くために、カチョーと社外で待ち合わせたのだ。うう……どんな要求をされるのかな。はっ! まさかあの漫画のカップリングに文句があるとか!? 清水センパイじゃ萎《な》えるとか!? 実は本命はマメ橋センパイだとか!? 奉仕キャラが好みですかカチョー! そっちルートでしたかカチョー! それはそれでアリですな! とネタ帳に書き付けようとしていたら、ピンッとオデコを指で弾かれた。

「痛っ! 何するんですか!」

「お前いま、話聞いてなかっただろ。いいか、その腐った耳でよく聞け」

わーん、何気に失礼！

「まず一つ目の条件。お前のその時代錯誤な見た目をすべて変えろ」

「え、えええっ⁉」

「今時どこで売ってるのか探すのも大変な、ガラス製の太枠黒縁眼鏡。梳《す》いた形跡の見当たらない重たい髪を真ん中分けにし、かつ二つ縛りにした昭和な髪型。そして化粧っけゼロの顔。彩りが一つもなく、可哀相にすら思えるその残念な服装。どれもこれも最初から気に食わなかったんだ。変えろ」

ちょ、私をまるっと全否定⁉　ナチュラル志向と言ってください！

猛然と抗議したものの、カチョーは「これが条件その一、わかったな」と譲らず。くっそー、パワハラだぁ！

私の反論を何事もなかったかのように聞き流したカチョーは、続けて二つ目を切り出す。

「条件その二、私の家に住み込み、家事全般をやること」

「ちょ……住み込むってことは囲われ――――！　ぐむむ」

「阿呆！　人聞きの悪いことを言うな！」

慌てて私の口を塞《ふさ》ぐカチョー。えぇー、だって住み込むだなんて、そんなぁ。

「いいか、腐った意識を現実に戻せ！」

と、脳内で妄想が暴走しがちな私を理解した（？）カチョーは、鋭い視線で私をギッチギチに縛りながら、ようやく口から手を離してくれた。っていうか、カチョーの手は大きくて硬いんですね。いい手です。これをアレすれば萌えますね。それでもって、こう……


「言ったそばからこれか！」

「イダダダダッ！」

カチョー酷《ひど》いです！　耳、引っ張らないで。私の耳はそんなに伸びませんて！　あまりの痛さにじんわりと涙が出ちゃったよ、もうっ！　耳をさすりながら、視線に抗議を込めてカチョーを見たら、敵はどこか少し怯《ひる》んだ様子だった。

「とにかく話を聞け！　住み込みで家政婦をする期限は一ヶ月と定める。理由はお前も知っているだろう？　私は今、独り身であり、残業続きのため家事まで手が回らず、非常に困っているからだ」

「ああ、奥さんに逃げられ……イタタタタッ！　は、はい。そうデスね、そうデスね！」

「一ヶ月後に……大切な客が来るんだ。それなりの部屋にして迎えるには、人手がいる。だからちょうどいいかと思ってな」

「えー、家事代行サービスを使えばいいじゃないですか」

「却下」

即答デスかっ！

「まあ、ちょうどいいタイミングで、お前が条件をのむと言ってくれたから、任せることにした」

のむっていうか、のまされましたケドね！

注文した紅茶はとっくに飲み終えている。水滴がびっちょりついたグラスを掴み、水を一口飲んで、はああっと、これみよがしに溜息を吐いた。

「だけど、なんで住み込みなんですか？」

「簡単。通勤の時間が省けるからだ。時間のあるかぎり、目一杯働け」

「暴君め！」

なんてこったい、どんだけ散らかしたんだカチョー！

2

「研修のため、一ヶ月合宿をすることになりました」

って家族には伝えました。私は実家暮らしなので、時には嘘も必要なんです。カチョーのサインが入ったそれっぽい書類を見せたら、家族はアッサリ納得してくれました……

ほんとカチョーって、私の見立て通りのSキャラで俺様です。こんなの当たっても嬉しくないやい、妄想だからこそ楽しいキャラクターなんだい！

コミケやオフ会参加のために持っていた、無駄にでかいキャスター付きのスーツケースをゴロゴロと引きずりながら辿《たど》り着いたのは、一戸建ての立派なおうちでした。

——で、でか！

駅前の繁華街に程近く、それでいて閑静な住宅街。会社まで、徒歩で二十分かからないかも。カチョーの長いおみ足ならば、十分もあれば着いてしまうでしょーね。

そんなカチョーのおうちの玄関の前に、私は今、佇《たたず》んでいる。例の取り引きから数日経った土曜日。本日から一ヶ月、ワタクシこちらに住み込むことになりました。トホホ。何風だかよくわからないけど、とにかくオサレな玄関の表札を見れば間違いなくカチョー宅ですね。袴田って書いてあるしね。間違いないですね。

……回れ右して帰りたいよマミー！　しかしここで帰ったら私の原稿がぁぁっ！　そう、あの原稿はカチョーに没収されてしまったのだった。生活指導の先生かっ！　幸い、締め切りにはうんと余裕を持っていたから、一ヶ月後の提出期限には間に合うだろう。つい筆が進んで早めに描き上げたのが幸いしたというか何というか……いや、そもそもそれが原因でこうなった訳であり……

ゴッ。

「いったあああああああ」

「遅い」

「ちょっとぉぉ！　いきなりドアを開けるだなんて酷《ひど》いじゃないデスか！」

「早く入れ、そして仕事しろ」

人の話聞けって、昨日おっしゃってませんでしたかカチョー！

いやいや、それにしても。休日のカチョーは何というか、THE☆色男デスねっ！

眼福デスねっ！　……これが妄想の中だけなら最高なんですけどねぇ。仕事中のカチョーは、スーツをバリッと着こなし、髪は綺麗に整えられ、靴だってぴかぴかに輝いて、どこをとっても一流の男性スタイル。でもって、オフモードは大人の余裕を感じさせつつ、それでいて少し隙のあるような……

ハッと気づいたら、目の前にデコピン発射一秒前の指がありました！　慌ててうしろに下がり、オデコをガードしましたよ！　危ない危ない。

「妄想に耽《ふけ》るのも結構だが、時と場所を選べ」

「は、はひっ！　失礼致しました～」

カチョーの先導でお邪魔しましたお宅の中は、まだ新しい匂いがした。広々とした玄関、上がり框《かまち》は低く、造りつけの飾り棚があって。どれをとってもオサレで、ほおおっと見惚《みと》れてしまった……って、あれ？　まだ玄関しか見てないけど、変なニオイはないし家の中キレイみたいですけど？　と不審に思いつつ、カチョーに案内されて二階へ上がり、カチョーがドアを開けた階段すぐ横の部屋を覗《のぞ》く。

「一ヶ月、この部屋で寝起きしてもらう」

そこは八畳ほどの洋間で、ベランダへと続く掃出し窓と出窓が付いていて、とても日当たりがいい。客用と思われる布団一式と、小さな折り畳みテーブルが片隅に置かれていた。

──あ、あれ？　なんか待遇いいっすね？　私のイメージでは階段下とか物置とか……暗い部屋でひっそりと過ごすのかと思ってましたよ。なんてったって専属メイドですからね！

カチョーは腕時計を見て、「あぁ」と声を洩らした。

「もうこんな時間か。今日は条件その一をクリアしてもらおう。行くぞ」

「えええ、どこへっ？」

「……トリミング」

「？」

「──着いたぞ、降りろ」

言われるがままシートベルトを外し、降り立ったそこは、なんともセレブ臭の漂う店構えの美容室。私はまだ見たことありませんが、カリスマ美容師というものが生息していそうだよ。

カチョーは私のことなどお構いなしに、慣れた動作で店のドアを開ける。うをぅっ！

こっちはまだ心の準備が！

すると、「お待ちしておりました、袴田様。ご来店ありがとうございます——そちらの方が、ご予約時におっしゃっていらした……？」との声が。

「ああ、よろしく頼むよ、店長。見られる髪型にしてくれ」

「かしこまりました」

そしてカチョーは、私の首根っこを捕まえて店長に引き渡した。ぺ、ペット扱い!?

「袴田様、お待たせいたしました。仕上がりのご確認をお願いします」

トリミングされた私はふたたび、カチョーの手に戻されました。

——ちょ、髪を縛れる方が楽なんデスよ！　切らないでぇ！

——「条件その一」、そう伺っております。

——ぎょええ！

死闘の末に完成した姿を鏡で見て、私の心臓は飛び上がりましたね！　誰よコレ！

「ふむ。大分マシになったな」

「かっかっかっ……かちょぉぉぉ……」

なんとびっくり、鏡の前の私はステキ女子風に仕上がっている。どうやったらこんなサラサラな『風を弄《もてあそ》びヘアー』になるんですかね？

そういえば、こういう髪型は受けのタイプに多い。逆に攻めタイプにはモチロン、黒髪短髪の硬派な感じがよろしくて――

ベチッ！

「いったーーーーーーーい!!」

「次行くぞ、阿呆」

くっ！　折角いい波が来てたのに！　またもやデコピンされて、どうやらまたどこかに連れて行かれるらしい。私は売られた仔牛のように、荷馬車もといカチョーの車に揺られて行く……ううう。

そして――

「が、眼科？」

「保険証、持ってるだろ。出せ」

着いた先は何故か眼科。もういいですケドね。逆らったところで敵いませんから、今さらとやかく言いませんが……一体ワタクシめはここで何をされるのでしょーか。

先に長椅子へ私を座らせ、受付を済ませたカチョーは私の隣に腰をおろした。

さ。

——なんだろ、この扱いは！　まるで保護者に連れられてきた子供みたいじゃないの

何人か先に待っているので、当分は私の順番にならない。待合室にあるテレビをぼんやりと見ていて、ふと思い出した。

「カチョー、三つ目の条件って何ですか？」

二つの条件はもう聞いた。でも、あまりの傍若無人っぷりに慄《おのの》くあまり、三つ目を聞きそびれていたのだ。そりゃー聞くのはおっかない。けれど、知らずに過ごすのは、後々もっと怖いことになりそうですよ！

「三つ目、か」

うっ……その口の端をニヤリと上げて笑うの、オッソロシーよカチョー！

「それは……そうだな、一ヶ月後に言う」

まさかの時間差攻撃！　流石ですね、流石はSキャラですね。私を掌《てのひら》の上で転がすことなど朝飯前ですか。くっそー、うまいこと弄《もてあそ》ばれてますよっ！

とはいえ一ヶ月後、メイド苦行が終わるその時にって、なんでだろう？

「滝浪さーん、お待たせしました」

この状況から目一杯想像力を膨らませ、頭の中で『俺様上司に放置される部下男子』というシチュエーションで妄想を展開しようとしていたその時、診察の呼び出しがか

かってしまった。むおー、タイミング悪すぎ！　メモらせてぇぇ。

診察室へ向かう私に、何故かカチョーまでついて来る。

「か、かちょお？」

「いいから」

――いいからって、ナンデスカ？

とにかく二人で診察室に入ると、中には白衣に身を包んだ謎の美女が待ち構えていた……って、単に女医さんがいただけなんだけどねっ！

看護師さんに案内され、診察机の横の椅子にちょこんと座る。

「あら、久し振りね？」

「ああ」

私を見て、それからカチョーを見た女医さんは口角をくっと上げた――二人はお知り合いでしたか！　おそらく三十代前半の知的な雰囲気の美女で、シルバーフレームのオサレ眼鏡がとてもお似合いです。

「あなた……こんなチンチクリンとつきあってるの？　それともペット？」

い、い、い、イマドキそんな、チンチクリンなんて言う人いるんだ!?　っていうか口悪いーっ！　それはさておきペット扱いはその通りですよ。なんせトリミングされちゃいましたからねっ、と言ってやろうかと口をパクパクしてたら、カチョーが私の頭をポコンとグーで小突いた。

しかしカチョーは私には目もくれず、不機嫌そうに女医さんに言う。

「俺のことはいいから、早く診《み》ろ」

ていうかカ、カチョーが「俺」って言いましたよっ！　俺？　俺!?　俺様キャラが言うと、ホントばっちり似合いますねー、って萌えてる場合じゃないよ私！

「ほら、こっち向いて。トロトロしてないで、速やかに顎《あご》をここに乗せなさいよ」

ひぇぇぇぇ、この女医さんもSデシタか！

私は前門の虎、後門の狼という状況で抵抗などできるはずもなく、ただ黙って眼鏡を外し、なんだかよくわからない医療機器の上に顎を乗せた。

それにしても、このシチュ使えそうです。知的イケメン医師が、暗い密室で患者を言葉責めデスよ。シルバーフレームの眼鏡をゆっくりと外しながら、患者の顎に手をかけ……

ゴスッ！

「んぎゃっ！」

「顔に出てる、顔に」

カチョーの裏拳が私の頭に落ちてきたでありマスよっ！　キ、キビチー！

右目、左目を調べ、何事かカルテに書きつけたS女医は、私を不躾《ぶしつけ》な視線でじーろじーろと嘗《な》め回した末、傍《かたわ》らで見守っていたカチョーを見てニヤニヤ笑った。

「袴田君、やっとなの？」

「……まあな」

挑戦的に見上げるS女医の視線と、挑発的に見下ろすカチョーの視線がっ……視線があぁっ！　ひ、火花が見えますよーー！　誰か、誰かぁぁぁ！　間に挟まれている私を助けてぇぇ！

しかし戦いは一瞬で収束した。S女医がふい、と視線を逸らしたのだ。

「その話はまたいつか聞かせて。じゃ後は視力を測って、装着の仕方を習っておしまいよ」

じゃあね、とS女医は机に向かって仕事を始めた。もうこれ以上は話す気がなさそうで、机上の書類を見たまま、左手をこちらに向けてヒラヒラと振った。

「世話になった」

カチョーは女医サマを振り返りもせず、診察室を出た。い、いいの？

どうやらカチョーは、私のコンタクトレンズを作るためにここへ連れて来たようだ。初心者だから、一日使い捨てタイプのソフトレンズ。

むおっ、なんだこの柔らかい物体は。まるでクラゲを相手にしているかのようなっ⁉　慣れない……。目の中にウロコを入れて、よく平気だな、みんな。おぉぉ、目がショボショボするぅ！

私が装着の説明を受けている間、カチョーは外で待っていた。

「か、かちょお。終わりマシタ……」

ヨロヨロと辿《たど》りつけば、カチョーは何故か、じいいっと私を見る。

——ん？　へ、変なのデスカ!?

ひょっとしてコンタクトの表と裏、間違えたかな？（んなこたない）

「似合うぞ」

えっ。褒められた——のですか？

カチョーはふんわりと柔らかく笑い、私の肩をぽんぽんと叩いて、受付カウンターへ向かった。

そんなカチョーの表情に、嬉しいようなくすぐったいような、初めて抱く感情で胸がきゅうっと締めつけられた。

次にやって来たのは、デパートメントストア！（正式名称）
キラッキラと眩《まぶ》しいですね、デッカイですね！
デパートの駐車場に車を停めると思いきや、裏口に回りまして……んなっ!?
「お待ちしておりました。袴田様、どうぞこちらへ」

「車を頼む」

「かしこまりました」と、うしろに控えた人が運転交代ですよっ！　なにこのおセレブ待遇！

車から降りたカチョーと私は、執事ちっくな案内人に先導されて歩き出す。えー、えー、ここで何するんですかカチョー！　はっ、まさかここで執事プレイ、主従関係でGOデスか？　ナルホドそう来ましたか。

「お電話でお伺いしたのは、そちらのお嬢様の件で？」

「そうだ、よろしく頼む」

またしても引き渡されたーっ！　私、何されるんデスかカチョーォォォッ！


――ってことで、ここはデパートの最上階。

ちょ、ここ、関係者以外は立ち入り禁止区域っぽくないですか？　やけにハデハデで、セレブリティがご利用になりそうな雰囲気です。

「ここ、どこなんですか……」

アマゾネスもとい、ガードマンのように屈強な女性スタッフに両腕を抱えられて連行されていく私は、とっくに戦意など喪失してマス。さっき応対してくれた男性はスマートな紳士って感じだったのに、どうしてここの女性陣はこんな怖そうなのでしょうか。

どうせなら可愛い侍女風がよかったです！　とか思いながら力なく疑問を口に出せば、右側のアマゾネスが答えてくれた。

「ここはＶＩＰ専用ルームでございます」

「デパート内の各部門の最高峰を集めた特別室です」

と、メイクが完璧すぎる左側のアマゾネスも答えてくれる。

「袴田様、こちらでしばらくお待ち下さい」

「ああ」

かかかかちょお？　カチョーはひと座りするだけでお金を取られそうな重厚なソファにゆったりと腰を下ろし、長ーい脚を組んで、私に向かって軽く手を振り、目を細めた。

「行ってこい」

カチョーーッ！　私には、私には「逝ってこい」と聞こえましたよぉぉぉ!!

ふたたびがっしりと両腕を押さえられ、試着室へと連れて行かれマシタ……


――ちょ！　わ！　やめてえええぇ！

――激安量販店で三年前に買ったような服は早く脱いで下さい。

――何故それをぉぉぉ！

――あらっ、このブラ、糸がほつれてる！　おまけに上下バラバラなんて信じられない!!

——ごめんなさいぃーー！

しかもデスよ？　カチョーがすぐ近くにいるというのに、採寸された数字を大声で読み上げられてしまいました！

——身長一五二センチだけど……すごいわ、バスト七十のD？

——声！　声出てマス！

——お椀型だし、キュッと締まってるし、プリンとしてるし！

——いぃぃやぁぁーー！

なんという羞恥プレイ！　個人情報保護法はどこいった！　事細かに体中を採寸され、あれよあれよという間に、高そうな下着で体を補正されつつ装着（しかも上下お揃いデス！）、ナウなヤングにバカウケ必至でステキ女子ウフフな服を着せられ、アマゾネスから化粧の指導を受けた。

ようやくすべてが終わった。

初心者向け六センチヒールのパンプスを履き、フラフラしながらドアを開け、カチョーのいるソファに近づいた。

「か、かちょぉぉぉ」

「……」

半泣きの私を見るとカチョーは黙って立ち上がり、ワタクシめの手を取りソファへとエスコートしてくれた。

そして……あれ？　あ、あれれ？　ななな何？　手、放して下さいよ！　ちょ、指、ゆびゆび、絡めないでぇぇ！

カチョーは私の手を握り、指を絡めたままソファに座るので、必然的に私も隣に座ることになった。その距離感もアレだけど、カチョーの目線が私から外れないので非常に困る……逃げたい度MAX！

「では、こちらの書面にサインをお願いします」

執事(仮)が、高級そうなカップに入ったコーヒーと書類を運んできて、そしてカチョーにペンを渡した。カチョーが書類にサラサラとサインを書きつけている間、私はやっとカチョーの視線から逃れることができた。ホッとして、絡められた手とは反対側の自由が利く手でコーヒーを一口啜《すす》った。しかし。それにしても。私の手をすっぽりと覆いつくすカチョーの手……手……大きいデスネ……

カチョーはペンを置き、「ああ」と、何か思い出したかのように言う。

「季節ごとにそれぞれ二十セット用意を。着まわし例を写真に撮ってファイリングして、それに合うバッグ、靴、装飾品も揃えてくれ」

「はい。それではこちらのショルダーバッグとハンドバッグを主として、ご旅行に行かれるようでしたらボストンバッグ、スーツケースも追加いたします。国内外ブランド問わず、ということでよろしいでしょうか」

「それでいい」

「かしこまりました。後ほどお届けにあがります」

――へ？　ど、どういうこと？　私の理解力では追いつきません。

「他にも何かいるか？」

「いいぃぃいらないデス！　これ以上買ったら、体で払――ぎゃっ！」

「人聞き悪いこと言うな、阿呆！」

でもでも、どういうことなの？　はっ！　こういう時こそ現実逃避デス！


――執事の胸に禁断の欲望が渦巻いていた。

主人にこのような思慕《しぼ》を持つことは許されない。しかも主は男で、執事である自分も男だ。同性であるが故に越えられない壁がある。主の女性遍歴はずっとこの目で見てきているから、好みのタイプは熟知している。しかし――今、目の前にいる主人の無防備な寝顔に、とうとう……

ごりごりごりごり。

「あだだだだだだだだっ！」

「帰るぞ」
カ、カチョーッ！　グーの関節部分で頭をゴリゴリやらないでくだサイッ！　見た目は地味だけど、痛みはハンパねえですから！
しししかしカチョー……

「あ、あのカチョー？　この……手は……？」

「繋いでいるが、それがどうした」

どうした、って、どうしたもこうしたもないデスヨッ！

カチョーサマは放す気サラサラなさそうに見える。

もうワタクシめは疲れてしまい、文句を言う元気も失せ、カチョーのおっきな手に繋がれたまま黙って歩きますデス。しっかし、ヒールのある靴など普段はまったく履きませんから、六センチといえども中ボス級にやっかいですな。生まれたての小鹿ばりにヨタヨタと歩いていると、カチョーが急に立ち止まり。そして歩きやすいように気を遣ってくれたのか、手を放してくれた、と思ったら……

「しっかり掴まれよ」

カチョーと腕を組まされました！　ちょ、待て待て、これはアレだろ、これではラブなカポーが周りのみんなに見せつけるように市中を練り歩く構図だろぉぉ！　無理無理無理、あたしゃ言うなれば、専属メイド、従業員っすよ!?　ご主人様お止めくだせえっっ！

「ご主人様か――それも悪くない」

ぎゃあああっ！　うっかり口に出してマシター！！

カチョーサマはニヤリと口の端を歪め、暗黒のドS笑顔で私の手をガッチリと挟み、逃げられないようにしながら私を連行しました……


白亜の城（私にはそう見えマス）に戻り、やれやれと履きなれないパンプスを脱ぎ、玄関のたたきの端に寄せる。……ってさ、おっかしーな。フツーは玄関って、もうちょい砂とか埃とか端っこに溜まってませんか？

「何をしている、早く入れ」

「はっ、はひーっ！」

玄関から真っ直ぐに伸びる廊下。その途中に、二階へと続く階段がある。さっきはすぐに二階に上がったため、まだ他の部屋は見ていないのデス。

カチョーに続いて私がリビングへ入ると――

「か、かちょお……？」

「なんだ」

「あの……」

あまりの光景に絶句デスヨッ！

「あのぉ……汚部屋はいずこ……デスカ……」

ニュース番組などでたまに取り上げられるゴミ屋敷的な、そんなイメージを持ってましたが……っ！

「カチョーッ！　私はどんな家事をすればっっ!?」

そう、この部屋には、何もない。テレビ？　ノー！　カーペット？　ノー！　生活臭？　ノーォォォォッ!!　なーんにーもなーーいっ！　辛うじてあるのはカーテンとソファとリビングテーブル。

まあ待て。ちょっと待て。一回深呼吸だよ私。一回目を閉じてみればいいじゃなーい？　見間違いかもしれなくってよっ!?

スーーーッ……ハーーーーーッ。よし！

「……変わりません」

「何やってるんだ」

「いえ、ファンタジーはやっぱり二次元の世界にだけあるんだな、と自覚したところデス」

「意味がわからん」

「わからなくていいんです。ところでワタクシめは、この家で一体何をすればいいのですか？　こんなステキハウスに掃除が必要だとは思えませんデスけど」

ここに人が住んでいるとは思えないほどキレイ。モデルハウスのほうがよっぽど生活感があるくらい。そんな疑問満載な私の手に、ポンと財布が置かれた。

「明日からしてもらうことを言う。家具や生活用具をこれで揃えてくれ」

「……へ？」

「できるだけ家庭的な雰囲気を出すように。それから掃除、洗濯、料理を任せる」

「……なっ？」

「明日は日曜だが、私はどうしてもやらねばならない仕事が入った。朝はいつも食べないから要らないが、夕飯を楽しみにしている」

なんてこったぁぁ！　カチョー！　いち、いちから家具を揃えろとぉぉっ!?　ああ、でもそれはひとまず措《お》いておこう。私にはどうしても確認しなければならないことが一つある。

「かちょお？」

「なんだ」

「あの、ワタクシはメイド服を着たほうがよろしいデスカ？」

バチコーン！

「ギャッ！」

カチョーのデコピン、クリティカルヒット!!

「阿呆！　普通の格好でいい、普通で！」

そしてカチョーは風呂に入ると言い、着替えの服を取りにサッサと二階へ上がってしまった。

うわーん！　ほんの出来心だったのにっ！　家事といえばメイド、メイドといえばコスプレ！　だから漫画の資料用に買ったメイド服を持ち込んだのになー。

つまり……

「ご、ご主人様っ！　僕は男です！」
「それは知っているが、何か問題でも？」
「大アリですって！」
「ほう……その割には」
「わわっ、ダ、ダメですって！」

……

パカーーーン！

「カチョーーォォッ！　スリッパで叩くのは反則デスーッッ!!」

いつの間にかリビングへ戻ってきたカチョーに、スリッパで叩かれました……。あったんだ、スリッパ――って、なんで私が妄想してるタイミングがわかるかなっ⁉　カチョーの妄想キャッチセンサーはかなり感度がいいですね！

「風呂はあとで適当に入れ。明日は午前中にデパートから荷物が届く。頼んだぞ」

「りょーかいしまシタ……」

私はノロノロと二階に上がり、あてがわれた部屋に入りました。そして日中書き損ねた妄想シチュをメモろうと手帳を取り出したまでは覚えてますが、あまりに疲れていたので、そのまま夢の世界へと旅立ちマシタ……

3

「……んー、今なんじぃ……？」

翌朝、日曜日。布団の中から腕を伸ばし、頭上に置いてあるはずの目覚まし時計を手探りした。

ん？　ん？　アリマセンね――ってぇっ！

ばっさーっ、と掛け布団を蹴り上げ、飛び起きた私は……

「え、まさか異世界？」

とりあえず異世界トリップにありがちなテンプレを呟《つぶや》いてみた。

まさに見覚えのない部屋――って、あれ？　ぐるーりと見渡せば、見覚えのあるスーツケースが。

ああ……カチョーの城か、ここ。なんだまだ朝早いじゃん――ってぇぇっ!!（二度目）サスガに目が覚めましたよっ、なんてこったぁっ！　私、昨日の夜はそのまま寝ちゃったにょぉっ！　手帳にネタを書こうと思ったところまでは覚えている。ええ、覚えていますよ？　でも、たしか床の上で行き倒れてしまったはず。今いる、今座っているこの場所は、お・ふ・と・ん。ナンデデショーカ。

訳わかんないことが、もう一つ。私……なんで……なんで……

「ぱーーーーじゃーーーーまーーーーーぁぁぁ！」

肌触りの恐ろしく良い、上質の生地で作られたパジャマですっ！　ちょ、なんで私がコレ着てるんでしょうかっ!?

しばし呆然としていたら、ノックの音と同時に（同時に！）ドアが開いた。ちょっと！ノックする意味、ないじゃないですか！

「朝からうるさいぞ」

「かちょぉぉぉっ！　あのっ、私の現在の状況は一体ナンンでしょうか」

「……寝て起きたところだな」

「見たままーーっ！」

ぎゃふんとひっくり返りそうになりましたよっ。
カ、カチョーめ、Tシャツにジャージズボン穿いて、うっすら生えたおヒゲらしきモノをなぞるんじゃありまセンッ！　ずるいぜ、萌えるぜ、コンチクショー！
「私はどうして布団の中に？　それに、何故パジャマを着てるんですか？」

「さあな」

ソコ答えてーーーーーーっ！

私はカチョーに何度も問うてみたのですが、その都度華麗にスルーされました。――限りなく「着せられた」可能性が高いのですが。高いのですが。いやっ、しかしっ！でもデスヨ？　私に記憶がないだけで、寝ぼけながらも何らかの方法で着替えたという可能性も無きにしもあらず！　うん、よし、じゃあその方向で、その方向でーぇぇぇ……納得しておきましょう。

洗面所で身支度をし、使い慣れないクラゲちゃんを目に入れて（というか、これも外してアリマシタ……謎だ）リビングへと足を踏み入れれば、コーヒーの香りがふわんと漂っています。

「飲むか？　カップはこれ一つしかないが」

「……えーえー。何もないのは存じ上げておりますからね。じゃ、イタダキマス」

家電など何も見当たらないくせに、ご立派なコーヒーメーカーだけはあるんですね。やたらいい香りがするんで、私も一杯いただきました。あー、美味しい。

「カチョー、食べないんですか？　今日は休日出勤だと聞きましたが……」

「朝は食欲がない」

「私はガッツリ派なんですけどね……」

Yシャツにネクタイを結んでいるカチョーを眺めつつ、こんなレアな光景を独り占めできるなんてウホホだわ、と密かにほくそ笑みながら冷蔵庫を開けた。昨日の帰りしなに買っておいたおにぎりを二つ取り出し、ペリペリと包装を剥《は》がす。食べるものはこれだけ。だって鍋すらないから、何も作れまセンッ。（涙）

リビングテーブルの前で正座をして、ぱちんと手を合わせて、いただきますのご挨拶。さーて食べようかと一つ手に取り、あーんと口を開けたら……

「うまそうだな」

「かちょおーぉおっ！」

カチョー殿は私の手ごと掴んで、おにぎりを自らの口へ運んだ。それはそれは気持ちがいいほどの食べっぷりで、おにぎりはわずか数口でカチョーのお腹に収まってしまいました。しかも最後に私の指に付いたご飯粒まで、唇で綺麗にぬぐい取ったのデス。

「じゃあ行って来る」

カチョーは私の頬をさっと撫で、ご出勤なさいました。私の口は、酸素不足の金魚のようにパクパクするばかりで、抗議の一つもできなかったデス。

くっ、カチョーめぇ！　なんつーオッソロシーことしやがりますかっ！

私は只今、妄想の限りをメモすべく、机に向かってガシガシと書き連ねておりマス。昨日から現在までの妄想回数は約二十回。私の妄想力を舐めんなデスヨッ！

さっきのカチョーの唇の感触も忘れないうちに記しておこう……私の指に触れたクチビルの感触……


彼は僕の手首を押さえたまま、僕の人差し指と親指についた米粒を一粒ずつ、その少し薄い唇で食《は》んでいった。

うっすら開いた唇が僕の皮膚の上を滑り、そこかしこに散らばっている小さな米粒を捕まえていく。その度に熱い吐息が指にかかり、僕はたまらなくドキドキしてしまった。

――指が熱い。しかし、熱をもったのは指だけではない。

激しく自己主張を始めた自らを、彼に気づかれないよう……

「だーーーーーーーーーーーーーっっ!!」

駄目デスっ!

「私」を「僕」に変換してみましたが、どうにもこうにも私の指に触れるカチョーの唇、そして私をじっと見つめるその視線がまったくもって頭から離れまセンッ!! ヤメたヤメたっ! よし、後で書き直そう! とにかく今日やるべきことは……荷物を受け取りーの、家具と生活用品を買い揃えーのデスね? よしここは一つ、腐女友《ふじょトモ》にヘルプしてもらおう!

私には、インテリアコーディネーターを生業《なりわい》とする腐女子友達がいる。ええ、腐女子は腐った部分を巧く隠して社会に生息しているものですからね! 彼女は中学校以来のツレなんですけどね、まあなんだ、見た目と肩書きに騙《だま》されんなよオマエラ! っていうのはこいつのためにある言葉だと思います。そもそもこの友とは——以下略。

彼女に連絡をすると、たまたま近くにいるとのことで、すぐにやって来てくれて、部屋の採寸をして帰って行きました。

『ちょこれいとnight』という、プレミア付きのBL同人誌と引き換えでしたが、背に腹は変えられまセンッ! 仕事の鬼である彼女ならば、できるだけ家庭的なイメージに、という要望通りのものが今日明日中にすべて揃うことでしょう。持つべきものは友ですなっ！

そうこうしているうちにデパートの執事（仮）がやって来て、山のような荷物を搬入ぅ！　……全部、私の服やバッグや靴やアクセサリー。これまでずっと考えないようにしてきましたが、このお代金てどうなのさ。私の一ヶ月分の給料じゃ明らかに足りないんですけど……。でも流石にそれはカチョーも御存知でしょーから、帰ったらきちんと聞いて確かめねばなりません。でもまあ今はとにかく片付けなければ！　急げぇぇっ！


その日の夜。

「あ、カチョー。お帰りなさい」

「ご飯にしマスか？　お風呂にしマスか？　それともワ・タ――」

「……」

「……風呂。それから、その服は着替えて来い」

私がメイド服を着て玄関で迎えると、カチョーはネクタイを緩めながら風呂場へ直行しました。なるほどなるほど、外出から戻ったら風呂へ直行するタイプなんですね。メモメモっと。

ふふーん、カチョーの態度は想定の範囲内です。気分を盛り上げるために着ただけなので、サクッと着替えまーす！

夕食は、実家の母に聞いて献立を考えました。

『研修合宿なのに食事は出ないの？　で、いつもおかーさんが作るアレの分量を教えて！

あと、隠し味って何？』

『うーん。私もお隣のおばさまから教わったんだけど、それを教えるわ』

「わーい、ありがと！」

『ちょっと甘めにするのがコツで――』

そうしてでき上がったのがコチラ。

「親子丼、大根の味噌汁、ワカメとキュウリの酢の物、舞茸と大根の煮付け、か？」

「すみません、今私が食べたい物でして。あと、家族以外のために作るのは初めてなんですけど……」

味とか大丈夫ですか？　と聞こうとしたら、アララなんでしょう、カチョーの目元が緩んでます？

「俺の好物ばかりだ。――うん、美味い」

「ふぉっ、ありがとうございマスッ！」

褒められて、なんだかめちゃくちゃ嬉しくて、「ひゃっほう！」と叫びたくなりました、というか叫びました。私が作った物を食べてくれて、褒めてくれるなんて、嬉しいこの上ないですね。よし、メモろう！　このシチュを、次回『BARA☆たいむ』に投稿する際に使おうと、私は心に固く誓いました。

「おはよーございマスッ！」

「ああ、おはよう」

本日は月曜日、出勤日でございます。

朝は炊きたてご飯と、昨日多めに作っておいた味噌汁の残り、塩もみキュウリ、サンマのみりん干し。焼くだけなので簡単です。実家でよく食べる献立を参考に、朝食を整えました。

「この味噌汁、いい味がする」

「ダシ入り味噌を使っているんですけど、仕上げに鰹節の削り粉を少し入れると、風味が良くなるんですよ。実家ではいつもそうしてます」

「そうか。それにしても——残さずきれいに食べるな」

「ハイ！　残すのが嫌なんデス！」

両親にそう躾《しつけ》られたのですよ。おもてなしを受けたのにそれを蔑《ないがし》ろにするのは大変失礼なことであると。アレルギーでもない限り、苦手な食材もありがたく頂きなさい、と――

私の実家があるド田舎では、隣近所と頻繁に行き来をし、お呼ばれする機会も多く、他家の冠婚葬祭に関わりを持つことだってあります。そんな土地に嫁いだ母は、ここで生まれ育った人みたいに馴染みきっていたけれど、実はヨソから来たんです。それだけに、人づきあいのマナーには人一倍の注意を払っていたようです。

なので私も小さい頃から、出された物はキチンと食べきる。たとえ苦手なシイタケのすまし汁が出たとしても残しませんよ！（涙）

「そうか。いい主義だな」

「はいっ！　あ、カチョーだって私の料理を綺麗に食べて下さるじゃないですか」

カチョーはご飯粒一つ残さず平らげてくれる。それを見るとメッチャ嬉しいし、喜んで食べてくれる姿を想像しながら料理をするのは張り合いがあります！

「お前の作る料理は美味い」

カチョー、そうやってふわんと目元を緩めるのは反則デスヨ？　カチョーは味噌汁のお椀をゆっくりと置き、どこか遠くを見るような目をしている。ううむ、一体何を考えているのでしょーか？　あっ！　ひょっとして、昔の男と逃げたとかいう噂の奥様のこと？　前の奥様のことでも思い出しましたかっ!?　さっき、「お前の」って言いましたもんね！

ということは、前妻の作ったお料理は……

「そうだ、言い忘れていたが……」

「えっ？　あっ、ハイッ！」

「今日の服は八番でいけ」

「……ナンデスト？」

「じゃあ先に行く。ちゃんと戸締りをして行けよ」

カチョーはお茶をゴクリと飲み干し、先に出発してしまった。

八番……八番……はっ！　まさかあのステキ衣装ファイルに収められている、コーディネート番号八のことでしょうかっ！　いつそのファイル調べたよ！

今の私の姿は、エプロンを外せばいつものスーツ。超無難なこの服装……気に食わないのデスカ、カチョー殿。

朝食の後片付けを終え、二階の部屋のクローゼットを開ける。何度開けても、慣れませんね……。デパートメントゥで購入したステキ女子服が、ずらりと並んでおりマス。目がチカチカいたしますデスヨッ！

衣装ファイルを開き、ずらりと写真が並ぶ中、八と書かれたページを開く。そこには『キラリ☆風がそよぐ春色コーデ』と書いた付箋《ふせん》が貼られている。薄いピンク色のニットにふんわりしたタックスカート、それに白のスプリングコート。ベージュのストッキングは少し柄が入ったものが必須！　と注釈まで付いて……バッグもパンプスも指定アリ。どんだけ丁寧なんだよ！　書いたのはあのアマゾネスかっ！　どんだけファンシーな世界をさまよってるんだ！　戻ってこーいっ！

　さて。なんだかんだと文句を言いつつも、ちゃんと指定通りにフルモデルチェンジした この姿……出勤するのがちょっと躊躇《ためら》われマス……上司や先輩、同僚のみんなになんて言われることやら。


「わっ！　ユリ子ちゃん……だよね？　どしたの」

　ぎゃっ！　さすがマメ橋センパイっスね！　早速見つかっちゃったYO！

　私はコッソリと社内に入り、マイ机に向かってとにかく静かに静かにしていたが、マメさが売りのマメ橋、もとい高橋センパイに早速声をかけられてしまった。

「ごごごごめんなさいっ！　ほんの出来心でっ！」

「何言ってるの。違うよ、すっげー可愛くなってる！　あ、みんなー、こっち来て」

　そう言って、マメ橋センパイはフロアにいるオネエサマ達を呼び集めた。

「え、誰？　――ユリ子ちゃん？」

「どうしたの？　イメチェン？」

「可愛い、可愛い！」

　綺麗なおねーさま達が、ワタクシめをぎゅうっと抱き締めて頬ずりなさいマス。ちょ、ね、待って、おねーたま！　私はそんな趣味ないけど、どうにかなりそう……いいカホリがしマス……むっはー！　近づくだけで欲情モノですヨッ！　おおぉぉやーらかいっ!!　きゅうっと抱かれるこの感触……女子、やーらかい……ウットリ。

「おい、始業時間だぞ。仕事にかかれ」

私達が輪になってキャアキャアやっているうしろから声がかかったのですが……

ぎ、ぎゃあああっ！　かちょぉぉぉっ!!

――って、あれ？　カチョーは何故か私をスルーし、普段通りの「カチョー」な顔して自分の机に向かって行きます。あれ……あれれ？　今日はデコピンとかゴリゴリ攻撃はないのデスね。

カチョーに一喝《いっかつ》され、みんなそれぞれ仕事に向かいました。それは、何ら変わりない日常の光景。

だけどカチョーの妄想キャッチセンサーが反応しなかったので、私はなんとなく物足りなさを感じてしまいました。

仕事を終え、先に帰宅した私がお出迎えをすれば、そこにいるのはいつものカチョーだった。

ただし、冗談で身に着けたブリブリエプロンはそのままでと指令を残して、お風呂場に直行。むうう、謎のオヒトです。ではカチョーが風呂に入っている間に、料理を温めなおしましょー。

今夜はご飯、ジャガイモと玉葱の味噌汁、小松菜と油揚げの煮びたし、大根と手羽先の煮物、冷やしトマト。オサレな料理はよくわかりませんので、私が食べたいものを作るだけです。実家のママンがよく作る料理、家を離れると食べたくなるモノです。

カチョーが風呂から上がるタイミングに合わせてご飯や味噌汁をよそい、一緒に席についてイタダキマスをする。そしたらカチョーは、箸を持ちながら私に聞いてきた。

「……まだ食べてなかったのか？　待たなくてもいいんだぞ」

「いえ、一人で食べるのが嫌なだけですから。実家ではいつもみんな揃って『イタダキマス』をしていたので、なんとなく私もそういうクセがついたというか……だから気にしないで下さい」

それに、一緒に食べれば洗う手間も一回で済みますからねっ！　そう言って大根に箸を伸ばした。うむ、我ながら上手くできました。煮込む時間が充分あったからね。おっけーおっけー！

もぐもぐと口を動かしながらカチョーに大根を勧めようと思ったら、カチョーは私を見つめ……見つめてましたっっ！　あれデスよー凶器デスよーっ！　とてもこう、なんか妙にモゾモゾと居心地が悪くなるんだいっ！

――はっ！　まさかこれって……ツンデレ要素ですかっ!?　うわーやばい、会社での妙に冷たい態度も、きっとツンの部分に違いないデスッ！　くうっ、やるなあカチョー、この私にリアル体験させてくれるとは。「ツンデレ」の極意、しかと受け止めまし――

ぎゅむーーっ。

「ふがーーっ！」

「現実に戻れ」

「はがっ！（鼻！）　はがっ！（鼻！）」

4

そんなこんなはアリマシタが、その後はつつがなく（？）、約一週間が過ぎ、ツンデレカチョーにも少しだけ慣れ――

いや、慣れないデスね！　まったく慣れないデス。慣れる日なんて来るのでしょうか。

今日も今日とて会社帰りのカチョーをお出迎えです。

「お帰りなさいませ、ご主人サマ」

「……どうした」

どうしたというか、どうせならこの生活を楽しもうと思ったのデス。『三つ指ついてお出迎え！　亭主関白な夫を迎える新婚妻♪初級編』というコンセプトですので、ブリブリエプロンも着けて玄関で正座してお帰りなさいのご挨拶デス！

カチョーは玄関のドアを閉めることすら忘れたように、しばし呆然としたまま私を見てましたが、そんなことは気にせず、次のテンプレをば……

「えーと何でしたっけ？　あ、そうそう！　『お食事になさいますか？　お風呂になさいますか？　それとも、ワ・タ……』」

「風呂だ」

カチョーは私の言葉を途中で遮《さえぎ》り、ダンダンッと足音を立てながら風呂場に直行っ！

えー、えぇーーー！　最後まで言わせてくだサイーーッ！

エプロンのポケットからメモ帳を取り出す私。ここにカチョーの生態記録を書き込むのデス！「カチョーは話を最後まで聞かずに風呂場に行った」とメモメモ。

では次……食事の用意です。今夜は豚の冷しゃぶと、ナスとジャコとシシトウの煮物、ゴボウと人参のキンピラです。作りたてじゃなくても大丈夫な献立ばかり用意しました！　それは何故かというと……

ノ・ゾ・キ。

キャー！　何てことをーーっ!!　いやいやいやいやいやっ！　そりゃー私もね、イケナイことだとは重々承知。しかしデス。しかーしっ！　一つ屋根の下、期間限定とはいえ、かっちょいー男性と同居生活。これはある意味ね、チャーンス☆なわけデスヨッ！　私ってば……生身の男性をよく知りませんカラー！　カラー！　カラー！（エコー）
決して威張れることではありませんが、彼氏いない歴二十二年の身でBLを描いても、つまりそういう場面をうまいこと想像できないのですよね！　そんな訳で、ワタクシの描くBLは、アレなしの朝チュンレベル。ま、まあそれでも私は充分満足してはいますがねっ！
しかし……カチョーのなら見てみたい。うん、カチョーのならアリですっ！　どうしてそう思えるのかはまったくワカリマセンが、清水センパイでもマメ橋センパイでもなく、カチョーのはナマで見てみたい……っ！

抜き足差し足忍び足……シャワーの音が聞こえるこちら、洗面所前デース。

ふふん、カチョーは何も気づかず体を洗っていらっしゃる！　私は正統派の覗《のぞ》き魔として、音も立てずに洗面所の引き戸をススッと開けた。

風呂場の扉は、中にいる人のシルエットがうっすらわかる程度のくもりタイプの樹脂パネル。チェック済みデス！　扉の下部には、覗き穴ともなりうる換気口があるのを。そこからコッソリと覗いてみようと思いむわっす！

両膝をつき、顔を床にこすりつけるようにして、換気口を覗こうとしたその時――

「土下座レベルのヘマでもしでかたのか」

「で、でたーーーーーーーーっ!!」

いきなり扉が開き、カチョーが顔を出した。

ぎゃっ！　ヤヤヤ、ヤバイ！　ヤバイデスヨー！　カチョーの顔に目線を合わせたのはいいけれど、ここで視線を下げたりしたら、モロですよね……モロ見え……絶対ヤバシ！　うむ、ここは一つ腹を括《くく》って！

「カチョー！」

「なんだ」

ごくり、と唾を呑み込んだら喉が鳴ってしまいました。びしょびしょに濡れたカチョーの髪が、なんとも淫靡《いんび》な雰囲気を醸《かも》し出し、より一層ハァハァものデス!!　よし、言うぞ！

「裸見せて下サイ！」

「いいぞ」

ほらやっぱりダメですよね、すぐ断ると思ってた……って！　チョチョチョイ待ってー待ってー!!　おっけーなのデスカーッ!?　大パニックな私があわあわしているうちに扉が全開になり……

「ぎゃーーーー！　やっぱり無理ーぃぃ!!」

目をギュッと瞑《つむ》ったまま立ち上がり、逃げようと身を翻《ひるがえ》したら——

ゴッチーーーーン！

そこに壁がありました……


パチッと目を開くと、あたりは薄暗く、天井らしきものが見え……えー、私寝てました？　仰向けの姿勢でぼーっとしたままそちらに顔を向けると、カチョーが私の枕元で胡坐《あぐら》をかいていました。

「痛みはどうだ」

「——ありましぇん、かちょぉ」

ああそうだ。私ってば、洗面所で壁に激突したんですね！　オデコに手をやると、そこにはヒンヤリとしたタオルが当てられていました。

「触るな。中身を取り替えてやる」

カチョーは私のオデコに乗せていたものを取り上げ、何やらガサガサやっている。ちょ、ねえナンデスカこれ。

待ってー！　カチョー、氷をレジ袋へダイレクトにインしてますよ！（私、英語デキマス！）……大胆デスね。いや、だけどカチョーが熱さまし冷却シートを持っているとも思えないし、ある意味、臨機応変に対応したすぐれた処方と言うべきなのでしょーか。

「イタタタタタッ！　カチョー、オデコ撫でないでぇえっ！」

「こら動くな。たんこぶは冷やすのが一番なんだぞ……ククッ」

レジ袋の氷を入れ替えてタオルで巻き、私のオデコにそっと乗せたカチョーは、たんこぶを見て小さく笑った。ちょ、待って、どんだけ大きなタンコブなわけですかっ⁉

「カチョー！」

「なんだ」

「そもそもカチョーが見てもいいって言ったのが悪いのデスッ！」

「そもそも、か。では、そもそも洗面所に入ってきた理由は？　土下座ポーズをしていた理由は？　それから裸を見せろと言ったのは誰だ？　――そもそもお前がこの家にいる理由は何だったか、思い出せ」

「ギャー！　カチョーの俺様ドS！　コンチクショー！　だからごめんなさーい！」

ガバッと布団を被り、サナギに変身デス！　ああもう絶対に敵《かな》うわけないのデスよ、カチョーめ！　……ってぇ！　わあああああっ‼

「カチョー！」

今度はガバッと勢いよく布団をめくり、上体を起こした。オデコに乗っている冷たいものは左手で押さえてありまっす！

「なんだ」

「なんで私、パジャマ着てるんデスか⁉」

「布団に入る時はパジャマを着るものだからな」

「ちっがーーーーーーーーーーーーうっ！」

私はバンバンと布団を叩きながら猛抗議デス！　大体これで何度目でしょーか！　この一週間の間も寝オチしていたことが二度ほどありまして、やっぱり変身してました！

「問題はそこじゃねぇですよっ！　毎回不思議に思って、っていうか、すぐ忘れる私も悪いのですがっ！　今日という今日は言わせてイタダキマス！」

「……ハイハイ」

うわー！　明らかに返事適当ーーっっ！　もうこうなったら、とことんわからせてやらねばならんのですよっ！　私は身を乗り出し、カチョーに迫った。コンタクトも外されていて、視界がぼやけていますからね！　臆せず目と目を合わせて、言い聞かせてやりましょう！

「カチョー！　しっかりと私の目を見て下さい！」

「……」

「目を逸らしちゃダメですっ。私がいつの間にかパジャマに着替えてるのはどうしてなのか、教えて下さいっ！」

「仕様だ」

「意味わかんないデスヨ！」

「教えられるか、阿呆」

「ふぉ……？」

ナニ――ナニコレ。

まず感じたのは柔らかさ。そして次にやってきたのは温かさ。

私の視界一杯に広がるカチョーの顔。近い近い近い！　って、近いどころか、唇、触れてます！　ナニナニナニナニナニ!?　ちょちょちょちょちょちょ!?

大パニックの私からそっと顔を離し、ほっぺたをひと撫でしたカチョーは、「堪えられなかった、すまん」と言い残して部屋を出て行った。

な……何が起こったの！　ねえちょっと誰か！　誰か私に教えてぇぇっ！　思考停止デスッ!!

5

かんっぜんに眠れませんデシタ……悶々《もんもん》としたまま、夜を明かした私。

昨晩のカチョーのあの所業。ううう、あれは一体どういう意図があってなされたものなのか。

はっ、そうだ！　こんな時、乙《おと》ゲー（乙女用恋愛ゲームの略デス！）マスターの「リーダー」ならばきっと、良きアドバイスをして下さるに違いありましぇんっ!!

リーダーとは、私が所属するサークル『BARA☆たいむ』の主催者で、ペンネームは「愁堂芙妃都《しゅうどうふひと》」。二十九歳、独身、女性。

リアル世界での彼女は、さる大病院の受付嬢であり、『腐女子』というのがありえないほどの超絶美人なのです。モテモテなので、腐に走っているなんて言っても誰も信じません！　美人ってお得デスねー。

ともあれ、リーダーなら今この時間も絶対に起きてます。彼女は実家暮らしで、家族に邪魔されずに萌え萌えするために、休日は完徹でゲームをやるというライフスタイルなのです。さ、メールをポチポチ押して、いざ送信！

ブホー、ブホー、ブホー……

早っ！　返信早っ！　マナーモードにしていた私の携帯が、ブルブル震えてメール着信を知らせる。ぽちっと開封すれば……

『至急　ファミレス　集合』

決断早ーっ！　はっ！　ソッコー行かねば酷《ひど》い目に遭うですよ！　まだ寝ているであ

ろうカチョーを起こしてしまっては申し訳ないので、静かに身支度を整え、そっと玄関を出ました。

「……おっどろいた！　りりぃたん、いつからそんなメタモルったの？」

早朝のファミレス。リーダーのぽかんと開いた口から発せられた第一声がこれです。

メタモルったというのは、つまりメタモルフォーゼした、要するに変身したっていう意味の仲間内での略語です。そして、りりぃたん、というのは私のPNで、『ばらメーカーりりぃ♪』の「りりぃ」。薔薇を作るユリ子、のコトです！

ちなみに、この時の私のファッションは、これまたご丁寧にファイルにまとめられていた番号三の、『新緑がヤキモチ焼くほど☆アナタにゾッコン』……というコメント付きのコーディネートでした。

なんだよ、ヤキモチ焼くのかよ新緑が！　とウッカリ突っ込んでしまいましたが、毎度このようなコメントに心揺さぶられているようでは、何となく負けた気がして面白くないです。

「で、何があったわけ？　ほら、早く言いなさい！」

リーダーは、寝不足ゆえに充血したギラギラした目で、ずいぃーっと身を乗り出してきた。ひいぃっとのけぞりつつも、昨晩我が身に起こった出来事をダイジェスト版で語ります。

「ふぅん？　それは美味しいシチュね。ふっふふっふふふふ……」

キャーー！　リーダーの妄想魂に火がついたぁぁぁーー！

ガクブルしながら、紅茶を飲み込む。コーヒーではなく紅茶にしたのは、カチョーが毎朝淹れてくれるコーヒーの味に慣れてしまい、外で飲むコーヒーは美味しく感じられなくなってしまったから。

だけどリーダー、その手元スンゲー怖いですからっ！　何というか……あれだ、自動書記をするアッチの人みたいに、ノートを見もしないでメモをとる姿……かなり殺気立ってます。

私の話を一通りメモし終えたリーダーは、ガシリと私の手を握る。

「なんて素晴らしい環境にいるの、りりぃたん！　それはぜひとも観察日記をつけるべきよ。で、私に定期報告すること。ふふっ、体を張ってまで、わざわざこういう展開にもっていくとは……っ！」

「観察日記ってナニ！　ていうかカラダ張っていませんし、わざわざ展開なんてできましぇーーん！」

カチョーが何故あんな行動をとったのか、二次元世界でも三次元世界でもモテモテで恋多きリーダーに、ぜひとも解説してもらいたかったんですけど！　ふて腐れる私を尻目に、リーダーはネタ帳を畳みながら、「まあまあ」と宥《なだ》めにかかった。

「まあ、そう騒がずに。りりぃたんの課長さんが何故いきなり唇を寄せてきたのかということだけどね、私の見立てでは……あ、ちょっとゴメンね？　電話かかってきちゃった。んー、知らない番号だわ。仕事関係かも」

リーダーは携帯電話を手に、席を離れた。

明け方のファミレスは、私たちの他に客は二組しかいなくて、とっても静か。なので、リーダーが遠くで話す声もかすかに聞こえてきます。なになに？

——え？　あ、でも……なんっ⁉　——はい。——はい。……では失礼します。

通話を終えて、席に戻ってきたリーダーの顔は真っ青だった。コーヒーカップを両手で持ったまま、じっと動かない。

「——りりぃ……恐ろしい子！」

と一言呟《つぶや》き、リーダーはコップのお冷を一気に飲み干した。え、何、今の電話って、もしかして私に関係あるのデスカ⁉

そう尋ねると、リーダーは、「いいこと？」と幾分血の気が戻った顔を上げた。

「唇が当たった——と言うけれど、それはもう明らかにキスなのだと認めなさい。その課長さんはバツイチだって言ってたけど……」

と、リーダーは美しい眉を顰《ひそ》めていたけれど、急にパッと顔を輝かせて、「そうだっ！」

と、何やら思いついたようだった……。ううっ、嫌な予感がビンビンですよ？　こりゃちょいとロクでもないことになりそーだよ!?

「ねえ、りりぃたん。課長さんがキスしたこと、特に気にしなくていいと思うわよ？」

「へっ!?」

気にしなくていいって！　アレを気にするなっていうのは無茶じゃありませんかい!?

「私の推測ではね――」

～リーダーのストーリー～

リーダーは深くて悲しいカチョーの事情（推測だけど）を話して聞かせてくれた。

「グスッ……ひっ、ひっく……ワ、ワカリマシタ。そういうことなら、私、頑張ります」

リーダーが語っている間、後から後から湧いてくる涙を止められなかった。そうか、それならしょうがないよ。と、目と鼻を真っ赤にして泣き続けた私の頭を、リーダーは優しく撫でてくれました。

「じゃ、家に戻りなさい。課長さんに黙って出てきたんでしょ？　もう起きているだろうし、きっと心配しているわよ」

「そっ、そうですね、帰ります。あっ、本、ありがとうございました！」

そう言って、持ってきたキャスター付きスーツケースに本を詰め込んだ。次回の同人誌を出すための参考資料や、リーダーお勧めの萌え本コレクションを借りたのです！

「じゃあ、気をつけて帰るのよ。そう、色々気をつけて……ふふっ」


リーダーとファミレスで別れた後、私はどんよりと重い気持ちで歩いていた。

悲しい理由（仮）に、何故こんなにも心を揺さぶられるのかわからない。あーもう。何なんでしょうね。

カチョーの家に戻る途中、一旦心の中を整頓《せいとん》しようと公園のベンチに腰かけた。

悲しい理由……それは前妻との別れのトラウマ、ですか。リーダーが言うには、ですけどね……

【推測その一】 美男美女で誰からも祝福されて結婚した二人だったが、妻が不治の病に侵された。死別の瞬間、「キス、して？」と請われ、男は精一杯の気持ちをこめて妻に口づけした。それから何年か経ち、男には気になる女性が現れた。しかし亡き妻への思慕《しぼ》と新しい女性への想いの板挟みにあって気持ちは揺れ動く。そこへ、男の目の前に差し出された女性の唇。ついに男は心の誓いを破り――

【推測その二】 美男美女で誰からも祝福されて結婚した二人だったが、お互いに仕事が忙しくてすれ違いの生活が続いた。やがて気持ちもすれ違うようになる。男はこのままではいけないと妻に向かい合おうとするが、にべもなく断られた。その後、ふたりは話し合って離婚を決意。共有財産の分割を進め、ついに二人は別れ別れに――

【推測その三】　美男美女で誰からも祝福されて結婚した二人だったが――以下略。

何パターンかの切ない話を臨場感たっぷりにリーダーから聞かされ、そのどれもこれもが胸に刺さった。あれだけ顔のいいカチョーだから、前の奥様もきっとステキだったのでしょうね。カチョーはどんな表情で奥様を見ていたのかな。恋して、好きで、愛していたのでしょうか。

私はどうしてか、胸の奥がチクチクと痛くなった。そしてすごくすごく、カチョーの淹《い》れてくれるコーヒーが飲みたくなった。カチョーのところに、今すぐ帰りたい。

えいやっ、と気合を入れて立ち上がった。ある決意を胸に秘めて……

スーツケースをガラガラと転がしながら、ようやく帰還。

そういえば……やけに朝日が眩《まぶ》しいですね。いま何時、と携帯を開いてみたら……ぎゃっ！　着信一六件!?　ちょ、待って、これ全部カチョーからですっ！

そうだ私、マナーモードにしたままバッグに放り込んでいたから……えーと、でも待て待て。なんでこんなに電話してきたんだろ。昨夜はカチョーにキスされたショックで眠れずに、夜明け前にコッソリと家を出た。うん、そりゃ心配になるか？　カチョー怒ってる？　でも大丈夫です……よ、ね？　ハハハ……

　ビクビクしながら鍵を取り出し、鍵穴に差し込もうとしたその時——

　ガチャ、ゴチーーンッ！

「にぎゃあああっ！」

内側から勢いよくドアが開き、私のオデコにクリーンヒット！

　ギャー、ここ、ここ、昨日たんこぶ作ったトコロー！　オデコを押さえて叫ぶ私を見て、カチョーは軽く目を見張ったが、すぐにホッとした表情を見せた——って、その顔反則！　うっすら髭が生えていて、髪も整えていないからワイルドさがプラスされていて、こう……より一層男性的魅力が溢れて、溢れて、ダダ漏れで……！　わあああっ、魅力の無駄遣い禁止ーぃぃっ！　と、意味不明な叫びを心の中で上げてしまいました。

　そんなことより、とにかく帰還の挨拶をば。

「ただいまです！」

「——お帰り」

　おろろ？　なんでしょ、思ったよりやけに優しげな声デスヨ？

　家に入り、ひとまずスーツケースは玄関のたたきに置きました。あ、そーだ、ちょっと機嫌よさそうなカチョーにお願いしちゃおっかな。ファミレスにいた時から気になって、どうしてもカチョーに頼みたかったのだ。

「かちょお、お願いがあるんですが」

「なんだ」

「コーヒーが飲みたいデス！　カチョーの淹れてくれるコーヒーが、一番美味しいですから！」

「……そうか」

　私が拳を握って力説すると、カチョーは「待ってろ」と言って私の頬をぺんぺんと叩き、台所に向かった。その背中を目で追っていくと――あれ……タバコ？　換気扇の下に、見覚えのない灰皿があり、吸殻がこんもりと溜まっております！　あら、あらら？　これってカチョーが吸ったんですかね？　でも、カチョーがタバコを吸っているところなんか会社でも見たことありません。

「カチョー、タバコ吸われるんですか？」

　やかんに水を入れているカチョーに聞いてみた。するとカチョーは口をへの字に曲げて言った。

「……止《や》めるのを止《や》めた」

　えーと。タバコを止めるのを、止めたってこと？

　カチョーはお湯を沸かし、ミルで豆を挽き、「タバコのことは気にするな」と言いながら、コーヒーをドリップしていく。あー、いい香りデスね……いい香りのコーヒーを淹れてくれるいい男、しかも休日仕様でちょっとワイルドエッセンスがプラスされていて、むっちゃ色気モレモレです。そんなお方がコーヒーを淹れる姿って……鼻血ブーものデス。バリスタの彼との熱い夜、なんていうのもいいかも——って、そうじゃない。吸い殻の山を気にするなって言われても、あんなてんこ盛りになっているのを見たら、誰だって気にするでしょうが！　禁煙の誓いを破って一服するにしても、限度ってモンがあるでしょ！

「……家出したわけじゃないんだな？」

立ち昇る湯気の向こうから、カチョーが私に尋ねる。

「も、もちろんデス！　同人サークルのリーダーと緊急の会議があって。でもカチョー殿を起こすのは忍びないんで、コッソリ外出したのです。すんません、ごめんなさいっ」

き、気遣いをしたのです！　ザッツ☆気遣い！　日本の心は和の心です！

四人掛けのダイニングテーブルに座った私の目の前に、カチョー自ら淹れてくれたコーヒーの入ったマグカップが二つ。カチョーはいつもなら私の対面に座るのに、今朝は何故か私の隣に座り、長ーい脚を組む。

それにしても、ステキな家具が配置されたこのお部屋。インテリアコーディネーターの友人がいい仕事してくれました！　いやー、居心地いいですね。マグカップを手にとり、コーヒーの味を堪能していたけれど、カチョーからの事情聴取は続いていました。

「あのスーツケースは？」

「えっ？」

カチョーが聞きたいのは、何故スーツケースを家から持ち出したかってことなんでしょーけども。私が何も答えなかったからか、カチョーは繰り返す。

「あのスーツケースは？」

「じ、尋問ですかっ⁉」

「あのスーツケースは？」

……くっ、質問に答えない限り、同じセリフが延々と続く気配がプンップンだぁぁっ！

「あ、あれは……」

「あれは？」

「趣味……の本を借りるためなの、デス……本が、おおお重くて」

なんデショ……敗北感がはんぱねぇ……

今や色気大臣となったカチョーを、脳内でアレコレしてやるぅ！　と密かに反逆を試みたのですけれど、脳内の妄想においてすらコテンパンに言い負かされてしまいました。ダメじゃん私！　頑張れ、踏ん張れ、れっつらごー！

「いやほら、あのですね、カチョー、これは私の心のアンネイのためと言いマスか……」

「心の安寧《あんねい》、か」

そう言って、カチョーは私の顎《あご》を指でクイっと持ち上げた。

「ちょちょちょっ！　カチョー!?」

「……心配したぞ」

目を眇《すが》め、小さく呟《つぶや》かれたその言葉に、カチョーは心から私を案じてくれていたのだと今さらながら気づいた。

そりゃそーですよね。チューした翌朝に私が姿を消してしまったら、そりゃ心配しますよね。

「……ゴホン。あのですねカチョー！　ひ、人質、ん？　モノだと何て言うんだ？　まあイイデスヨ。とにかく人質にとられたゲンコーを返してもらうまでの一ヶ月間、私はここを出て行きませんて、ホント。残すところあと約三週間ですが、まあ一つよろしくお願いします」

こうなったそもそものキッカケは、ＢＬ漫画の原稿なんですよね。だから、それを返してもらうまでは、逃げも隠れもしません。ついでに、カチョーには生きたイケメンモデルとして、私の妄想の役に立ってもらいマス。——流石にそこまでは言えませんから、心の中で呟《つぶや》くだけに留めておきましたよ！

「そうか」

私の顎から指を離したと思ったら、今度は鼻をパチッと弾いた。

「イターーッ！」

ナニしやがるんですかいっ！　という私の抗議もむなしく、カチョーはまったくの涼しい顔。そしてマグカップを持ってコーヒーを飲み、腕時計にチラリと視線を落とした。

私はヒリヒリ痛む鼻を擦《こす》りながら、その様子を見る。……ん？　時間？

「そろそろだな」

「ほ？」

「行くぞ」

「は？」

言うなり、カチョーは私の腕を取って玄関へ向かう。

「ちょちょちょ、ななななっ!?」

抗議の声は華麗にスルー。いつの間にか私のバッグを持ち、靴を履いて戸締りし、玄関横の車庫へ連れて行かれた。そこで、私は車の助手席へポイと放り込まれる。

「カチョー！」と声をあげるも、カチョーは無言で運転席に乗り込み、私に何か差し出した。

ハテ、こりゃ何だ……ぅ、ちょ、これっ、ね、わっ！　声にならない叫びが漏れそうでしたが、口腔内にギリ留まりマシタッ！

「これはっ、幻の『平成男子校生制服☆征服図鑑』じゃないデスカッッ!!」

マニア垂涎《すいぜん》の、萌えが詰まったステキ写真集なのですよコリャ！　読者の人気ランキング順に、全国の男子校の制服をまとめた写真集で、すでに絶版となっており、オークションでは販売当初の価格の数十倍の値がつくほどの超人気本デス！

ＢＬを描くにあたり、参考に……っていうか、単に趣味でじっくり舐め回し、萌え萌えしたくて、どうしても手に入れたいと思っていた一冊なのだけど、どうしてこれをカチョーが！

「これでも見てろ」

「はぁう……っ」

どうしてこれを私に下さるんですか、などという些細《ささい》な質問は、まるっと銀河宇宙の彼方へ投げつけ、いそいそとページを捲《めく》る。……うぉぉ……た、まら、んっ……

写真集をガン見する私をよそにカチョーは車を走らせ、とある建物の地下駐車場に車を停めた。そして、本から目を逸らさない私の肩を引き寄せ、どこかに向かって歩いていく。

どこだ、ここは？　なんて思いながらも、私は本から目を離せない。だ、だって……若さ溢るる純情少年達がちょっとテレながらポージングしているんですよ？

この本は某有名私立高校の夏服冬服そして体育着という具合に、ステキなラインナップが目白押しなのデス。目を離す気なんてナッスィング！

「袴田様、お待ちしておりました」

「ああ、早速頼む」

「かしこまりました」

　ここはレストランらしき空間。店内に招《しょう》じ入れられ、着席すると、カチョーは次々に質問を飛ばしてきた。

「牛と豚と鳥、どれがいい？」

「え？　カチョー、何のことかわかりません！　けど、牛で！」

「ローストビーフかフィレ肉のポワレ、どっちがいいか？」

「ローストビーフで！　でもポワレって何デスカ？」

「焼いたものだ」

「答えにしては簡潔すぎませんか!?」

「じゃあ蟹の冷製スープかコンソメスープのパイ包み、どっちだ？」

「パイ包み！　絶対っ！」

　答えながらも写真集から目を離さなかった私。でも、これですべてのページを捲り終えた。私はうむうむと頷《うなず》き、大事な写真集を胸に抱えた。はぁ、余は満足じゃ。この後はぜひとも、リーダーに萌えのお裾分けをせねばなりませんなっ！

「デザートは生ケーキの他に……そうだ、ブッフェがいいか？」

「はいっ、一杯食べたいデス！」

かしこまりました、と言ってお店の人が去ったところでハッと気づけば、どうやら私は条件反射的にメニューを選んでいたらしい。

これでいいのかな、と首を捻《ひね》る私をヨソに、カチョーはやけに威厳《いげん》のあるおっさんと、何やら書類っぽいものを見ながら話をしている。こりゃ好都合デスネ！　実は気になっていたのですよ、あのウェイター！


「――今宵《こよい》、貴方を料理してさしあげます」

閉店後、店で待つようにと僕に言ったのは、若くしてこのフレンチレストランの料理長となった彼。彼は僕のタイを緩めながら、冒頭の言葉をささやいたのだった。

「料理してさしあげますって、ちょっと待ってください！　一体何が!?」

わかりませんか？　とでも言うように、彼は眉を上げ、硬直している僕のブラックカラーシャツのボタンを上から順に外し――


ごっ。

「もっっ!!」

「顔が溶けてる。妄想から戻れ、阿呆」

「ちょ、大事な本が……っ！」

私が脇に置いておいた『平成男子校生制服☆征服図鑑』の角のところで、カチョーは私の頭を打ちつけたのだ――ってえぇっ！　あ、ありえないっ!!

「ひょわあああっ！　大切な本があぁあっ!!　それに、背が縮んだらどうしてくれるんデスカッ！」

「一五二センチが一センチ小さくなったところでどうということない。誤差の範囲だ」

「くぅっ！　一センチを笑うものは一センチに泣くのデスよっ!?」

「俺は別に困らん」

「うわあぁあんっ！」

敵わないっ！　まったく歯が立たないっ！　くそう、いつか反撃してやるぅっ！

と心のメモ帳に油性マジックで書きとめたところで、前菜が運ばれてきた。

「わぁぁあっ美味しそう！　いっただきまーす！」

たったいま抗議していたことなどぽーいっとうっちゃり、私はいそいそと食べ始める。

だってそれとこれとは別問題だし、せっかくのオサレ料理、美味しく楽しく頂きたいですからね！

店の奥から熊のように恰幅のよい、いかにも料理長！　という感じの男性がデザートを運んできた。その人を相手にカチョーは「今日はソースが少し甘めでしたね」などと言って談笑している。

私は一口サイズのブルーベリータルトにとりかかった。続いて生ケーキ。ワゴンで運ばれてくる数々のデザートも一通り味わいつくし、身も心も昇天！

「お気に召しましたでしょうか。本日はご試食をお願いしておりますが、またいつでもいらして下さい」

そう言うとシェフは厨房《ちゅうぼう》に戻って行った。……えーと、試食って？

「……かちょお？」

コテンと首を傾げ、何のこっちゃと尋ねる私にカチョーは口を開きかけたけど、はっという顔で胸ポケットから携帯電話を取り出してチラリと見たきり、口を閉じてしまった。マナーモードにしていたようなので私にはわかりませんでしたが、着信があったみたいですね。

「悪い。少し待っていてくれるか？」

カチョーは用事ができたようだ。しかし、待っていろと言うからには、そんなに時間はかからなそうだ。

「はーい！　私はここで写真集を眺めてますね」

ふふん。そう、私には強ぉぉい味方がいるのです！　席を立とうかどうしようかと迷っている様子のカチョーの背中を押してやりましょう。私は、大事な大事な本を撫でながら、にっこりと笑って見せました。

「いってらっしゃい」とカチョーを送り出し、私はふたたび、萌え凝縮本を開く。


――ふう……堪能した！

本を閉じてぐいっと背伸びをする。あああ背骨がバキボキいうよー。って、カチョーまだ帰って来ないのかな。もう一時間近く経つけど……

携帯に連絡を入れてみたけど、「電源が切れているか、または電波の届かない……」的なアナウンスが流れるだけ。

でもまー、そのうち戻って来るでしょー、と紅茶のお代わりを頼み、ついでに食べ終えたデザートのお皿を下げてもらって、ふたたび妄想にふける。


彼との密会は、いつも僕の部屋でだった。彼の方から無理矢理押しかけてきて、それからもう二年になる。初めは彼の情熱に圧倒されていたが、今では僕の方が情熱が燃え盛り、貪欲に彼を求めている。もっと溺れたい。溺れさせて。

しかし今、彼に会えなくなって一週間が経つ。会えない日でもメールだけは毎日来ていたのに、今はそれも途絶えて……。まだ一度も訪れたことのない彼の部屋へと、僕は覚悟を決めて向かった。

——中略——

けれど、僕はあえて冷静に彼を突き放す。声の震えとか目頭が熱くなっていることが、ばれてしまわぬように。


「さよなら。二度と会わない」

「俺の話を聞けよ」

「聞かない。これ以上、僕を道化にしないでくれ」

「頼む！　後生だ!!　——実は俺……」


——おかしいな。

そろそろガツーンとかゴツーンとか来るかなーって、待ってたんですけど。カチョーはまだ戻らない。のんびりと妄想しながら待つこと二時間。いくら何でもおかしいですよね？　二時間ですよ？

これは……。ゾクッと背筋に冷たいものが走った。ひょっとして、何かあったんじゃないでしょうか。事件？　事故？　連絡もできないような何かがあったんだ、きっと。どんどん怖い方向に想像が働く。ダテに妄想力を鍛えてませんからね！　だけど、それは今一番要らない能力ですよ。だって、〇〇（自重）なことや、××（自重）なことがあったりしたら……ダメ！　ダメダメッ！

ぎゅうっと目を閉じると、脳裏にパッとコマ送りのような情景が広がった。

──『待って！　待ってよぉ！』

──手を伸ばしても、うんと伸ばしても、どんなに走っても届かない。

──あんな思いはもう二度としたくない──

強烈な後悔の念が、胸の奥底でうずく。

って、おかしいですね、私。そんな思い出なんかないはずなのですが……カチョー……大丈夫でしょうか。何があったんですか。私が待っているの、覚えてますよね？　何でかワカラナイけど、心細くて、寂しくて、堪《たま》らないのです。

私の心はいつの間に、こんなにもカチョーで占められるようになったのでしょうか。入社してまだ二ヶ月ちょい。カチョーは私の直属の上司ではあるけど、普段はセンパイ方が間に入って仕事をしているから、あまり接点はない。新入社員歓迎会でも、「あカチョーも出席してるんだ」ぐらいの距離感だった。もちろん、私はイケメンのカチョーを眺めて、ありがたく妄想させていただいておりましたが。

それが、カチョーをモデルにして描いたBL原稿がキッカケで、一つ屋根の下に住むことになり、「一ヶ月、一ヶ月だけの辛抱」と思いつつも、どこか楽しんでさえいる自分がいる。

行ってきますやただいまの挨拶を交わし、同じ食卓で共に食事をしている。カチョーは私の作った料理を、美味しいと褒めてくれる。ゴツンとゲンコツをくらうこともあるけれど、カチョーはいつもちゃんと私のことを見て気にしていてくれて、構ってくれているんだということ、よーく理解しているのです。

そして最近の私は、気がつけば一日中カチョーのこと考えている。

ねえ、早く——早く戻って来て、カチョー。


レストランのランチタイムが終わり、客は私一人だけになっていた。

支配人らしきダンディなオジサマも心配してくれたけど、「あとちょっとだけ待たせて下さい」とお願いし、カチョーの帰りを待つことにした。それからさらに三十分、ジリジリと待ち続けた。

すると店のガラス扉の向こうに、カチョーの姿が！　思わず立ち上がった拍子に椅子がガタッと倒れたけど、そんなの気にしている場合じゃない。私はカチョー目がけてダッシュし、胸に飛び込んだ！

「カチョー！　かちょかちょかちょかちょかちょううううっ!!」

うわああんと、声を張り上げて泣いてしまった。だって、だって、だってー！

カチョーは私を抱きとめ、戸惑いながらも背に手を回してきた。そして、優しくポンポンと、宥《なだ》めるように叩いてくれて……

私の泣き声を聞きつけた支配人が「どうしましたか！」と奥から飛び出してきたけれど、彼も事の成り行きを見てホッとしたのか、カチョーに向けて穏やかな声で言う。

「袴田様に連絡がつかないので、随分と心配していらっしゃいましたよ」

「地階にいたので電話に気づかなくて。すみません、お世話になりました」

私の頭越しに会話がなされていましたけど、私はそれどころじゃない。カチョーの背中へ手をぎゅうぎゅうに回して、カチョーが今ここにいることを確かめるのに必死だった。カチョーの感触を確かめ、匂いを確かめ、声を確かめる。カチョーだ、カチョーだ、カチョーだぁぁっ！

「すまん」

低音で艶《つや》のある声が私の耳朶《じだ》を打つ。抱きついた体から体温がじわじわと伝わってきて、ここにカチョーがいるのだとやっと実感できた。

「だから、泣くな」

「かちょぉ……ひどいデス」

「そうだな」

「さみしかったんデス」

「すまん」

「ひとりに……しないでくだサイ」

「わかった」

電波が通じない場所にいたので電話に気づかなかったのは仕方がないことだし、私が勝手に心配していただけなのに、カチョーは私のお門違いな文句を聞き入れてくれて、いちいち謝ってくれる。遅くなりはしたけれど、こうしてちゃんと迎えに来てくれたのだから、これ以上文句を言ったら罰《ばち》が当たる。でも言わずにいられない。こんなに待たされたんだからしょうがないじゃん、と結局、怒りの矛先《ほこさき》はカチョーに向かった。

「カチョー！」

メソメソしていた私が急に語気を荒《あら》らげたので、カチョーは眉根を寄せ、「なんだ」と怪訝《けげん》な表情で返す。

「私は、私は――」

抱きついていた腕をパッと離し、拳を握《にぎ》って力説した。

「こういうの苦手デス！」

「……は？」

世にも珍しいカチョーの唖然《あぜん》とした顔を余所に、私は畳み掛ける。

「私はね、ジレジレ展開が苦手なんです！

『僕はあの人が好きだ！　向こうも僕に気のあるそぶりだから、ひょっとしたら……でも僕は男で、彼も男……いけない、ダメだ……いや、だけど過去にもこういうことはあった……だってしょうがないだろ、好きなんだから！　え、それは誤解？　勘違い？　それとも……』

っていうようなね？　まどろっこしい行ったり来たりのジレジレは苦手です！　好きなら好きと言っちゃえよデス！　そんなこと言っとらんで、押し倒せ！　その一言に尽きますね！　それからそれからそれから――」

一気に持論をまくしたてた。「そもそも、ジレジレたるものは」と事細かに、延々と語った、語った。相当語った。太陽の位置が変わるほど長々と語った。

カチョーは放心状態になってます。それが若干気になるものの、とにかく一通り語りつくした私は大満足です。

「――って、あれ？　なんでこんな話してるんでしたっけ」

途中で何か余計なスイッチが入ってしまって、萌えるのは制服で、制服といえば禁欲的でカッチリしたデザインのモノが一番攻め甲斐《がい》があるとか、だいぶ横道、細道、坂道ついでに急カーブへと逸れまくっちゃった気がしますが――まあいいか。

熱くなりすぎて気づかなかったけど、カチョーと私はいつの間にやら駐車場に移動していて、私は助手席に座って、カチョーは車を発進させようとしていた。おやぁ？

「気は済んだか」

「あ、ハイ！　なんかスッキリしました！」

「それならいい」

「まーとにかく、なんつーんでしょーね？　最短距離でガッと捕まえちゃえばいいのにって思いマス」

漫画は描くのも好きだし読むのも好き。中でも好みは俺様肉食系キャラが出てくる漫画なので、男性にはガツガツいって欲しいんですよね〜。

「そうだな、俺もそう思うよ」

「んっ？」

カチョーは戸惑い顔から一変。私、何か余計なコト言った気がします……カチョーは、そのお綺麗なお顔に、それはそれは凄絶《せいぜつ》な笑みを浮かべて私に言いました。

「その願いは叶うから、大丈夫だ」

ナニガデスカ。

その晩は、昨日食べなかったご飯を食卓に並べた。カチョーってば、一つずつちゃんとラップして冷蔵庫に入れてくれたんですね。箸をつけた様子がないので、ひょっとしてカチョーも夕飯食べてない……？　あああ、ごめんなさいです。

次の日の日曜日。カチョーはお仕事に行かれました。休日出勤が多いとは知っていましたが、間近で見ているともっと休んでいただきたいなーと思います。せめて夕食は美味しいものを用意して、寛《くつろ》いでもらえるように準備をしましょう。

家計費として預かった財布――中身追加されてます！――を持ち、ホームセンターやスーパーをアチコチ回った。徒歩圏内にあるとはいえ、なかなかいい運動となりますね。

今夜の献立は、豚肉のしょうが焼き、厚揚げと根菜の煮物、ほうれん草のおひたし、きのこたっぷりの味噌汁、ご飯です。帰宅したカチョーと夕飯を食べている時に、「料理が上手だな」とのお褒めの言葉を頂きました！　よしよしこれからも頑張るぞ！

6

――といった具合に一週間があっという間に過ぎ、今日は週末の金曜日。

さて、カチョー観察日誌もだいぶ溜まってきましたね。カチョーが帰ってくる前に、一週間分見返してみましょうか。

＊＊＊

○月×日　月曜日
今日もカチョーは通常モード。私が作ったご飯を毎回綺麗に食べてくれるが、特に和食……というか、ごくありふれた家庭料理が好きっぽい。だから私はおかーさんの作る料理を思い出しつつ、わからない時は電話で聞いて献立を決める。

○月×日　火曜日
カチョーは会社では本当にフツーの上司です。仕事の指示を出す時以外は、私の半径一メートル以内に絶対に近づきません。徹底してるな、このぉー、とか思ってたら、携帯にメールが来て、『明日弁当よろしく』と。初弁当リクエスト、きました！

カチョーは私の漫画原稿を人質（？）に、部下である私を住み込み家政婦にしたけど、経費をけちっている訳ではなさそう。だって、私の服とか外食とか、逆にお金使いすぎですよね？　私も一度は自分で払います！　って主張してみたけれど、「新入社員の給料などたかが知れてる。家事をやってもらっている礼だと思えばそれでいい」なんて、デコピン付きで断られました。だけど、それじゃ流石に心苦しいし、せめて初弁当、頑張らなきゃですよね！　スーパーで弁当箱やら何やら色々と仕入れて、明日の朝に備えます。

○月×日　水曜日

学生時代におかーさんが作ってくれたお弁当を思い出しながら、朝から弁当作り。そして夜、珍しく二十時台と早くに帰ってきたカチョーが、「美味かった。ありがとうな」と私の頬を撫でて極上の笑顔をよこしなすった！　むやみやたらとそんな笑顔を連発されたら、胸がキュッとなって、心臓が持ちそうにありません。

○月×日　木曜日

朝、目を覚ましてすぐに気づいたこと。それは……

昨日は弁当を作るために早起きしたので、風呂上がりについウトウトとソファで寝てしまったはずなのに、いつの間にかちゃんとパジャマに着替えて、コンタクトも外されて、自分の部屋で寝ていたこと。そんな状態に慣れてきた自分が怖い。

それから、最近なぜかよく幼い頃の夢を見るのです。友達と遊んでいる夢だったり、家族とお出かけしている夢だったり、誰かを追いかけている夢だったり……ホームシック、なのかなぁ？

ってことで週末。

○月×日　金曜日

ドキドキハラハラわんだほーなカチョーの観察記録を、腐女子仲間のリーダーにも見せてあげようと、会社帰りに喫茶店で待ち合わせ。私は紅茶を頼み、リーダーは本日のお勧めコーヒーを注文。そして、封筒に入れた資料をば手渡す。風呂上がりの全裸は流石にハードルが高かったけれど、上半身裸は見ることが叶いましたので、それを絵にしてみました！　目にバッチリ焼きついているのデスヨ！

リーダーは「ほっ、ほそまっちょ……うふふふふっ！」と、珍妙な笑いを浮かべていました。

乙《おと》ゲーラブなリーダーの好みは『俊介《しゅんすけ》』というキャラで、細マッチョのクールガイなのデス。カチョーの顔はリーダーの好みとはちょっと違うらしいが、観賞用にいいわねと、美人受付嬢とは思えぬ顔で溶けてマシタ。誰か！　モザイクかけて！　とリーダーの名誉のためにそう願いました。願っただけですがねっ。

リーダーは今やっているゲームで、とうとうキスのイベントまでこぎつけたと言っていました。その話の流れで、「りりぃたん、初キスはいつだったの?」って聞かれ……

＊＊＊

日誌を閉じ、昔の記憶を思い起こす。

夏――実家の縁側で寝ていた私に、ささやく声がした。

『――いつか思い出したら、その時は――』

私の頭を撫でる、大きな手。

唇に触れた時の、温かくて柔らかな感触。

――ハッキリとは覚えていないけど、あれが私にとって初めてのキスだというのは確かだ。


夜、日誌の整理を終え、何食わぬ顔でカチョーをお出迎え。

「お帰りなさいませー、ご主人サマぁ」

「またか」

いい加減カチョーも慣れてしまったのか、家政婦の扱いがぞんざいに！　ううむ、明日からはお出迎えの挨拶にもアレンジを加えるべきでしょーか。しょんぼりしながらも、ついうっかり口が滑りました。

「やはり、お出迎えには裸エプロンが王道デスカ……」

「じゃあ、それで」

「ちょぉっ、ななな何が『じゃあ』デスかーっ！」

「楽しみだな」

「うわあああああっ！　カチョー待ってぇぇぇぇぇっ！」

いつものようにカチョーはさっさと風呂場へ向かう。そのうしろを、誤解を解こうと追っかけた。ちょっとした冗談なのに！　そしたらカチョーが急にピタッと止まったので、勢いあまってそのままドシーンとぶつかって転がりかけた。……かけた？

「ぎゃー！　カチョーの顔が目の前ぇぇぇっ！」

「失礼なやつだ。落とすぞ」

「ごめんなさーいーー！」

うしろにひっくり返そうな私を抱きとめてくれたのは、もちろんカチョーだ。何、その早業《はやわざ》！　ってか、この体勢は……よろしくありませんっ！

「カチョー！」

「今度は何だ」

「まさに萌えポージングですネ！」

「……はぁ？」

「このポーズ！　いやー、うちのリーダーの大好きな乙《おと》ゲーキャラの俊介さんがヒロインに向かって『俺のことをわかってくれるのは……お前だけだ』とかなんとか言って、抱きしめて、ぶっちゅーっと熱い……あつ……」

萌え萌えシチュエーションについて、立て板に水を流すように語る私の口を……あれ、待て、待て待て！　どうなのよ、今の状況って。このままいくと、ぶっちゅーって……

「熱い、何？」

一人百面相をする私を見つめ、カチョーが問いかける。

ぎゃーーー！　カチョーにキスされたこと思い出しちゃった！　ついこの間の「堪えられなかったすまん事件」のこと！

あれこれ考えながら、ちらりとカチョーを見ると、何か辛そうに顔を顰《しか》めています――はっ！　そうか、そういうことですね!?

この時、私は唐突に、この間リーダーから聞いたカチョーの悲しい過去の話を思い出したのです。

「カチョー、聞いてくださいっ」

「また突然に……」

「いいからっ！　ここに座ってくだサイッ！」

「ここに？」

私はカチョーの腕から抜け出し、廊下に正座して、自分の向かい側を指差した。カチョーは大変失礼にも「明らかに面倒くさいことを言われそうだが、このまま渋ったところで、どうせ長引くだけだから一応聞いておいてやろう」ってバッチリ書いてある顔で、ドカリと腰を下ろした。

「で、なんだ」

大丈夫、大丈夫。やればできる子よ、りりぃ！

私は膝立ちになり、カチョーの頬っぺたをガッシリと両手でホールドし……


ちう。


唇の皮膚と皮膚を合わせせる行為をした。

それから唇をそっと離し、私をじっと見つめているカチョーの視線から逃れて、恥ずかしさを紛らわせるように言葉を紡いだ。

「あああのですねあのっ、そう、トラウマ改善計画なのですよ、コココレー！」

「トラウマ？」

固まっていたカチョーが、少し掠《かす》れた色気のある声で聞き返す。

「ほ、ほら、カチョーは過去になんかもう色々あって、チューだの何だのという行為にトラウマを抱えているんじゃないかと！　だからこの間……私にチューしたのだって、カチョーはつい何らかの深層心理が働いてやってしまったことであって、別に特別な感情があってどうこうじゃなくて、単にトラウマ克服のためというか、そのキッカケとなったのならば、私もちったあ協力できたというかご恩返しできたというか、ついでにネタにできるというか、あわわわわ……」

うわー、何言ってんだ、もーぉぉ！

膝立ちの姿勢だった私は、ついに言葉が出なくなり、ぺたりと床に座りこんだ。自分からかましたイケメンカチョーへのキスはメチャメチャに恥ずかしかった。体温がぐいんぐいん上昇して顔が火照《ほて》り、じんわりと涙まで浮かんできちゃいました。

「――それはお前が考えたのか？」

「い、いえっ、リーダーが『きっとそうに違いないっ！』と熱く語っていたので、私もそうじゃないかと思ったのデ……ス……う？」

語尾が段々弱くなるのは致し方ないってもんデスヨ！　なんかカチョーの雰囲気が、徐々に黒いモノに変わってきてま……きゃー！　こわいいいぃぃぃ！

「それなら……」

カチョーは黒い笑みを口の端に浮かべて私に手を伸ばし、後頭部をガッと掴んだかと思うと一気に引き寄せ、ぎゃあっと叫ぶ間もなく唇を塞《ふさ》いだ。私からしたのとは大違いの、優しい優しいオトナのキス。かかる吐息がやけに艶《つや》めいていて、密着した体から温かさが伝わり、やけに生々しい男の匂いを感じた。

何デスカこれ何デスカ。ナニゴトなのですか一体！　顔の角度を何度も何度も変えてキスをされ、ようやく解放された時には、私はもう……

「つふぁ、お、おおっ、ふぉにゃーーっ！」

「情緒がないな」

「いっ、いきっ！　息、は、どこでっ!?　ブレ、ス、タイミン、グーゥ！」

「まあ落ち着け」

ぜーぜーと肩で息をする私に、カチョーはいつの間にか私のうしろに回した手で、背を擦《さす》りながら「慣れろ」と宥《なだ》める。

いやいや、そうじゃなくて！

「かちょおおおおっ！」

「なんだ」

「あの時のキスは、トラウマ克服のためではなかったのデスかっ!?」

一瞬黙ったカチョーだけど……

「ああ、もちろんトラウマだ。だから治してくれ」

そう言って、ふたたびカチョーは私に顔を近づけて……のわああっ！　ナニゴトなのですかーっ!!（二度目!!）

「風呂に入る」

ボーゼンと座り込む私を残し、カチョーはさっさと行ってしまった。

おぉぉ……腰が砕け散りマシタ……粉砕骨折デス……

しかし、そこでめげないのが私の私たるゆえん。どうにかしてカチョーをギャフンと言わせなければ、腹の虫がおさまらないのデス。

ぐう。

あれ？　……って、こっちの腹の虫が鳴ってどうすんのさーっ！

……まあいいや、とりあえず何か食べよう。腹が減っては戦ができませんからね。カチョーに勝つにはまず腹を満たさなければ！

今夜のメニューは鯵《あじ》の塩焼き、ジャガイモと玉葱の味噌汁、ねぎぬた、白菜と豚バラのポン酢かけ、きゅうりの醤油漬け、あとはソラマメを茹でたものです。何かもう、今夜は飲まなきゃやってられない気分なのです。グラスは冷凍庫、ビールは冷蔵庫で冷やしてあります。キンキンに冷えたのが飲みたいのよねっ！

……でもさ。あんなことされた後って、どういう顔してりゃいいのでしょーか。いつもは向かい合わせで食べてマスが、いやいや……は、はずかちー！

だけど、そ、そうか。そうです、うん、そうデス！　ほら、私には妄想という心強い味方がっ！


「ほら、お前コレ好きだろ」

「なんっ……」

「お前の好みなんて知り尽くしているさ」

「どうしてそこまで――」

「聞きたいのか？　俺は……」

……

……


あーーっ！　でででできないできない、ぜんっぜんダメですっ！　脳内がとろけてる私は、何をどう考えてもどう捻《ひね》っても、これ以上はまったく浮かびませんっ！

食卓にご飯を並べ終え、ウンウンうなりながら、二人掛けソファの細長い背もたれの上にうつ伏せでグデッとなってたら……

「ひぃやぁぁぁっ!?」

首筋に冷たいモノが当たり、びっくりして飛び上がる代わりに、ドサッと座面に落下！

「ちょ！（ちょっと！）　なっ！（何しやがるんデスカっ！）　もっ!?（もしもソファの反対側に落ちていたら大怪我デスよ!?）」

「……言いたいことは大体わかった。ほら、飲むぞ」

風呂上がりのカチョーは匂い立つ色気を振りまきながら、ビールの缶を持って立っていた。

おぉぉぉ……眼福でござる。カチョーはドライヤーを使わないので、ザッと拭いただけの濡れ髪が……これがまた魅惑的なのデスヨ！

どんな顔でご飯食べたら……なんてことはすっかり忘れて、いつものよーに食べてましたね、気づいたら。ついついお酒も進んでしまいました。週末ってことで、まあいいじゃないかとか自分に言い訳しつつ。

それに何より、カチョーがいつもより楽しげだったんデス！　そうっ、いつも見ている私が言うんだから間違いない。だって……普段に比べ、口角が二度ほど上がっていた、のです。そりゃわかりますよ。毎日じっくり観察してますからねっ！

そこまでの記憶は、あります。

でも気づいたら、いつものように朝でした。なんとまあ爽やかな朝の光！

……ええ。私の姿もいつものようでした。相変わらずのパジャマ姿……ブラもしっかり外しています。おかしいおかしいと思いながらも、結局は流されてそのままになってますがね。

朝食の支度をしていると、カチョーが階段を下りてきた。いつもより遅いご起床。そういえば今日は土曜日で休日出勤がないと言っていましたね。

あ、そうだ、洗濯機を回さねば。台所から洗面所へ行こうと廊下に出たところで、カチョーにご挨拶。

「おはよーご……むぅっ！」

軽く指で顎《あご》を持ち上げられ、カチョーの顔が近づいてきたと思ったら、あっという間に唇を塞《ふさ》がれていました。あああ挨拶の途中なのにーぃぃぃ！

「おはよう」

顔をゆっくり離し、爽やかな挨拶をされた。……爽やか……って！

「カ、カチョー！　実はカチョー、ぜんっぜん平気じゃないですかっ!?」

「ゴホン。……いや、トラウマは辛い、今にも震えだしそうだ」

「ぎゃー！　嘘くさいっ！」

「嘘くさいとは失礼だな」

えーえー、まったく嘘くさいデスよ！　あんなふうにチューチューしてくることができるんだから、トラウマも何もないでしょ!!　と力いっぱい睨《にら》みつけたハズですが、あれ？　カチョー……

カチョーは背が高い。それを見上げる私には、カチョーの瞳に、ほんの少し暗いものがよぎった気がした。それを見た途端、私はシュンと大人しくなってしまう。ひょっとして本当のトラウマだったのかな、とか。いまだに癒《い》えてないのかな、とか。私にまで拒絶されて傷ついたのかな……とか。

「――かちょお？」

「なんだ？」

「ゴメンナサイ……私でよかったら……どぞ、デス」

バツイチになった心の傷が癒えていないんじゃないか、とはリーダーの弁です。結婚当初は妻とイチャイチャ愛し合ったと思うのですよ、きっと。ところが今は、離婚してこの家に一人ぼっち。真っ暗な家に、一人ぼっち。悲しすぎですよ。

そんな状況にあっても、カチョーは私を大事にしてくれていると思います。部下を罰するために住み込みの家政婦にしたけれど、何故か大事にしてくれているんですよね。そんな私がカチョーに返せるものといったらこのくらいしかない。――少しでもその心の傷を癒してあげることができればいいかな、なんて思っちまったのです。

「そうか」

そう言ってカチョーは、ふたたび唇を寄せてきまし――ちょっ！

ねえ、なんでそんな黒い笑みを浮かべてるの、ねえねえカチョー!?

朝から濃厚な……明らかに調子に乗ってますよね？　というカチョーのキスからなんとか逃れ、朝ご飯を食べて、洗濯物を干して、二階のベランダからふと庭を見下ろしていたら――いやいや、一瞬芝生かと思ったけど違うよね？　明らかに雑草なんですけど！

「じゃ私、庭の掃除に行ってきまっす！」

気温が上がる前の午前中に草取りをしようと軍手をはめ、ゴミ袋を片手に庭へ出ようとしたら、ガシッと肩を掴まれた。

「待て。俺にもよこせ」

「軍手？　一双《いっそう》しかありませんよ？」

「片手だけあれば足りるだろう」

いつの間にやらカチョーも黒Tシャツに黒のハーフパンツというラフな格好に着替えていて、頭には白タオルを巻いちゃって、やる気マンマンですよ！　そして色気もムンムンですよ！　おかーさーん、私、生きててよかったーー！

あぁ……いいよね、頭にタオル巻いちゃう系の男って。

……うへへ、と妄想していたら、カチョーが軍手をはめていないほうの左手で私の頭を鷲掴《わしづか》みに……！

ギチギチギチ――ひっ、アイアンクロー!?

「かぁぁぁちょぉぉぉぉーーーっ！」

「さっさとやれ」

「……ぁぃ」


ぶちっ。

ぶちっ。

「……地味だな」

「草取りに地味も派手もありませんよ。私の住んでいるところは田舎なんで、ちょぃちょぃ草むしりしないとえらいことになるんですよ？　でも可愛い花だって沢山あるから、つい庭の一角に集め、お花畑を作ってましたね」

ていうか、田舎だとほかに娯楽がないんだもの。

山、川、田んぼに囲まれた過疎地で、バスは一時間に一本あればマシな状態。コンビニ？　商店？　何それどこの都会？　という感じ。

街灯はあっても集落のメインストリート（といっていいのか？）に五十メートル間隔でほんのり灯っている程度。一本道を奥に入れば、夜など暗くて何も見えず、本物の暗闇が体験できるのだ。このカチョー宅と同じ市内とは正直思えない……デス。

「そうか、あの地域か」

「おー、カチョー、私の住む田舎、御存知なのですか？　うちはじーちゃんの山があって、農業やってて、私も繁忙期はお手伝いするのですよ」

田植えも、山菜取りも、色々やります。イノシシ、クマ、鴨、小川には鰻《うなぎ》に沢蟹にスッポンなんてのも捕れる超田舎。集落墓地があり、隣組が残っていて、何かあればご近所の全員が集まる。いわゆるヨソモノには辛いかもしれないけど、仲間意識がとても強い、そんな土地柄なのだ。

ぶちぶちぶち……。雑草を根っこから、てりゃーっと引っこ抜きながら、口は動かしていた私。でもちょっとくたびれてきました。

「ま、今日はこのぐらいにしてやろうではないか」

「阿呆。素直に疲れたと言え」

拳の裏でコツンと頭を小突かれた。それでも存外痛くないのは、ちょっとは労わってくれているってことなのかのぅ。だけどあたしゃー、腰と足がボキボキよ。大きなゴミ袋三つ分にもなった雑草を、ぎゅうぎゅうと押し込んで袋の口を縛っていたら、カチョーが私のうしろの方でボソッと言った。聞きとれなかったとしてもそれはそれでいい、そんな口調での呟《つぶや》きだった。

「――お前の家族は……皆元気か？」

誰もがごく普通に聞くような、単なる質問。でもなんで？　どうしてそんなに切なそうな声を出すのですか？

うしろにいるから、表情が読めない。

だけど振り返ってまでその姿を見る気には、どういうわけかなれなかったのです。

7

「へいお待ちっ！　ユリちゃん、いつものセットだ！」

ダンダーンと荒々しい音を立ててテーブルに並べられたのは、きくらげトンコツラーメン、餃子、白ご飯のセット。

カチョーは、「――お前の家族は……皆元気か？」という、ナゾの台詞《せりふ》の後で急に思いついたかのように、「ラーメン食べたい」と言うので、私お勧めのラーメン屋に来ちゃったのでございますするよ。

「で、何故に……」

「ほら、早く食べないと麺が伸びるぞ」

「ああっ、はいはいはいっ！」

ずぞー。もぐもぐもぐ。

あれっ、今カチョー、私の質問を流しましたよね、逸らしましたよね。いやいや、私だってね、うん、この私だってさ、あれだけあからさまにされれば気づくんですわよ！

ここへは小さい頃から、家族みんなで度々食事に来ているので、店員さんとも顔なじみです。もっとも今日は、メタモルった私の姿に、おやっさんは顎《あご》が外れんばかりにあんぐり口を開けて驚いていましたがね！

「ユリちゃん見違えたなあ！　おいおい、コレのお陰かい!?」

そう言ってぐっと親指を立てる。

「ち、違っ！」

「ええ、まあそんなところです」などというカチョーの誤解を与える発言のせいで、おやっさんにニヤニヤされました。

相変わらず、油でべたつく床と丸椅子とメニュー表。——ちっ！　置いてある週刊漫画雑誌、二週前のじゃないですか！　前回来た時と同じやつがそのまま。ちょ、おやっさん、たまには更新しようよ！

それにしても、カチョーはなぜ「——お前の家族は……皆元気か？」なんて聞いたのだろう。

手と口を一生懸命動かして、ラーメン、餃子、白ご飯と三角食べをする……んだけど、どうしてもどうしても、さっきのカチョーの声が耳について離れないのです。

黙々とラーメンを食べるカチョーをこそっと盗み見た。普段から仏頂面だけど、今日はより一層……いやいや、仏頂面というよりも、寡黙な男のお姿はステキなのですがね。ただいかんせん、ちょっと怖い。何故か怖い。怒っている訳ではないだろうけど、ウッカリ何かものを言えば、地雷を踏みかねないような危うさを感じてしまうのです。

……悶々《もんもん》とするのは私らしくないので、こっそり妄想することにしましょ。向かいに座るカチョーをチラリと見やる。

カチョーはこんな店でも何とも絵になりますねっ！　今日は少しダークなオーラをまとっているので、それもまた危なげな感じをかもしだしていて大変よろしい。そうだ！　店に立ち退きを迫るインテリヤクザと純情なラーメン屋の息子ってシチュエーションはどうでしょう。


「この辺で手打ちにしましょう」

「ダメだ！　ここは母さんの思い出が詰まった大事な店なんだ！　絶対に手放せない」

「それほど大事な店なのに、経営は傾いて虫の息だ。違いますか？」

「！」

「仕方がないですね……言ってわからないなら、体でわからせましょう」

「な、何を！」

……

スコンッ！

「んぎゃっ！」

「現実に戻って来い」

カチョォォォォッ！　メニュー表の角でぶったら痛いデスっ！

そんな私達を微笑ましく見ていた（？）おやっさんが声をかけてきた。

「ユリちゃんよぉ、いやー、それんしても入れ違いだったな！　ついさっきまでユリちゃんら家族も食べに来てたんだぜ？」

ギャー！　おやっさん、今まさにこのタイミングでそれを言うなぁぁー！

ぎぎっと睨《にら》んだのに気づかず、おやっさんはベラベラ喋《しゃべ》り続ける。

「今日は珍しく五人で来ててなぁ」

「え、五人？」

「おぅ、珍しいよな！　いつ帰国したのか知らねぇが。聞いてねーのか？」

ちょ、マズイ。帰っているなら隠しておかねばなるまいよ、実家の私のお宝たちをー！

「兄貴が帰って来たのか」

ちょ、なんで兄がいるのを御存知なのデスカ⁉　いやでも、今はそれどころじゃない……おおおお宝！　動揺する私に、カチョーは「なんだ」と目で促した。

「葵《あおい》兄ぃがいるってこたぁ、私の大事な大事な大事な……」

「大事な？」

「とにかく大事なものがキケンなのデス！」

スープをグイッと飲み干した私は、テーブルにターンと音を立てて丼を置き、立ち上がって拳を突き上げる！

「死守せねば！　カチョー、私ちょっくら家に行ってきマス！」

「どうやって」

そうでしたー！　カチョーの車で三十分かけてやってきたこのお店。うちはここから近いっちゃ近いけど、大きな川を越え、さらに奥に行かねばならない……

ここいらで「近い」ってのは、車でって意味なのです。田舎では、車は一家に一台じゃなくて、一人に一台。車がなくてはどうにもならんのですからね。

私も一応免許証を持ってますが……ええ、今や身分証明書に成り下がっております……。だけど、いやでも行かねばなるまいよ、兄の魔の手から守るために！

「カチョー！」

「なんだ」

「止めないでくださイッ！」

「俺は止めてない。――だけど、まあ待て」

そう言ってカチョーはまたもゴチソーして下さり、おやっさんの「ありやとやしたー！」のダミ声を背に店を出ると……それはそれは綺麗な笑顔で言いやがりました。

「家に送ってやる」

ぎょわー！　なんか怖いぃぃぃぃぃ！


と、いうわけで。なぜか今私は、家族と共にカチョーを囲んで自宅でお茶しています。

「課長さん、ユリ子はしっかり仕事をしていますかね？」

「ええ、まだ新人ではありますが、業務内容をいち早く覚え、与えられた仕事をきちんとこなす努力家だと私は思っております。同僚達の評価も高いですよ」

「おおー、かあさん聞いたかオイ」

「まあまあ！　社内の方に失礼をしていませんか？」

「ご心配なく。社の者は皆ユリ子さんの明るさに癒されております。特に女性の先輩からは可愛がられていますね」

「アホユリのやつ、会社じゃ何枚猫の皮被ってんだかわかんねーな」

「これ葵！　そんなこと言うでねぇよ」

どっ！

アハハ……アハハ……

ナニこの拷問《ごうもん》。私以外は、カチョーを含めてみな和やかに歓談しています……

何故こうなった。

カチョーが「送っていく」と有無を言わせぬ態度だったので、私もついうっかり「ハイ」と頷《うなず》いたが最後、あれよあれよという間に到着してしまいました。でも、教えてもいない自宅への道のりが、なぜわかったのでしょうか？　私がどんだけハラハラしているかなんてお構いなしに庭先へ車を停め、自宅前の畑で収穫作業をしていたじーちゃんばーちゃんにあっという間に見つかり、カチョーもろとも自宅に連れてかれてしまいまして……おぉぉ？　ま、まさかの展開デス！　ちょ、お気遣いしなくていぃぃのぉぉぉ。タスケテー。

昔ながらの日本家屋という雰囲気の、平屋の我が家。玄関の引き戸を開ければ土間があり、上《あが》り框《かまち》を昇ると、そこに客間がある。ちょっとしたおもてなしに使う部屋なのです。私の産まれる前、ここに囲炉裏《いろり》があったらしいけど、まだ幼かった葵兄ぃが扇風機の風で灰を吹き飛ばし、えらい惨状になったことがあるらしく、以来囲炉裏は封印されているらしい。

そして今、じーちゃんばーちゃん、そして声を聞きつけてやって来たおとーさんと葵兄ぃが、カチョーを取り囲むかのようにずらりと居並んでいる。

いいえ、ついさっきまでは、私もカチョーと一緒にいたんですけどね。今はおかーさんと土間続きの炊事場にいます。ちなみに炊事場にはガス台だけでなく、かまどまであるってんですから、「キッチン」みたいなハイカラネームは似合わないような場所なのデス！

そこでお茶とお茶うけの支度をしていたため、カチョーを一人にしてしまいました。

あぁ……そのことも問題だけど、それより何よりお宝をををを……。しかし、お宝のことはおかーさんにも内緒の極秘事項ですからね。なるべく平静を装い、隙を見て部屋に駆け込まねば！

「ユリ子、湯のみを用意してね。それから……あ、そうだ。アルバムを出しておいたから、帰る時に持って行きなさい」

「え、アルバム？　なんで？」

「そうね……見たいなーと思った時に、開いて見るといいわ」

にっこりと返答する母は、優しいまなざしをしている。しかし、言われたとおりにしないと何かオソロシー目に遭いそうだ！

「？　う、ういっす！　あ、ねえ、おかーさん。葵兄ぃはいつ帰国したの？」

「今日よ。うちに着いたのは……二時間くらい前かしら」

「え、ついさっきじゃん！　とんと音沙汰がなかったのに、急に帰国って何さ！」

「ふふっ、まあいいじゃないの。会社からお休みをもらって……二週間は家で過ごすって言っていたわよ。おかーさんご飯作るの張り切っちゃおうかなー？」

葵兄ぃは海外で仕事をしている。帰国する機会は滅多にないので、これ幸いと、私の部屋をお宝満載のパラダイスにしてきたのだが……油断大敵！


「カチョー、お待たせ致しましたー」

まずカチョーにお茶をだし、お菓子の入った籠とお漬物を盛った皿をテーブルの真ん中に置いた。家族みんなのお茶は盆の上に載せたままだけど、銘々《めいめい》好き勝手に手を伸ばし、自分専用の湯のみを取って、ずずっと飲む。

「袴田さんや、このおこうこはオラが漬けたでね。たんと食べてな」

「はい、頂きます」

「昼飯はまだ食べていねぇなら、こさえるけぇが？」

「先ほど、ユリ子さんとあのラーメン屋さんに行って食べて来たところですよ。ちょうど皆さんが帰ってしまったばかりだと店主から聞きました。こちらでご贔屓《ひいき》にされている店だけあって、とても美味しかったです」

「ほぉか！　あの店はちぃっと汚なぼったいけぇが味はええら？」

「間を置かず、また行きたくなりますね」

かぁちょぉぉぉ！　何その爽やか笑顔風味！　べ・つ・じ・ん！　今すぐ土下座してひれ伏して、ハダシで山に駆け込みタヌキとひっそり暮らしたくなるような、まさにそんなおそれ多い二枚目笑顔なんですよ！　元々かなり作りのいい面立ちをなさっているから、爽やか笑顔というオプションまでつけたら破壊力抜群ですよっ！　見た目もよく姿勢も美しい。つくづくこの場に似つかわしくない。まるで都会育ちのお坊ちゃんが山道に迷った末に一晩の宿を求めているとかっていう構図にも見えますよ！

おとーさんとじーちゃんはお茶で喉が潤《うるお》ったらしく、より一層饒舌《じょうぜつ》になり、話に花が咲く。カチョーは如才《じょさい》なく受け答えをして、たまに質問を挟むなど、会話上手なスキルを如何《いかん》なく発揮しているので、話が途切れない。

ちょ……カチョー、馴染みすぎじゃないですか？　私なんか、むしろいなくてもいいくらいの馴染みっぷり。まるで家族みたい。

よし、じゃあこの隙に！　と、コッソリ場を離れ、足音を立てずに自分の部屋へと向かいます。私の部屋は二階にある、といってもここは平屋。我が城は、屋根裏を改造して個室をげっちゅしたものなのです。狭いっちゃ狭いですが、天井が高いので、それほど窮屈《きゅうくつ》に感じません。やや急な階段を上り、ドア代わりにしているカーテンを開ければ。

おおぅ、久し振りの我が城！　お宝達よ皆、無事でしたかーっ！

お宝を一つ一つチェックしていたら、うしろから声がかかった。

「おい、ユリ」

「ぎゃっ！　あ、葵兄ぃ！　ちょ、乙女の部屋に入るたぁ失礼じゃないかぁぁ！」

うひょぉっ、心臓の鼓動を止める気か！　あんまり驚いたので、確実に十センチは飛びすさったと思いますっ！

「ばーか！　お前が乙女ってタマか！　そんなこと言ったら、世界中のレディーに失礼だ！　詫びとして、今夜から世界中の女性に足を向けて寝るな！」

「どぅえっ！　直立で寝ろと!?」

「いーや、それだとブラジル辺りの人に失礼だ」

「地球の反対側の人にも配慮しなきゃいけないのかぁっ！」

「逆立ちで寝ろ」

「鬼ーーーーーっっ！」

くぅうっ、年齢が少し離れている二十七歳のこの兄に口で勝てた試しがないっ！　そして兄の意見は絶対のものとして、つねに私を縛りつけている……ので、会った瞬間に敗北は決まったようなものデスが、何としてもお宝だけは死守せねばなりませンッ！

過去に――そう、この葵兄ぃはかつて、私がコツコツと溜めてきた、今は超プレミア商品となっているBL本を、知らぬ間に処分したことがあるのだ！

　聞くところによると、「BL、ありえねぇ！」と個人的かつ勝手な言い分の下に、バッサバッサと投げ捨てて……！　あぁぁぁ……（涙）。今回もその恐れがあったので、魔の手が伸びる前に何とかしようと、急いで部屋に上がって来たのです。

「バカ兄ぃ！　私のお宝、捨てないでぇっ！」

「うるせー！　あんなもん、この家に存在してるだけでありえねー！」

　兄はズカズカと部屋に入り込み、私の本棚を一瞥《いちべつ》する。うっ、葵兄ぃがいないからと安心して、普通に並べてたぁ！　こ、ここはもう、最終で最強のカードを切るしかあるまい。兄の友人から聞き込み、そして現に兄の本棚にあった小説や漫画から推察される趣味嗜好を暴いてやるっ！

「ちょっ！　人の趣味をどうこう言えるのか、その口で！　この貧乳童顔好きめ！」

「……っ！　な、なーぜーそーれーをぉぉぉぉーー！」

　兄は一瞬くわっと目を見開いたかと思うと、掴みかかってきた！

「ぎゃわーーーーーーーーー！」

　こええー！　まぢこええー！　まさかの正解ど真ん中だったー！　ひぃぃっ、またしても卍固《まんじがた》めか？　コブラツイストか!?

　葵兄ぃの般若《はんにゃ》のような形相に本気で震え上がって、目をぎゅっと瞑《つむ》ってしゃがみ込んで……で……で……？

ありゃ？　来るものと思っていた攻撃がない？

おそるおそる見上げてみると、そこには葵兄ぃの手を押さえているカチョーのお姿がありました。

「妹とはいえ、女性に対して力に物を言わせるのはいただけないな」

うをぃカチョー、アナタがそれを言いますかっ！　でででこぴんとかっ、アイアンクローとかっ、色々と私にかましましたよねっ!?

思わずぽかんと口を開けたままカチョーを見つめる私。だけどカチョーは、どこ吹く風だ。まったく自分のことは省《かえり》みないらしい。ほんっと、スバラシイ性格してますね！

カチョーにガッチリとホールドされている葵兄ぃは、嘘くさい笑みを張りつけたまま、カチョーに食ってかかった。

「おいっ！　放せっ！　大体だな、俺が急に帰国しなきゃいけなくなったのも、けいご……」

「ふむ。葵君にはまだ話が通っていないようだ」

「ふごごご……！」

カチョーは葵兄ぃの口を片手で押さえ、腕を捻《ひね》り上げて動けなくした。

「ユリ子はどこ？　あら袴田さん、こちらにいらしたのね」

騒ぎを聞きつけたのか、おかーさんがカーテンをヒョイと上げて顔を覗《のぞ》かせた。カチョーは苦笑交じりに眉を顰《ひそ》めて、掴んでいた手を離す。葵兄ぃはさっと逃げようとしたけれど、おかーさんにあっさり捕まった。

「すみません、葵君によろしくお伝え下さい」

とカチョーが、おかーさんに頭を下げた。

「あ！　そうだったわ。じゃあ私は先に下に降りますね。ほら、葵も行くわ、よっ！」

おかーさんは「よっ」のところにドスを効かせて威圧《いあつ》した。それから葵兄ぃの頬っぺたを掴むと、「あらゴメンナサイね」と余所行きの笑顔でカチョーに愛想を振りまき、葵兄ぃを引っ張っていった。何か言いたげに口を開きかける葵兄ぃに向かって、「それは下でね」と睨《にら》みをきかせ、黙らせる。

……え、何なのこれ。え、ちょ、ね、待って待ってー。私の知らないところで何かあったの？

「……何か聞きたそうだな」

そりゃー、カチョーに聞きたいことは山ほどあるさ！　え、えっと、どれから聞けばいいんだっけ。

「残念、時間切れだ」

「早っ！」

ちょっとー！　たった二秒で時間切れって、どーゆーことデスかーっ！

「待ってくだせぇ！　じゃじゃじゃあ、カチョーはもしかして、葵兄ぃとは古くからの知り合いだったのですか？」

さっき、葵兄ぃは「けいご」と口走りそうになった。カチョーの下の名前は圭吾ですよね？　私は家族に「こちら、袴田課長さん」と紹介したのであって、名前までは言ってません。だけど葵兄ぃは知っていたみたい。それに、家族の様子からして、どうも「初めまして」という雰囲気じゃなかったような……？

「知り合いだったかどうか、答える気分じゃない」

「ぬわんじゃ、そりゃあああっ！　き、聞きたいことがあるなら聞けと言ったくせにーーいぃ」

「聞きたいのは、お前の都合。答えないのは俺の都合で、俺は自分の都合を優先させる。それのどこが悪いんだ」

「わー！　なんて滅茶苦茶な言い分！」

くぉぉー、葵兄ぃ以上に口が立つ！　早々に白旗デス、とほほ……

ショボーンと肩を落とした私をよそに、カチョーは部屋の中をぐるりと見まわし、小さな机とセットになった小さな椅子に座る。私にはちょうどいいサイズの椅子も、カチョーの体の大きさにはかなり不釣合い。なんていうか、ちょっと笑える。だけど、すんでのところで笑いをこら堪えた私、エライーッ！

「……これは？」

カチョーが、机の上に飾ってあったフォトスタンドをヒョイと持ち上げた。昔の私の写真と四葉のクローバーが挟み込まれている。

「あ、この写真はー……えーと、何歳だったですかね？　九歳頃かなー？　大事なんですから触っちゃ……」

手を伸ばしてフォトフレームを取り返そうとしたら、手首を掴まれた。そして、くいっと引っ張られたので、「んぎょぉっ」と変な雄叫びを上げて体勢を崩してしまった。

ぎし、と椅子が悲鳴をあげる。

「あのお、カチョー？」

「なんだ」

「放してくだしゃい」

「いやだ」

いやだって、子供か！　今の私は、ひっじょーにマズい場所に乗っている。椅子に腰かけたカチョーの、上！　し・か・も！　まるでしなだれかかるかのようにカチョーの胸に頬を当てちゃってー！　当てちゃってーぇえっ！

どうにかして離れようとモゾモゾと動いてみるけれど、床から足が浮いちゃってるし、手首を掴まれているから、どうにも……ん？　あれ？

「カチョー？」

「今度は何だ」

「なんか足に当たってマ……ス……」

「気にするな、生理現象だ。確認するか？」

「ぎゃおーーーーっっ！」

今度こそ、あらん限りの力を振り絞って、カチョーから飛びのいた。いやいや、なになに。動揺を隠せないまま、とにかく何らかのフォローがいるだろうと、口を開く。

「かかかかちょう、そうですよ、そうそう、そうなんデスヨ！　私、知ってますから！よくあることですよ、ホラ、朝とか、元気におっ勃つ……」

スコーーーーン。

「にぎゃあああっ！」

大事なフォトフレームの角を脳天に落とされたーーっ！　ぼ、暴力反対！　カズキズキと痛む頭のテッペンを押さえながら非難の声を上げるが、いつものようにカチョーはどこ吹く風だ。

「少しは恥じらいを持て、阿呆」

フンと鼻をならし、カチョーはフォトフレームを元の位置に戻した。そして椅子から立ち上がり、私をぎゅむっと抱きしめ、背中を荒々しく撫でる。

ちょ、なに、えっ⁉ ナニゴト！ と目を白黒させている私に顔を近づけたかと思うと、ふわっと優しい口づけをしてから、「赤いぞ、顔。色が引いてから降りて来い」と言い残して、先に階下へ行ってしまった。

え、ええ？ ちょ、ねえ。キスへのハードル、随分と下がってませんこと？

部屋の隅にある姿見には、真っ赤に頬を染めた私が映っていた。

うをぉおお、乙女か！ 私、乙女かっ！ カチョーにキスされ、カチョーと抱き合い、カチョーのアレがアレで……って、おいおいおい！ アレなんてBL本でよーーっく存知上げていましてよ、私！ 元気になったりならなかったり、みたいなことも知ってます。それなりの知識はゴザイマスのよ、オホホホホ。いやモノホンは知らず、ですけどね。

しかーし、いざ現物ってなると、どうなのさ。

足に当たった感じが……こう、かた……ぎゃあああああああ‼

ふたたび頭が沸騰《ふっとう》して、ジタバタ悶《もだ》え、しばらく部屋から出られましぇんでした……

それからだーいぶ時間が経って、これなら通常モードだな、とやっとこさ思えるまでに落ち着いたので、客間に下りた。

するとそこでは、葵兄ぃがおかーさんに膝詰めで説教されているところだった。

え、ひょっとしてあれからずっとお説教？　葵兄ぃとおかーさん以外は、みなどうやら野良仕事に戻ったらしい。

「あれ？　おかーさん、カチョーは？」

私の声に顔をあげておかーさんが言うには、「少し辺りを見てくると、お散歩に出られたわ」とのことだった。おかーさん、なぜか満面の笑みを浮かべている。その横にいる葵兄ぃまでもが何やらニタニタ笑っているので、思わず「気持ち悪っ！」と零《こぼ》したら、ギロリと睨《にら》まれてしまった。

おっかないので慌てて外へと飛び出すと、そこへちょうどカチョーが戻って来た。すぐそこの山やら川やら田んぼやらを眺めながら、集落の共同墓地へと続く道を散策していたらしい。途中、茶畑で拾ったという茶の実を、掌《てのひら》でコロコロと弄《いじ》りながら、カチョーは遠くの山を見て目を細めた。――まるで、何かを懐かしむかのように。

「さて、帰るか」

「……ほ？」

次の瞬間には、家のほうに向かって歩き出していた。

「お前の作る夕飯が食べたいんだ。行くぞ」

「……へっ？　はっ？　ひょっ!?」

カチョーは玄関を開け、中にいるおかーさんと葵兄ぃに声をかける。

「お父さん達にご挨拶できなくて申し訳ありませんが、これで失礼します」

おかーさんはあわてて土間に降りてきて、あらかじめ用意してあったのか、野菜をどっさり持たせてくれた。

「じゃ、ユリ。くれぐれも体に気をつけるのよ？　それから——合宿が終わる日を楽しみにしてるからね」

「……え、それって？」

聞き返そうとしたけれど、カチョーに腕を掴んで連行され、車に押し込まれてしまった。合宿が終わる日を楽しみにしている？　ひょっとして終わる日に何かあるの？

おかーさんに見送られながら、車は発進した。私の混乱なんかお構いなしに。

8

カチョーの家に着いた後、体力やら気力やら、なんかもうすべてを失い、夕ご飯を食べ終わって片付けたらもう、ソファにて寝オチ……そして今はもう、翌日の朝。

「っていうか……」

嗚呼。これで何度目でしょーか……またしてもパジャマに変身してます。そして何故か……下着も替わってますね。ブラは今回もしてません。ノンワイヤーのおやすみブラ、つけている日といない日があるのですが——だけど、考えたら、負け。うん、そうだよね。そうそう。見なかったことにしましょーよ。さーて起きるか、と現実逃避を決め込むことにした。

本日は日曜なのです。どうやら快晴！　カーテンの隙間から零《こぼ》れる日差しは、すぐそこまで来ている夏の気配をビンビンに感じさせます。

ううむ……カチョーの家で過ごすようになって三回目の日曜日。何だろうなあ、こんなにどっぷりこの生活に慣れちゃうなんて、とてもヘンテコな気持ちだわー。

仕事をしたり、家事をしたりで疲れるので、毎晩もれなく寝るのが早まった。つまりそれは、漫画原稿を描いたりＢＬ本を読んだりするニヤニヤ妄想タイムが減っているってことで。

でも何故か、そんなの耐えられないとは思わない……。いや、相変わらずＢＬは好きだけどもね？　実家で暮らしていた頃みたいに、どっぷりと妄想に浸れなくても大丈夫という、この事実。

オトナのオンナに近づいた、ってことですかね？　ムフフ。

……と、いい加減に布団から出ないと。

うおりゃっと起き上がり、とりあえず穿いているおパンツとおそろいのブラジャーを装着。下着姿のまま、クローゼットを開けた。デパートメントストアでアマゾネスみたいな販売員が用意してくれたファイルをペラペラと捲《めく》り、今日の予定を思い出しつつ、着る服を選ぶ。

「しっかしホントーに、ふぇみに～ん☆ですね。ふわふわのぽわぽわで、清楚かつ可愛い系だわ」

カチョーに連れていかれた美容院でゆるふわパーマもかけてもらったから、こりゃ花畑や波打ち際をウフフアハハではしゃいでも違和感ねえなっていうビジュアル。顔を除けば、モテ女子になれるかもです！

「ユリ、入るぞ」

ガチャッ、と何の前触れもなしに開いたドア。カチョーがのっそりと入って来て――

「え、ちょ……!?　ぎゃあああっ！　か、かちょおおぅぉうぉうーーーっ!?」

「着替え中か」

私は、開け放ったクローゼットの前でパンツとブラだけを身につけ、ファイルを眺めながら仁王立ちしてたのですよ？　ちょ、ちょおっと待てぇいっ！

「カチョー！」

「なんだ」

「減りますっ！」

「減らない」

だいぶ言葉を省略したけれど、つまりは「裸を見られると減ります」って言いたかったわけ。そんな私の抗議にも、間髪をいれずに返事をするカチョーが憎い。

「いやいやいやいや、なんか私に言うことあるじゃないデスか!?」

はて？　と、カチョーは顎《あご》に手を当て、こう言った。

「似合ってるぞ」

「ちっがーーう！　ちょ、バッチリ見てるじゃないデスかっ！　あっ！　カチョー、その前に、いや、後でもどっちでも、どうでもいいんですけどっ……」

「何が言いたいんだ?」

「なま、な、名前……で呼びましたね？　呼んじゃいましたね?」

このような関係になる前、カチョーは私のことを会社では「滝浪さん」と呼んでいた。しかしBL漫画の件がバレてから家では、おい、お前、あのな、ちょっと……という呼び方に変わった。

それがなぜ、ユリ、と名前呼び？　下着姿であることも忘れて、カチョーに詰め寄る。

「なんで名前で呼ぶのですか!?」

「違う名前だったか?」

「いいえ、合ってますけど……いや若干足りない字もありますが……子、とか……」

「大体合っているなら問題ないだろう」

いやいや、マテマテ。私個人を呼ぶに当たって、順当というか、そう呼んでも別に構わないのだけれど、いや、何か、そう。何か一歩、私のテリトリーに踏み込んできたと、そんな気がするのでゴザイマスですのよっ！

「とりあえず、服を着ろ」

それだけ言い残し、カチョーは扉の向こうに消えた。

「とり、とりあえずって！　カチョーが邪魔したんでしょーがっ！」

今さらながら羞恥心が湧き上がり、体中がカッカと燃え上がらんばかりに赤くなって、抗議の声を上げようと息を吸い込んだその一瞬……

私の心にひゅうっと、凍てつかんばかりの風が吹いた。

——今日はもう、三回目の日曜日。

このちょっと変わった同居生活が、あと少しで終わりになるのだという現実を、いきなり目の前に突きつけられた気がした。

9

「——で……。ユリ、聞いてるか？」

「ほわっ！」

目の前で掌《てのひら》をヒラヒラと振られ、驚いた私は三センチほど飛び上がった。おっと、まったく聞いていませんでしたぜ！　そうだそうだ、今は朝ご飯の最中でした！

カチョーとの同居も、およそあと二週間ということに、さっき気づいたのでした。タイムリミットが迫っていると思うと、自分でも驚くほど喪失感を覚えたのです。この時間、この空間、この生活がなくなる——いえね、今まではそれで普通に暮らしてきたんですよ。だから、普通の生活に戻るだけ。こういう状態が続くほうが、よっぽど異常だというのにね。

この家を去る日のコトを考えていたら、胃の中に漬物石が入り込んだかのようにずどーんと重くなって、食欲は失せましたが、ご飯を茶碗によそった以上お残しはしたくありません。機械的に、ぼそぼそと口に運ぶ。

「……ユリ？」

流石に様子がおかしいと思ったのか、カチョーが心配そうな顔を私に向ける。だけどもさ、こんな気持ち、口にするべきじゃないのですよ。だってこれ、ペナルティからくる『三つの条件』のうちの一つですからねっ。

条件一、見た目を変えること。

条件二、家に住み込み、家事をすべてやること。

謎のままの条件三は、この同居生活が終わるその日に伝えられるはずだ。

会社では単なる上司と部下。年齢だって、カチョーは三十一歳、私は二十二歳で、九つも違うのデス。カチョーはオトナ過ぎて、カッコ良すぎて、ステキ過ぎて……私なんか絶対に相手にされないはずなのに、何故かこうして一緒に暮らしている。もっと、ここに住んでいたいなと思ってるなんて――ん？　え？　いやいやいや。何を考えてるの私！

「何でもありませんよ？　ちょっと妄想していただけデス」

脳内の混乱を悟られたくないので、ぎこちないながらも笑顔で応える。いつもなら、BLシチュ妄想でデヘデヘしていると、激しいツッコミをしてくるカチョーが今朝は何故か何もしてこなかった。ち、違いが、わかるんですか？

「今日は用事があるから、昼は要らない。夕方には戻る」

カチョーはとっくに朝食を食べ終え、今はお茶を啜《すす》っている。昨日おかーさんが新茶を持たせてくれたんだよね。カチョーさんと一緒に飲みなさいって。

一緒に？　んっ？　……そうか合宿だからカチョーもいると思っているのか。あまり深く考え込まず、自分を納得させておいた。

「お昼ご飯なし、夕飯あり！　はーい、了解でっす！」

私自身、カラ元気なのはわかっていたけれど、落ち込んでも喜んでも、過ぎゆく時間は止められないのだ。だったら、限られた時間を楽しく過ごそうではないか。無理矢理口に詰め込んだご飯をお茶で胃に流し込み、空になった食器を台所へ運んだ。


ううーむ。ところで今日は何をしようか。ルーチンの家事は終えているんで、折角のおひとりさまな休日を有意義に過ごしたい。たまにゃ街中でもウロウロしましょーかね。駅北の本屋へ行って、好きな作家さんの新作BL小説や漫画を買い込んで、久し振りに趣味に浸りましょうか。そう、そうやって私本来の休日の過ごし方で満喫しよう！

そうして私は昼頃に家を出た。昼食は一人でとることになっているので、以前リーダーに教えてもらった美味しいランチのお店に行くことにした。八百円でオムライスとサラダとドリンクと一口デザートが出てくるのはとっても嬉しい。安くて美味しいだけでなく、見た目もキレイで女子力が上がりそうだ。

大勢の人が行き交う目抜き通りに面したその店は、ガラス張りのとてもオサレな造りになっている。店内の混み具合を外から窺《うかが》った時、目に飛び込んできた光景に、私は思わず息を呑んだ。

「え。──かちょ、お？」

朝、用事があると言って出かけていったカチョーが、こんなところにいる。テーブルを挟んでカチョーと向かい合っているその人は……

「……リーダー？」

なんで？

くるり、と回れ右をしてしまった私。できるだけ早く店から離れたくて、かなりの距離を駆け抜けた。もうこれ以上は走れないと思ってようやく足を止めたが、心臓はバクバクしていて、おまけに乱れた息が苦しくてたまらない。フラフラと、繁華街の中心部にある公園の、小さなベンチに座った。

どうしちゃったのでしょーか、私。

カチョーと一緒に住むようになってから、思いっきり変です。カチョーのこととなると気持ちが乱れに乱れ、事あるごとに一喜一憂どころか、もう完全に振り回されっぱなしですよ。

カチョーは私に対して妙に鋭い。……主に妄想している時ですけど。それから、私がトラウマ克服に協力すると言えば、妙に優しげにキスをしてくる。……まあこりゃ私の自業自得な部分もアリだけど。とにかく！　訳わかんない振る舞いが多すぎます。

そもそも一ヶ月後に大事な用があるけど、家事まで手が回らないからって言っていたくせに、広い家の中はがらんどうで、しかも掃除の必要なんてないほどキレイでした。私の好きなように家具調度から家電まで購入しろと全権委託されマシタし……それって、やっぱり何かが変でしょ？

その上、私のもっさい外見をステキ女子っぽくするなんて——住み込みの家政婦というよりも、ペット扱いして自分好みに仕立てたかったってコトですか……？

カチョーとリーダーの談笑していた姿が、頭から消えない。何度も何度も目に浮かんでくる。

ものっすごくお似合いでしたよ、あの二人。年齢的にもちょうどいいし、美男美女が納まるべきところに納まったっつーか。

あー、そういうことか。お二人さん、素敵な関係を育んじゃってるのね。そんでもって、私は蚊帳《かや》の外なんですかい。あー、そーですかそうですか。なんだ……私……

「あら。あなた、袴田君の……？」

ベンチで俯《うつむ》いていた私の視界に、真っ赤なハイヒールが映りこんだ。

えっ？　と顔を上げると、そこに、コンタクトレンズを作った時に診察に当たってくれた女医さんがいた。あの時と違って白衣は着ていなかったけれど、すぐに彼女だとわかった。なぜかというと今日の彼女の服装は、キリッとした印象のブラウスにタイトスカート……そして真っ赤なピンヒールという、ある意味私の妄想通りの、どSコーデでしたからね。

そのまま通り過ぎて行くのかと思ったけど、なかなか立ち去ろうとしない。んん？何か私に話でもあるのだろうか。

「あのぉ、私にご用でも？」

訝《いぶか》しむ私に、女医は明るい声を上げた。

「コンタクトレンズの調子はどう？」

「あ、ハイ。三日ほどで慣れました」

「違和感がないようでよかったわ。袴田君が連れてきた時は、どんだけイモっぽい子かと思ったけど、磨けばマシになるものね」

ちょ、失礼な！　まあ、合ってるけどもね、残念ながら！　しかしイモっぽいとは、死語使いな女医め。年が知れるというものデスよ！

「は……あ、カチョーのお陰です、ハイ」

実際カチョーの指図でメタモルったお陰でみんなに褒められるようになり、感謝はしているのだ。家族にも会社の人にも「可愛くなった」と言われたし、最近は鏡を見ながら密かに自分でもそう思うようになった。最初の頃なんて、鏡を見るたびに「誰⁉」

と驚いていたものです。

そんなことを思い出していたせいか、やや挙動不審になってしまう私だったけれど、女医さんは目を細め、「でも、よかったわ」ともう一度言って柔らかく笑った。

「袴田君、待っていたもの」

——何を？

「だから私とすぐ別れたのよ？」

——誰が？

……え？　別れた、と？　それって……？

キョトンとする私に、女医さんは意外そうな顔でこう言った。

「もう話は聞いているでしょ？　私と袴田君が結婚していた、ってことを」

——っ!!

「おい」

カチョー、いつの間に戻ってきたのさ！　ああ、びっくりした。盛大に悲鳴を上げてしまうところを、ぎりっぎりで呑み込んだ。しかし体の反応は抑えきれず、まるで漫画みたいに、びくぅぅうっと跳ね上がってしまった。

女医さんと別れてから、どこをどう帰ってきたのかよく覚えていないけれど、私は帰宅してリビングでぼけーっとしていた。

そこへどうやら今、カチョーも帰宅なさったようだ。

なんとか返事をしようと思って口を開くも、「……あぃ」と、自分の声でないようなか細い声が漏れるのみ。

物思いに耽《ふけ》っていて、カチョーが帰ってきたことにちっとも気づかなかった。辺りはすっかり暗くなっていて、公園から戻ってだいぶ時間が経ったのだと窺《うかが》い知れる。

のろのろと床から立ち上がり、ああそういえば、と思い出した。お迎えの挨拶をしていませんでした。主のご帰還に気づかないなんて、家政婦として失格です。すぐにご挨拶せねば……

しかしまったく力が出ない。どうしたんでしょうね。風邪をひいたわけでもないのに、カラダに力が入らないっつーか、気合いが入らないっつーか。

「どうした。調子が悪いのか」

カチョーの声が近くで聞こえたと思ったら、次の瞬間には、至近距離で顔を覗《のぞ》き込まれていた。

「何でもありませんっ。あっ、もう眠いんで寝ます！　すみませんが、ご飯はあるものを適当に食べてください！」

だって、ムリムリムリムリ！　今はカチョーと顔を合わせてなどいられませんってぇぇ!!

ダッシュで二階の自室へ向かい、ドアを勢いよく締めた。ぜいぜいと息切れしたまま、床の上にごろっと大の字に寝転がる。

何やってんだ、私。家政婦代わりにここにいるのに。ご飯の支度すらしないなんて、約束した条件に反するよ……条件……条件？

条件が何だっていうのさ。この同居生活って、元はといえばカチョーに取り上げられた原稿を取り戻すために、仕方なく従っただけ。髪型をオサレにしてもらったり、服を買ってもらったり、美味しいものを食べに連れて行ってもらったり……どちらかといったら、いい思いしかしていない気もしますが、納得のいかない条件を、無理してのむことはないのだ。

バツイチだろうが何だろうが関係なしに、モテモテ大人気のカチョーの家に、残念の代名詞である私みたいな女が住まわせてもらうなんて、普通じゃないですよね。にもかかわらず、むっちゃ馴染んでしまっていた自分がコワイ。

だけどとても居心地がよくて、自分の家みたいに楽に過ごせて……いやいや、やっぱりそれはおかしいでしょ。

待てまてマテ。本当におかしい。これは異常事態なのだと、流石の私も常識人としての感覚が芽生えてきましたデスよ。「現実ヲ直視セヨ」と脳が指令を下してきましたよ！

そうだよ。そうなんだよ。私がカチョーと一緒にいるのは、「期間限定の家政婦」としてであって、それ以上でも以下でもない。

ふわふわなのか、ドロドロなのか、よくわからない気持ちの着地点が今ようやく見つかった気がする。そうだよ、超シンプルなことなんだよ。一ヶ月……いや、あと二週間もしたら、単なる上司と部下としての日常に戻るだけ。

それだけ、それだけ。

それだけのことなのに、なんでこんなにも胸が苦しいの。寝転がったまま天井を見ていた私の目から、温いものがどんどん零《こぼ》れ落ちていく。何だこれ、と手で触ると……

「……涙、ですか」

え、なんで私泣いてんの。泣く意味、全然わかんないんですけど。

とにかく家政婦の仕事を頑張って、約束通り原稿を返してもらって、それで――実家に帰ればいいんだ。私の家は、山と川と田んぼのある田舎。ここは、カチョーの家。私は、カチョーの家で家事をして、あと二週間したらお役御免になる――と自分に言い聞かせる。

カチョーの過去にまつわるアレな話をリーダーから聞いてちょっと同情してしまい、トラウマのリハビリになればとキスを許していましたが、やはりあれはちょっとやりすぎた気がします。超今さらですが、分《ぶ》をわきまえた行動をしなければいけませんよね。

今のところは、とてもじゃないけど平静でいられません。だから明日。明日から、またキチンと家事をやり、分相応の振る舞いをします。だから今日は許して……

そう心の中で盛大に謝りつつ、布団を敷いて寝転がった。だけどすぐには眠れずに、悶々《もんもん》としたまま夜が明けた。


――窓越しに聞こえるスズメの鳴き声で、朝の訪れを知る。

今日は月曜日。出勤だ。起きて顔を洗い、朝食の支度をしなければならないが、カチョーとはどうにも顔を合わせづらい。

カチョーが、よりによってリーダーと一緒にいる場面を目撃してしまったし、それを見ちゃったということを言いにくい。だから昨夜は、あんな不審な態度をとってしまったのだ。おかしな言動をしておきながら、何事もなかったように朝の挨拶など交わせないよ。

それでも、えいやっと起きて布団を畳み、身支度を整えて、そろりそろりと足音を忍ばせて階下へ下りた。カチョーが起きてくる前に朝ご飯をテーブルに並べる作戦だ。

うむ、これならば家政婦としての役割をキチンと果たせるし、カチョーと顔を合わせずに済むという、なんともナイスなアイデア！

リビングのドアをそっと開けて、台所へ……

「でぇええええええっっっ!!」

早朝というのも忘れて、大声で叫んでしまった。反射的に口へ手をやり、これ以上近所迷惑にならないよう、声を抑えた。いや、だけど驚いた。何だってまた、こんなことが……

「おはよう。早いな」

カチョーがソファに座り、新聞を読みながらコーヒーを飲んでいたのだ。なんてこったい！　なんでこんな時間からここにいるのさ。「家政婦さん早朝からこっそり頑張る計画」も台なしだよ！

「かちょお……随分早起き、デスネ」

「まあな。仕事が立て込んでいるし、それ以上に気になることもあってな」

「そうですか。では今すぐご飯の支度をしま――」

「ユリ、何かあったのか？」

「え」

「どうも昨日から様子がおかしい。どうした」

え、ちょ、ねえ何。カチョーは読みかけの新聞をバサッとリビングテーブルに置くと、立ち上がって私の腕を掴み、向き合うように引き寄せた。

「熱でもあるのか？」

ひょいと、私の額にカチョーの手が当てられた。その手のあまりの大きさに、硬さに、温かさに——ドクドクと鼓動が激しくなった。カチョーの手が触れている額から、かぁーっと熱くなり体全体に広がって……どわあああっ！　ダメダメダメダメーーーッ！

「ちょ、カチョー！　おさわり禁止デス！」

ぴょんと一歩うしろへジャンプして距離をとる——って！　手、手、放してぇえ!!

「何をそんなに怒っている？　熱はないようだが、顔が赤い」

「ほっといてくださいっ！」

「ユリ」

掴まれたままの腕をさらにぐいと引かれ、カチョーとの距離が一気に詰まる。私の顔にカチョーの顔が迫ってきて、吐息が感じられる近さになってハッと気づいた。

こ、これは……またしてもキス！

「ダメ、です！」

咄嗟《とっさ》に、カチョーの口を手で押さえた。うぉ、間一髪！

「き、き、き……基本的に、理由のない接触は禁止です。つまり、おさわりも接吻も、ダメってことデス。というか、必要ないでしょう？　だってほら、カチョーは、私なんかを相手にリハビリしなくっても……」

『ほかに、いるでしょう？　キスできる相手が』

という言葉は辛うじて呑み込んだ。うっかり皮肉めいた言葉を投げつけるところだった。え、だけどこれじゃ私、まるで……

「とととととにかく、接触禁止デス！　あと二週間でゲンコーを返してもらって出て行くだけの家事労働者なんデスよね、私って！　人に変な誤解をされないためにも、適切な距離をお保ち下さいませ……つぎゃおぉう！」

カチョーの口を押さえていた掌《てのひら》に、温かくてぬるっとした感触がしたので、パッと手を離した。

「何をーーーーっ!!」

「息がしづらい」

「あ……ごもっともで。スンマセン……って、だからといって、掌《てのひら》を舐めないで下さいっ！」

「そろそろ朝食の支度にかかってくれ。腹が減った」

う、そういえば。自分は家事労働者だと言いきった手前、やるべきことはキチンとやらねばいけませぬ。それはそれ、これはこれとして、とにかく朝食の支度を！

……ん？

「カチョー、何してるんですかっ」

カチョーは私の手首を握ったまま眼前に持ち上げ、これ見よがしに、腕の内側の柔らかいところにちゅうっと吸い付いているではありませんか。

「〜〜〜〜っ!!」

「……待ってる」

視線を落として伏目がちに、カチョーはそう呟《つぶや》く。そしてアッサリと私の手を放し、ソファへ腰をどさりと落として、ふたたび新聞紙を広げた。

待ってる？　何を？　ごはんを？

意味はよくわからないけど、カチョーの一言が頭の中をぐるぐる回っていた。あわわわ、混乱、混乱。それでもカチョーの出勤に間に合うよう、大急ぎで食事の支度をした。

カチョーとリーダーを目撃したのが日曜日。それから月、火、水、木と過ぎて、やっと週末の金曜日。

定時で仕事を終えた私は、カチョーと目を合わせることなく退社した。合わせてしまったら、きっと何かが抑えられなくなりそうだったから……

家に着き、リビングの大きな窓へ近づいてレースのカーテンを開ける。庭の向こうは大きなビルの壁なので、在宅時は開けていても問題ないのだ。庭の端に植えた小花を眺めながら、夕暮れ色の橙《だいだい》が夜の闇にのまれるまでを、ぼんやりとソファに座って過ごす。

この数日間、頭の中はグチャグチャだったけど、最低限やらなければならないことはきちんとこなしたつもり。でも、料理をすることがなんとなく辛かったので、カレーを大量に作って毎日朝晩、同じメニューをテーブルに出した。

朝早く出勤するカチョーと顔を合わせなくても済むように、私は一足先に家を出て二十四時間営業のスーパーで時間を潰し、カチョーが出かけた頃を見計らって家に戻り、家事をしてから出勤していた。

近頃はカチョーの仕事が立て込んでいる。だから帰宅が深夜になることも多く、逆にそれが今の私にはちょうどよかったりもする。

私はカチョーの帰宅を待つことなく布団に入り、寝たふりを決め込む。ちゃんとパジャマに着替えてから横になるので、寝ている間に服が替わっているなどということはもうない。そうだよ、最初からこうしていればよかったんだ。

寝オチするなんて、どれだけ気を抜いていたんだ、私。

自宅でも会社でも、カチョーは私と話し合う機会を窺《うかが》っているようだった。けれど私は、そっと息を殺してやり過ごす。話などしたら、すべてが終わってしまう気がした。

——心が凍る。

ふと気が緩む瞬間があると、自分のすべてを否定したくなる。

私の中にいるもう一人の自分が、「勘違いするなよ」と責めたてるのだ。

『お前は単に家政婦として使われているだけなんだ。カチョーにしてみれば、相手はお前でなくてもよかった。たまたま、部下の失態を見つけたので、ちょうどいいやと気軽に頼んだだけ。――つまり、誰でもよかった。お前は特別ではない』

ダメだ、ダメだ、ダメだ。落ち着け、落ち着け。

無限ループに嵌《はま》るマイナス思考を無理矢理ぶった切り、毛布を頭から被った。自分は一体どうしちゃったんだろう。頭がおかしくなったのか。そもそもの発端はカチョーに原稿を取り上げられたことなんだけど……カチョーがリーダーと二人でお店にいるところを見てしまい、さらに元妻の存在を目の当たりにして、心にひびが入ったことは自覚している。

リーダーとカチョー。私にとってはごく近しい人なのに、二人がそういう関係だなんて、一言も言ってくれなかったことが悲しい。そう思う度に心は千々《ちぢ》に乱れてしまい、この苦しみをどうしても取り除くことができないので、私はますます混乱していく。

そして止めの一撃は、あの女医さんが放った言葉だ。

――もう話は聞いているでしょ？　私と袴田君が結婚していたこと。

そうか、二人は元夫婦だったのか。どうりで、親しそうだったわけですよ。何かしら含んだ物言いをしていたわけも、これでよくわかりました。

カチョーがバツイチとなった原因はアナタでしたか。私が想像していた通りの、とても美しいお方です。彼女ならカチョーと並んで歩いても、何の遜色《そんしょく》もない。二人は惹かれ合い、愛し合い、結婚……したのですね。

それを理解した時、私の中でピンと張り詰めていた緊張の糸が、あっけなく切れた。やたらと溜息が漏れ、涙が頬を伝う回数が増えていった。

約束の期限まで、あと一週間とちょっと。それまでずっとこの家で過ごすのは心苦しい。家中にカチョーの気配が染みついているので息が詰まる。このソファはカチョーの定位置で、とか……庭を見れば、一緒に草取りをしたな、とか……。あの時、庭の端っこに集めた草花は、まだ一週間と経っていないのに逞《たくま》しく根を張っている。

ここを出て、家に帰ることも考えた。考えたけれども、約束は約束だ。三つの条件を満たしてから原稿を受け取り、この生活から解放されるんだ。そしたらきっと、この苦しさからも解放される……はず。

原稿、かあ……

あれほど夢中だったBL漫画。読むのも描くのも妄想するのも大好きだったけれど、今は何一つ心を動かされない。何をするのも億劫《おっくう》で、食欲もほとんどない。

いつも先に会社から帰る私は、カチョーが帰宅するまでの間、リビングのソファの上でだらしなくゴロンと寝転がる。カチョーは、律儀にも帰るコールならぬ帰るメールを必ず入れてくれるので、それを受け取ったら二階の自室に引きこもるのだ。

今日は金曜日。週末は翌週の仕事に向けて準備しなければならない案件も多いので、カチョーの帰宅は深夜になるだろう。明日は出勤するのかな。もし休みだったら、私は身の置き所がない。リーダーの家にでも避難しようか……ううん、それはできない。リーダーに会うには、もう少し時間が欲しい。気持ちの整理がついてから、「おめでとう」と言いたいの。

インテリアコーディネーターの友達なら……と思ったけど、彼女は研修で県外に出ているはず。そうじゃなくても、彼女の家は散らかっていて足の踏み場もないから、そもそも家に入ることができないのだけど。あー……どうしようかなあ……

ごろんと寝返りを打った時、バンッ！　と何かを激しく打ちつける音がした。

「へっ!?」

何事かと、あわてて起き上がると、もう一度、バンッ！

音がする方向に首をめぐらせると、そこには――

「りりぃ！　コラ開けなさい！」

ひっ！　リーダー!!

超絶美人のリーダーに憧れている男性達が絶対に見てはいけないような顔をして、彼女はそこに立っていた。それはそれは恐ろしく険しい形相をしたリーダーが、リビングの掃き出し窓の外で、仁王立ちになって……怖ーーっ！

あまりの恐怖に魂が半分抜けかけたけれど、仕方がないので「玄関にまわって」とジエスチャーで伝えた。私も急いで玄関に向かい、鍵を開け――たと同時にリーダーが踏み込んできた！　早いよ！

ものすごく怖い顔をしていたので隠れようとしたけれど、それよりも素早くリーダーが私の腕を掴んだ。

「もうっ！　何やってるのよ！」

「……な、何がですか？」

「何がって……わかってないの？」

リーダーは靴を放り出すように脱ぎ、私をぎゅうっと抱き締めた。

「りりぃたん、今にも倒れそうな顔してるじゃないの！　ああ、顔色が悪いわ……バカね」

そう言って、私の頬を優しく撫でてくれる。

――こんなになるまで放っておくなんて……あの男、絶対に許すまじ！

なんてことをボソッと言うけど、それは一体誰に向けた言葉？　そもそもリーダーは何故ここに来たのでしょうかね。

「あの、何か急ぎの用でもあったんですか？」

努めて冷静に言ったつもりが、声がわずかに震えていた。

本心は、「早く、帰って、お願い」。

しかし私の心の声が届くはずもなく、リーダーは「ねえ、座ってゆっくりお話させて？」

と優しい声を出す。逆らうことなど許されぬ雰囲気に、「……ハイ」と頷《うなず》くしかなかった。

お湯を沸かし、いつものように緑茶を淹れる。お盆に載せてリビングに運ぶと、リーダーはキョロキョロと室内を見回していた。

「ふ～ん、課長さんて、いい趣味してるのね」

「あ、いえ……、この部屋のインテリアは――」

テーブルに湯のみを置きながら、インテリアコーディネーターの資格を持つサークルメンバーの話をした。

「その子が全部コーディネートしてくれたんですよ。私が初めてこのお宅に来た時は、カーテンとソファとリビングテーブルしかありませんでしたから……っと」

ああダメだ。リーダーはこれからこの家に住むことになるかもしれないのに、私なんかが余計なことを喋《しゃべ》れば、気分がいいわけはない。慌てて口を噤《つぐ》んだが、リーダーは別段気にした風もなく、お茶を一口飲んだ。

そして湯のみを置くと、「ねえ……」と私の手を握る。

「りりぃたん。一体どうしたの？　メールしても電話しても返事がないし、課長さんに聞いても『わからない』と言うばかりよ。……何か悩みがあるんでしょ？　私でよかったら、聞かせてほしいの」

「何でもありませんよ。本当に」

「何でもないわけないでしょ！　電話にもメールにも返信をよこさない、最近はサークルのホームページにもログインしてないでしょ。連絡がとれないから、しょうがなくて課長さんに聞いたのよ」

課長、と言われる度に、バクンと心臓が大きく鳴る。リーダーに繋がれていないほうの手を胸に当ててぐっと拳を握り、どうかどうか鎮《しず》まって！　と願った。

「毎日ずっとカレーだったんですって？　しかも、りりぃたんは月曜日からあまり食べている様子がないって、課長さん、すごく心配していたわよ？　今は仕事がとにかく忙しいから気になって仕方ないけど、話し合う時間がどうしてもとれないって……相当参っていたわ。だから私が代わりに様子を見に行くようにって、頼まれたんだけどね」

そんな話ができるほど、リーダーと課長は近しい間柄なんだ。私やっぱり……邪魔者なんだよね。期間限定とはいえ家政婦の身でありながら、最近ではカレーしか作らないし、自分は食事することも拒否していたりしたら、そりゃカチョーだって面倒くさくて参るよね。

「ごめんなさい」

「え？　どうして謝るの？」

「いえ、あの、あとちょっとで……この家を出ますから。どうかお気になさらずに」

「家を出る……って、何を言ってるの？」

「ちゃんと出て行きますから、リーダーは私に気兼ねすることないですよ」

「は？　気兼ね？　え？」

大きな目をパチクリするリーダー。あれ？　話が通じないかな？

「だから、期限が来たら出て行きますので、安心してカチョーとおつきあいをしてください――」

「誰が？」

「え、リーダーが」

「誰と？」

「カチョーと……」

「……」

「あ、あれっ？」

「……ちょっと！　どうしてそうなるわけ!?」

思わず腰を浮かせたリーダーは、はぁぁっと大きく息を吐き出し、ふたたびソファにどさりと腰を下ろした。どうしてそうなるも何もないんですけどね、なんて思う私に、「あのね……」と、やけに気が抜けたような声でリーダーが言う。

「意味がわからないんだけど」

それから、私が何故そう思い至ったのかについての経緯を、たっぷりと時間をかけて根掘り葉掘り問い質された。だから私は、すべてをありのままに話す。

イケメン上司であるカチョーの観察記録は、ダメな男によく引っかかるリーダーが調査目的でつけさせたんじゃないかと思ったこと。

キスだって、トラウマを改善するために、とにかく手近にいる私で慣らしておこうとリーダーが考えたんじゃないかということ。

それから……カチョーとリーダーが、二人でお店にいる現場を見てしまったこと。

胸に重くのしかかっていたものを吐き出してしまったので、幾分か気楽になった。

だから、もう私に遠慮することなどありませんよと付け加えると、リーダーは……

「……あんっの、バカッ!!」

バーンとソファを殴り、「どうしてそうなるのよっ！」と吼《ほ》えた。ただでさえおっかないリーダーが怒りのオーラをまとったら、それはもう最強の一言に尽きる。

「ひ、ひえぇっ」

「りりぃたん？　最初にはっきり言っておくわ。私は、課長さんとはまったく、一切、まるっきり、間違っても何にもないわよ！」

「ほぁっ!?」

「ああ、もうホントにこの子ったら……そんなことを気に病んでたのね。りりぃたんが腐子《ふこ》じゃなくなって普子《ふこ》になっちゃったら、誰よりもこの私がつまらないじゃない！」

ん……？　後半は何か聞き捨てならないような……？

リーダーは私の頭を自分の胸に抱えて、ぎゅうぎゅう抱き締めた。むおおっ！

「バカねぇ。課長さんのことは鑑賞するだけよ？　だって私には『俊介』君がいるもの。あんな腹黒は好みじゃないわ。大体ね、利害が一致したから協力しただけだもの……っと。それはともかく、本当に私と課長さんは何でもないわ。安心してね？」

『俊介君』というのは、リーダーにとって今一番の大好物である乙《おと》ゲーに登場するキャラクターのこと。実家住まいのリーダーの部屋には、壁から天井までびっしりと、彼のポスターが貼られている。リーダーにとってパラダイスなお部屋なのだけれど、家族はみんな気味悪がって、誰一人として立ち入ることのない異空間と化している。その部屋には、リーダーの歴代彼氏の誰も入ったことがないらしい。というミニ情報もあるが、それは正直どうでもいい。さらに、リーダーは腐女子であることがバレて前彼に振られた。なんて情報は、もっとどうでもいい。

それより何より、私はリーダーのたわわなオムネに挟まれて窒息《ちっそく》寸前、酸素ギブミー！　苦しいけど、これは天国に違いないよ。女子の私ですら、えっらく気持ちがいいのですからっ！

しかし、いかんせん限界を感じてタップをすると、リーダーも気づいてくれて、「あら、ごめんなさいね、りりぃたん」と言ってやっと解放してくれた。

「でも、それだけじゃないんじゃない？　他にも気になること、あるでしょ」

「あぃ……。カチョーの元奥さんが誰だかわかりまして……」

眼科医院の女医さんで、と言っただけで、リーダーはピンときたようだ。大病院の受付業務をしているリーダーは、その辺りの事情に通じている。

リーダーはふたたびソファに座り直し、こめかみを指で叩きながら記憶を辿《たど》っているようだった。そして、お茶で喉を潤してから、口を開いた。

「うーん、あの人ね。だけどまさか、りりぃたんの会社の課長さんと結婚していた……とは知らなかったわ。あまり表立って知らせていなかったのかしら。でも過去のことでしょ？　今は離婚が成立しているのだから、何も問題ないじゃない」

「問題、ですか？」

「そうよ」

何のことかまったくわからず、コテンと首を傾げたら、それを見てリーダーは天を仰いだ。

「なんだ、自覚がないのね……。鈍すぎるというか、絶滅危惧種だわ、この子」

はぁーっ、と何度目かの溜息を吐いて、私に向き直るリーダー。

「なんで自分が落ち込んでいるのか、わかる？　誰のせいで気持ちが辛くなっているか、わかってる？　よく考えてみて」

誰のせい……誰って、そりゃ――

「カチョー？　……です。リーダーと一緒にいるのを見て、何故か苦しかったです。それから、あの女医さんが元奥さんと聞いて、納得もしたけど、胃の中に石が入ったみたいにずどーんって重くなったんです。カチョーが私に優しくする度に、なんていうかもう気持ちが、急上昇急降下三回捻《ひね》りの大回転ーっていうような、そんな感覚になるんです。こんな、こんなの……生まれて初めてで、ものすっごく苦しいですっ」

今も何かきゅうっと胸の奥が痛む。切なくて苦しくてもどかしくて、そんな訳のわからない感情が、体の中でグルグルと渦巻いた。あまりの痛さに、じわりと目尻に涙が溜まる。

「『こんなの……生まれて初めてで、ものすっごく苦しいですっ』って、いいわね、そのセリフ。今度、使わせてもらうわ」

リーダーがニヤニヤと人の悪い笑みを浮かべながら、携帯のメモ機能を呼び出し、ポチポチと打ち込んだ。ちょ、リーダー、何してんのさ！

「あー、もう気が抜けたのよ。だって答えは一つしかないもの」

いいこと？　と、リーダーは私の手をとり、ぎゅっと握って続ける。

「課長さんのこと考えると胸が苦しいのよね？　どうしようもなく。それから、課長さんのちょっとした仕草やちょっとした優しさにドキドキしたり、ムズムズしたりするんでしょ？」

「うー、あー……はぃ……シマス」

「それはね、ズバリ言うと……」

「い、言うと？」

リーダーの目がキラリと光った気がした！

「それは、恋よ！」

……へっ？

「恋愛！　ドキムネ！　りりぃたん、わかるでしょう？　『気づいたら、俺は彼のことを目で追っていた……胸が苦しい。はっ！　これは恋なのか!?』の、恋よ！」

リーダー、なんか一人で盛り上がってますねー、なんて半目になって見ていたら、両肩を掴まれて前後に激しく揺すられてガクガクした！

「りりぃたんのこと言ってるのよ、私はーっ！」

「ほ、が、がっ、やっ、め、てっ……」

「あらやだ。りりぃたん、大丈夫？」

大丈夫かって、やったのリーダーでしょーがー！

リーダーはパッと手を放してくれたものの、私の首と頭はなおもユレユレで、ユラユラで、ふおおぉぉおっ！

「げほげほがほ。……そ、そりで、私がつまり、そのぅ……恋をしている、と？」

リーダーの説明はアレだけど、なんとなくわかった。恋、ですと？　この私がっ！

がびーんと固まる私に、リーダーは握り拳を作って、さらに力説する。

「そう！　腐女子といえども、三次元に生きているのよ！」

そ、そこですかっ!?　問題点、そこなのですかっ!?

思わず口をパクパクしてしまう。ああ、声が出ないや、驚きすぎて。

「いい？　大事なことだからちゃんと聞きなさいよ？　――腐女子が腐女子のまま、リアル世界を生きられる魔法の一言を！」

「ひっ、ひゃいっ！」と反射的に返事をして、ソファの上に正座をし、大人しく耳を傾けた。

「いいこと？　――魔法の一言っていうのはね、『それはそれ』、よ」

「は……？」

「とにかく！　りりぃたんは課長さんのことが好きなのよ！　自覚しなさいっ!!」

で。

10

リーダーと別れた私は何故か今、会社に来ています。

外は真っ暗。夜の十時をとうに過ぎてますからね。しんと静まり返った社内に、そろりと足音を忍ばせて入る。社員なので、時間外に入ることも可能です。

この時間まで残っている人はいないでしょう――カチョー以外には。

よっこらしょ、と手荷物を抱え直して、エレベーターの開閉ボタンを押す。

あぁ……どういう態度をとればいいのでしょうか……。ソワソワというかザワザワというか、くすぐったいようなそんな気持ちで到着し、左右に開くエレベーターの扉から、えいっとジャンプしてフロアに着地した。

リーダーは「問題ないじゃない」と言った。確かに、そう。リーダーとは協力関係（?）なだけで、彼は前妻ともとっくに別れている。そしてそして、現在つきあっている人はいないようだとリーダーは教えてくれた。その後ボソッと「つきあってる人も何も……」と呟《つぶや》き、それは何かと尋ねたら……にっこりと、そりゃーもう綺麗な笑顔で「別に何でもないわ」とおっしゃったわ！　くっそ、ゼッタイ何か握ってますぜ！

悔しいが、私ではまったく歯が立たない。明らかにリーダーの掌《てのひら》の上で踊らされてる。全力で面白がってるリーダーには、誰も逆らえないのですよ。


歩を進め、フロアのドアからそっと中へ入る。入り口の正面に受付台があり、その背後には、パーテーションで区切られた小部屋がずらりと並ぶ。音を立てないように、コソッとパーテーションの陰から様子を窺《うかが》うと、一番奥の部屋の窓際にカチョーがいた。

非常灯がほのかに光るだけの薄暗いフロアを進んで近づいていく。デスクの上に煌々《こうこう》とした光が灯り、横顔を照らしていた。カチョーは真剣な眼差しでパソコンのディスプレイを眺めている。キーボードを叩く音が、しんとした室内に小さく響く。

その様子をじっと見つめる私の胸は、ばっくんばっくんと大きな音を立てていた。あまりに動悸《どうき》が激しいので、聞こえやしないかとハラハラしてしまう。そこへ、ぎっ、と金属音が聞こえたので、バクンッと心臓が高鳴った。

え？　今の音、何？　気になって身を乗り出すと、カチョーが椅子の背もたれを利用して背中を伸ばしたところだった。片手は目頭を押さえている。週末の金曜日も残業……ずっと残業続きなのだから疲れますよね、そりゃ。そんなカチョーを労わることもなく、私は自分のことばかりで……

「か、かちょう……？」

ゆっくり歩み寄り呼びかけると、目を閉じて天井を向いていたカチョーはガバッと身を起こした。そして、信じられないものを見るような目で、私を凝視する。

「――ユリ？」

ギシリ、と音を立て、椅子ごと私のほうを向き直る。

カチョーは何か言いかけたけれどそのまま黙ってしまい、ただ首を振ってガシガシと雑に頭を掻く。その姿を見ていて、私の脳内で妄想スイッチが入った音がした。

う……ちょ……、み、乱れた髪っ……!!　その乱れた髪ぃっ!!　ああああっー！

色っぽい！　なんて淫靡《いんび》な！　そしてなんてエ――

ごすっ。

「ふぎゃっ!!」

「阿呆！」

カチョーは私の両頬をガシッと挟み、勢いよく頭突きをかましてきた！

「いったーー！　ほしっ！　目から星が飛びましたよ、ちょいと！」

そしてちょっとカチョー、手を放して下さいよっ！　その、その、おっきな手に挟まれた頬にじわりと伝わる温もりが……が……ひぃやぁぁ！

しかしカチョーは私の訴えなんか知るかといった風で、私を強引に引き寄せて唇を合わせた。

「もぎゃっ……！」

ガッチリと押さえこむ手つきは荒々しいのに、触れあう唇からは繊細さが感じられた。おどおどしているというか、ちょっと臆病《おくびょう》というか、そんな感じ。

私はカチョーの唇の温かさと柔らかさを感じていた。軽く啄《つい》ばむようなキスを数度繰り返し、次は……え、待って……!?

温かくて湿った感触のものが唇に触れた。これは何？　と考える間もなく、口の中に割り込まれた。それが何かを私は瞬時に理解した。これは、し、舌!?　明らかな意思を持って口中に入ってきた舌。驚き縮こまる私の舌を突《つつ》き、掬《すく》い上げ、ねっとりとしたぬめりが熱さと同時に口腔に入り込んでくる。私は堪えきれず、口の隙間から「……ふ、あっ……」と、いかにも女らしい声を、呼吸とともに零《こぼ》した。

やだ、こんな声、なんだか自分じゃないみたい。こんなことが、まさか自分の身に起こるなんて……。ぴちゃ、くちゅ、と音が漏れ聞こえる。カチョーは私の口腔内を好き勝手に蹂躙《じゅうりん》していく。二人の距離はゼロどころかマイナスだよ！

「ちょ……っ、あっ……ふにょぉ」

すっかり腰砕けになった私は、カチョーにもたれかかっていた。もたれかかるというか、もうこれカチョーにぎゅうーって抱き締められちゃってるんですけどね！

カチョーは私の首筋に顔を埋めて、じっと動かない。いや動かれても困るけど、でも離れてもらわねば、もっと困る。

「かちょ……こ、これ、ゼッタイに十八歳未満は閲覧禁止の行為デスよ……」

「人聞きの悪いことを言うな。せいぜい十五歳未満禁止レベルだ」

「じゅ、じゅうぶんじゃないデスか！　でも何でまたこんな……っ！」

「俺の我慢が足りないだけだ」

「意味わかりませんよっ！」

「では、わかるまで……」

「いやいや、いいデスいいデス、もーいーデース！」

ジタバタと身を捩《よじ》って逃げようとしても、力強いカチョーの腕はびくともしない。

カチョーは私を抱き締めたまま持ち上げて自分の膝にのせ、ふたたびカタカタとキーボードを打ち始めた。

「カチョー！　抱っこしたままって何！」

「仕事が終わるまで、待ってろ」

このまま待ってろというのデスか!!

「カチョー、私降りる！」

「駄目だ。今はユリを感じていたい」

「くわー！　どこの官能小説デスカ！」

腕を解こうにもびくともしない。なんでこう器用に捕まえておけるんですかね、カチョー！

「……む？」

「あまり動くな」

「ちょ……ごふっ！　ダダダダ、ダメです！　降りる降りる降ろしてええええ！」

腰に当たるモノが何であるかすぐさまピーンときた私は、今度こそ本気の脱出を試みた。いくら私がカチョーのことを好きでも、リアルな展開には脳みそがついていけましぇんよ！

「刺激するほうが悪い。ユリはわざと誘っているのか？」

「わっ……なな、なワケないデスよっ！」

「ふうん？　そんなワケであってほしいと思うのは俺だけか」

「そうですよ！　わざとだなんて——え？　俺だけか……って？」

それまでたっぷりと注がれていた熱っぽい視線が、ふい、と外されて、「あの包みは何だ？」と話を逸らされた。

「あのあのあの、お弁当を作ってきたので食べましょう」

「弁当？」

「うぁ、ハイ」

もうね、さんっざんカレーを食べさせちゃってスミマセンですよ！　だからせめてものお詫びのしるしに、お弁当を持ってきたのです。私、リーダーが帰ってからすぐに、心を込めて作らせて頂きました!!

『課長さん、今夜も帰りは深夜になるんでしょ？　なのにまたカレーだなんて可哀想だわ』

というリーダーの助言に従って、お弁当を作ってお届けに参上したのだ。男の胃袋を掴むには故郷の料理が一番だけどね、とも言われたが、残念ながら私はカチョーの故郷のことも過去のこともよく知らない。だから私自身が母親に作ってもらっていた味を思い出しながら、弁当箱に詰めた。

「お茶淹れて来ます！」

と言ったらアッサリと膝から下ろされたので、これ幸いと給湯室へ向かった。


「懐かしい味だな」

カチョーはおにぎりを一口食べて、そう言った。

具はおかか。鰹節に砂糖醤油で味をつけたもの。おかずの天ぷらも甘辛く煮たり、甘い卵焼きだったり。基本、味つけが甘いのです。友達にこれを食べさせると、「甘っ！」ってびっくりされちゃうけど、私の家ではフッーでっす！

だから、カチョーの反応は意外でした。カチョーのお家も甘めの味つけだったのですね。

「ユリ、お前も食べろ」

カチョーは、三個あった大きなおにぎりのうちの一つを私によこした。正直なところ、あれこれ誤解していたとわかった途端にお腹が空いたので、ありがたく頂戴する。ほんと言うと、カチョーにお弁当を渡したらすぐに帰るつもりだったのですがね。

カチョーの隣に椅子を持ってきて、並んで食べる。

「あい。……かちょーんちも……こんな味だったのですか？」

「喋《しゃべ》るか食べるか、どっちかにしろ」

「いやほら、カチョーって今まで何して生きてきたのかと思いましてね」

「お前、何気に失礼な奴だな」

「私のこれまでの経歴は履歴書を見てご存知でしょーから、是非カチョーのを知りたいなー、と」

お弁当のおかずは、食べやすいようにと、ピックに刺したタコさんウインナーとか、その他諸々《もろもろ》で、あっという間にカチョーのお腹に納まっていく。自分が作ったものが綺麗に食べつくされるのを見ていると、ある種の快感を覚えます。私の料理の味を懐かしいと言ってくれるカチョーが、この会社に来るまでどんな風に過ごしてきたのかなって、ふと思ったのでデス。好きな人の過去を知りたいという、純なヲトメゴコロですよー！　キャッ！

カチョーは、おかずをいくつか取り分けて私にも食べさせてくれる。それから自分専用の湯のみを手に、片眉を上げて見せた。

「俺のこと、知りたいか？」

「ハイ！　カチョーは、見た目は良しでも中身は俺様ドS。それはもうわかりきっている事実ですから横に措《お》いとくとして、出身地とか、経歴とか……イデデデ」

一言多い、とグーでこめかみをグリグリされました……。あうう。

「興味を持ったのはよしとしよう」

なんだか大仰に溜息を吐かれてしまいましたよ⁉

それからカチョーは私の目の前で、イヤミなくらい長い脚を組みなすった。むむ、ちびっこを挑発してんのか！

それから何か達観したような目をしたカチョーは、椅子の背もたれに体を預けて腕を組んだ。つまり、ＴＨＥ☆偉そうポーズ。似合うから恨めしい。

「そうだな……どこからどこまで話そうか。決して愉快な話ではないぞ？」

と言いながら、私を手招きする。ナニナニ、と近づこうとして気づいた！　やべ、これじゃさっきの二の舞じゃないか！　いくらカチョーのことが「スキ！」だとしても、一足飛び過ぎて、無理だと思うんスよ、さっきのオトナのキスみたいなのはさ。もっとこう、段階を踏んで……いや待て。待てよ待てよ。そんなものすっ飛ばして、すでに同居してんじゃん、私ってば。あわわわ！

そんな事実に今さら気づいて愕然《がくぜん》とする私に焦れたのか、カチョーはまた溜息を吐いて無言で私の肩に腕を回して引き寄せた。ちょ……っ！　しかもカチョーったら、右手でキーボード打ってるし！　仕事の続きですか、そうですか……って、ほんっと器用だな、おい！

「俺が生まれたのは――」

構わずに話し始めるカチョー。いや、私は構いますがね！

「書類上は東京だな。その後は、父が転勤族だったので、両親そろって全国各地を回った……正直言って、幼い頃の記憶は薄い。中学二年の時、両親が離婚で揉めて、一人っ子だった俺は母方の祖母に引き取られた。離婚に際して親権を押しつけあっていたから、前年に祖父を亡くした祖母と孫が支え合えばいいなんて都合のいい口実をつけてな」

カチョーは感情の読めない声で淡々と話す。

まるで他人の人生を語っているかのようだ。肩を抱かれているから、見上げてもせいぜい顎《あご》あたりまでで、表情を窺《うかが》うことができない。

初めて知る、カチョーのプライベート。ご両親は離婚されていたのか。それが中学二年の時だなんて、思春期真っ只中じゃないですか。

　中二の頃の自分を振り返ると、ＢＬ漫画に出会ってどっぷりでしたし、朝起きればご飯があって、黙っていてもお昼ご飯が出てきて、夜になれば温かな夕飯が用意され、洗濯物は自動的にきれいになってきちんと畳まれていました。十四歳って、そういう甘えが許される年頃じゃないかと私は思うんです。両親に反抗しつつも、まだまだ甘えたい、そんな年頃ですよね？

　それなのに、両親ともに親権を押しつけあっていただなんて……身じろぎ一つしないカチョーに、思わず頬をすり寄せた。もし今もこのことでカチョーが心に傷を負っているならば、少しでも癒したいと思いながら。

　我が子を祖母に押しつけるなんて、それでも親か！　十四歳って、その辺りの事情、察しちゃうお年頃ですよ？　私にとっては見ず知らずの人だけど、ご両親に腹が立って仕方がない。

「……それから、十八の年に祖母を亡くした。県外の大学へ進学する都合もあって家を処分し、一人暮らしを始めた……ずっと音信不通だった両親の近況がわかったのは、二十五歳の頃だったかな」

　私の肩にかけられていたカチョーの手が動き、私の後頭部を、まるで壊れ物でも扱うかのように優しく、幾度も撫でた。

カチョーの過去が知りたいなんて、呑気なことを言った自分を殴り飛ばしたい。気安く聞いていいようなことじゃなかった。

私を撫でていたカチョーの手がピタリと止まった。言葉の続きを待つ。

「両親のことを報せる連絡が入ったのは、警察からだった。交通事故で二人とも亡くなり、身元確認と引き取りをしろという電話だった。両親はとうに別れているものだと思っていたが、父の仕事に色々と不都合な点があったらしくて、戸籍上は夫婦のままだったようだ。それでやっと仕事にケリがついて、離婚届にサインをするために会って、父の車に乗り……前方不注意でトラックに正面衝突したらしい。おそらく口論にでもなって、運転が疎《おろそ》かになったんじゃないかと思う」

クッ、とカチョーの口角がわずかに上がった。なんとも冷たい笑い……ヒヤッとする。

「結局は夫婦として死んだんだ。それまでいったい、何をやってたんだろうな……」

嘲《あざけ》るような声は、肉親のことを語っているにしては、あまりに冷たい。

「それで俺は、死んだ両親から多額の保険金と土地や株券などの資産を受け継いだ。売却益は相当な額になったよ。だが、見たことも聞いたこともない親戚どもが次々と湧いてきて……金目当てだということは明らかだった。それならいっそ、遺産を全部使い切ってやろうと、よく知りもしない企業の株に全財産を突っ込んだんだが、これが何故か飛躍的に値上がりして、資産が倍以上になってしまった」

うまくいかないものだ、とカチョーは自嘲気味に笑った。

当時を思い出しながら、暗い目で淡々と語るカチョーに、私は胸が押し潰されそうになる。誰か、手を差し伸べてくれる人はいなかったのかな……

「その頃、ある資産家の一人娘と知り合った。彼女に求められるまま、俺は血縁関係の煩《わずら》わしさから逃れるために結婚をし、そして離婚した。俺の過去は以上だ」

ちょ……、待って待って、だいぶ端折《はしょ》ったよね？　ていうか、ある資産家の一人娘って、あの女医さんデスよね!?　そこ、わりと重要だったんですけど！

「ほかに何か？」

「何かって、えぇぇぇぇぇぇ……」

カチョーの右手は、滑るようにキーボードを叩いている。翌月の販売会議に向けて、製品価格、流通やプロモーションなどの戦略を企画書にまとめているらしい。

会議は来月なんだから、それほど急ぎの仕事とは思えないんだけど、今やっておかなければならない理由があるみたい。

「ユリ、お前には知る権利がある」

「なんでですか」

カチョーは質問には答えず、私の肩を左手でぎゅっと抱き寄せた。いかにも「男」っぽい香りが胸いっぱいに広がってクラクラする。

「は、放して下さいよっ！」

じゃないと、この色香に酔ってしまうよ！

「だだだだからカチョーはこんな根性悪に……じゃなくてゴホンゴホン！　過去はいろいろ大変だったのに、よくまあ、ある程度マトモに育ちましたね」

おばあさまと暮らしていたとはいえ、道を踏み外しても不思議はなかったと思うのですが。

「あぁ」と、カチョーは私の頭に頬を寄せてきた——って、ちょっとそれ、スキンシップ!?　ちょ、密着しすぎ！　距離とって、距離！

「祖母は、ありのままの俺を認めてくれたから、暮らしは快適だった。何もない田舎だったが、自然が豊かで、心の温かい人ばかりだったからな。あそこは今も俺の故郷だと思っている」

俺の故郷……。幼少時に全国をあちこち移り住んだカチョーにとって、おばあさまと二人で暮らした土地への郷愁《きょうしゅう》は特別なものらしい。故郷を愛する気持ちは、私とよく似ていますね。

「じゃあ、なんで故郷に家を建てなかったんですか？」

カチョーのおうちは駅近くの一等地。……確かに便利だけど、それほど故郷を懐かしむのなら、またそこに住めばよかったのに。

カチョーは、ふと視線を落とし、「だがな」と苦笑いした。顔に笑みを刻んでいるのに、後悔ともとれるような声が零《こぼ》れ落ちるのを耳にして、私は胸が締めつけられた。

「そこにはもう、祖母がいない」

あ……そうか。カチョーにとって、救いの主であったおばあさまがいなけりゃ、何の意味もないのか。だから、おばあさまが亡くなってすぐに家を処分したのですね。

カチョーは、両親、祖父母、親戚、配偶者、そして故郷も……すべてをなくしてしまった。じゃあ今のカチョーは？　カチョーは、ひとりぼっちなの？

ぽつんと暗闇に佇《たたず》むカチョーの姿が目に浮かんでしまった。こちらに背を向けたまま、すうっと消えていってしまうような……

違う！　カチョーはひとりぼっちなんかじゃない。だって、私がいるもん。私がいるよ！　思わず、カチョーの背に腕を回して強く抱き締めた。すがりつくように。ダメダメダメ！　ひとりぼっちだなんて思ってはダメ。ダメったらダメ！

「ユリ？」

「大丈夫デス！」

私がそばにいる。カチョーは一人じゃない、一人になんてさせない。しかしこの言葉は、喉の奥で留まった。私にそんなこと、カチョーが望んでいるなんて思えないから。

代わりに、ありったけの想いを込めて抱きしめた。Yシャツから伝わってくる体温が、より一層私の熱を上げる。トクトクと心音が聞こえる。カチョーの鼓動もやや速く感じられるのは、気のせい？

ああでもこの匂い。たまらないですね……大好きな人のかほり。その人のかほりってだけで、いい匂い率三割り増しデス！（当社比）　思わずクンクンスンスンと肺いっぱいに吸い込んでいたら、耳をぎゅうううっと引っ張られた。

「あだだだだだだだだ！」

「こら変態」

「ちょ！　変態とは、これいかに!?」

「終わったぞ」

カチョーはパソコンの電源を落とし、ぐぐっと背伸びをした。フロアの掛時計を見れば、すでに日付を越えている。

「これで土日は丸々休める。さあ帰るぞ」

「お疲れさまでした！」

「家に帰ったら、少し体をほぐしてもらおうかな。ずっと同じ姿勢でいたから疲れた」

「はいっ、お安いご用で！　全身マッサージしてさしあげます」

体を少し離して、労《ねぎら》うように顔を見てニッコリ笑うと、カチョーは「参ったな」と言って後頭部をガリガリ掻いた。

「また手を出してしまうかもしれん」

「いいデスよ？」

ぎょっとした表情で私を見返すカチョー。ん？　私、何かおかしなことでも言いました？

「え？　あの、肩だけじゃなく、手も足もちゃーんとマッサージしますよ！　こう見えても、家族の中で一番上手だと褒められる程の腕前ですからっ」

「……そうか」

あれっ!?　なんであからさまにガッカリしてるの？

11

「ただいま！」

鬱々《うつうつ》として過ごした一週間の空気を吹き飛ばすように、家に向かって元気よく挨拶をした。

「かちょ？　お風呂はもう沸いてますから、お先にどぞ」

「――ああ」

「じゃ、私はちょっと片付けをしてきまっす！」

弁当箱の始末や朝食の準備をするために台所へ。弁当箱はまるっと空になっているので非常に気分がいい。私も多少食べたけれど、カチョーに喜んで平らげてもらえたのは、家政婦冥利《みょうり》というか、女冥利に尽きるというものデス。

そう、悠久の昔から言うではありませんかっ！　男は胃袋で掴め、と！　イエッス！　頑張りまぁっす！　カチョーの胃袋を管理しているのは、まさにワ・タ・シ☆　この同居生活、いよいよ踏ん張りドコロがやってきました。

あと残り何日だ？　弁当箱を洗う手を休めて、キッチンカウンターに置いてある卓上カレンダーを覗《のぞ》き込む。

日付が変わって、本日は土曜日。同居生活の残りは、あと九日間か。最終日は月曜日だということも確認した。

ふたたび蛇口を開き、洗い物を再開する。

カチョーの話では、最終日前の週末に、この家で何かしらのイベントというか、予定が組まれている。家の中をきちんと整えておけ、人を迎えるから、というようなことを言ってなかったか？　だけど、ご両親も田舎の祖父母も鬼籍に入られたし、親戚づきあいはしたくないようだから、いったい誰をお迎えするつもりなのか、サッパリ見当もつかない。「実は再婚相手がいるんだ」なんて言われちゃ泣けますがね……

うをっ、ヤ、バイ、ヤバイ……！

「風呂、上がったぞ。早く入れ——ん？　どうした」

俯《うつむ》く私に、湯上りのカチョーから声がかかった。不審に思われないよう「どうもしません。何でもありまセンッ！」と言って、ダッシュで洗面所に駆け込んだ。

「……はぅ」

引き戸を閉め、そこに背を預けながらズルズルと座り込んだ。

『もしもカチョーが再婚を考えているとしたら』

それをチラリと考えただけで、涙腺が崩壊しかけた。心臓をぎゅうううっと雑巾絞りされた上、体中の関節が砕けてしまいそうな感覚に襲われた。膝を抱えて、うずくまる。

でも。でも！　ひとまず頑張ってみようと思うのですよ！　ドキドキマッサージで、さらに私の価値を高めるのデス！

うし、っと気合を入れて立ち上がり、シュパッと服を脱いで籠に放り込んだ。

ガラッ。

洗面所と廊下を隔てる引き戸が、開いた。

「……ああ、風呂か。ならいい」

ガラガラ、ドン。

……ちょ、ちょちょ、ちょいとカチョー！　待って。私、真っ裸……ノーーォォ！

今ね、今ね、私が固まってる間にバッチリ見られてしまいました！　だって、最初は目が合って、それからカチョーの視線は上から下へ移動し、そのあとまた上に戻って、扉を閉めて出て行きましたから！　バッチリ見られてしまいましたよ！　なんてこったーい！

風呂場にぴょいと入り、ドアの隙間から顔だけ出して猛烈抗議です！

「カチョー！　何するんですかーっ！」

「いきなり洗面所に駆け込んだりするから、どうしたかと思っただけだ」

「一言、せめて一言ーーーぉぉっ！」

「しいて言えば、色気が足りない」

「ちっがーう！」

謝罪もなしに、まさかのご忠告ですよ！　私に足りない部分を指摘してくるとは！　許せな〜い！　風呂の洗い場で、ダンダンと地団駄を踏む。

しかし今ここから飛び出して行ったところで、負けは見えています。どう考えてもダメデス不利デス無力デス。洗面所の引き戸をまたガラッと開けられてしまえばオシマイですっ！

わーお、こういったビックリドッキリハプニングって、漫画の世界ではベタだけど、まさか現実の我が身に発生するとは思いもしませんでした！

色々と言いたいことはあれど、私がアレコレ考えている間に、カチョーの足音が遠ざかっていきました……。くっ、いつか見てろよっ！

——ってことで、私もお風呂から上がったのちに、カチョーのマッサージをしてさしあげました。てんやわんやの一部始終を、ダイジェスト版でご報告シマス。

「じゃじゃじゃじゃじゃじゃあ、失礼しまーす」

「——っ！」

「何ですか？」

「乗るな！」

「えー、私はいつもこういうやり方ですよ？　このほうがやり易いんで、黙ってて下さい」

とまあ、心温まるやり取りをしつつ、マッサージを開始。

いつしかカチョーは寝てしまい、それを確認した私は舐めるように寝顔を見ながら観察記録をつけて、それで……


ふ、とわずかに体が揺れ、意識が浮上した。

おやぁ、私いつの間に寝てた？　夜中の三時過ぎまでは記憶があるけど……そのあと、どうなった？

気になるけど、しかしあまりに気持ちがいいので、二度寝に突入ー……

ん？　マテ。

なんで私、この部屋で寝ているの？　え、なんでベッドに横になっているの？　混乱していたら、ベッドのスプリングがぎしっと音を立てて揺れた。この揺れの原因って——そう、考えられることは一つしかないじゃないか。

一気に頭が冴《さ》えたわ！　ビックリ、なにこれまさか噂の朝チュン!?　いえ、もう昼ですね、すみません！　……ってそこじゃないよ！　ヤバイっすよ、こりゃ。マッサージを終えて、そのまま寝ちゃったよ！「あら私ったらついウッカリ☆」なんて言えませんよ、ちょっと！

うむ。ここはひとつ、寝たフリをば。横向きに丸まっていたので、背後の様子はまったく見えない。まだ寝てる風を装って、とにかく現状を把握しよう、あわわ。

どっどっどっどっどっ……

心臓の音が激しくリズムを刻んでいる。うをぉぉ、落ち着けえええ!!

ベッドがきしみ、人一人分の重みがなくなった。床を歩く音。そして立ち止まる音。

カサッと音がして……

や・ば・い。そそそそりはっ！

「何だこれは」

う、う、う、うぅぅ……！

「――美形である。美しすぎて、無駄に美形と言いたくなる。骨格もすばらしい。手がでかい。声は、乙《おと》ゲーに出てくるような低音系。無防備な寝顔がまたいい。整えられていない髪がツボ。無精髭《ぶしょうひげ》も欠かせないアイテム。重要。朝は、テントを観察す――」

「ギャーーー！　見ないでえええ！」

飛び起きて、カチョーの持つメモ用紙をひったくった！　か、観察記録が！

「……ユリ、おはよう」

さ、爽やかな笑顔ーっ！　でもどうしよう、カチョーの目がまったく笑ってません。ガクガクブルブル。一緒の布団で寝てしまったので、お怒りなのでしょーかっ!?

「おっ、おっ、おはようございまするっ！」

「丁寧にマッサージしてくれたから、気持ちよくてつい寝てしまった。悪いな」

「いえいえっ！　滅相もございま――」

「今夜もマッサージを頼む。それと、これからは毎晩一緒に寝るぞ」

「ほぁっ!?」

「よく眠れたから」

あーそうですかー、熟睡できてよかったですねー……じゃないっ！

「カチョー！」

「なんだ」

「私のカラダが目当てなんですねっ！」

「それもあるが、俺はもともと薬でも飲まない限り熟睡できたためしがない。ユリと一緒に寝たら、自分でも驚くほどよく眠れた。体力も回復している。つまり、ふたりで寝れば、俺もユリも快調になる。……理由は以上だ」

待って！　それもあるがってサラリと言ったよカチョー！　大事だから二回言うけども、それもあるがってサラリと言ったよカチョー！

あまりの暴君っぷりに声が出ず、パクパクと餌をねだる金魚のように口を動かしていたら、カチョーは「ああ、わかった」と言ってクローゼットを開けた。着替えるつもりなんだな。

「腹が減ったんだろ。外に用事があるから、出るついでに食べに行こう」

「ち、違っ！」

お腹が空いているのは事実ですが、そうじゃなくて、今は貞操の危機なんだよぉっ！

さほど美味しくないかもしれませんが頂かれちゃう！　……ていうか、頂かれたくもあるけど、心の準備と下着の準備とお風呂の準備と、それからそれから……!!

アワアワと立ち上がって、黒のTシャツを脱ぐカチョーから逃げるように自室へ向かう……っつぉおっ！　足がもつれ、床に倒れる直前にべちゃっと壁に顔が当たった。お、おかしいですね。ここに壁なんてあったかな。ていうか、やけにぬくといです。ていうか、壁紙の色、随分と黄ばんできましたね？　壁に手を突いて顔を離してみると、この手に触れる感触が……

「む、む、む……」

「ユリ、大丈夫か」

「ム、ムネニクーーーー！」

あろうことか、上半身裸のカチョーの胸に抱きついちゃって、まあまあまあ！　一度だけ、風呂場でチラッと見たことはあるけれど、引き締まった体はなんてお美しいのでしょーかっ！

思わず、すりすりと頬ずりをば……すりすりすりすり……がしっ。

「ユリ、着替えてこい」

両肩を掴まれ、くるりと反転させられたかと思ったら、ぽーいと部屋から追い出された。ちょ、いきなりだな！　そんなに早くご飯食べに行きたいのか、カチョーめ。

あーあ、あの胸、もっと堪能したかったなあっ！

近所の定食屋で、軽くご飯を食べた。店を出る時、ちょうど私達と入れ替わりに、暖《の》簾《れん》をくぐりかけたカップルと鉢合わせになった。あわや、ぶつかる寸前。

「わっ！　ごめんなさいっ！」

「おっと——って、あれ？　滝浪さん……と、袴田課長？」

目を丸くして驚くカップルの正体は、マメ橋センパイとその彼女だった。マメ橋センパイの彼女は、私が入社したての頃色々と優しく教えてくれたおねーさまなのです。その容姿は……そうですね、たとえて言うなら、美人教師モノ、でしょうか。たとえが合っているかどうかはおいといてですね……そのおねーさまとマメ橋センパイがボソボソと話している。

「馬鹿！　こういう時は気づかないふりして黙っているものよ！」

「えー、でも折角なのに」

「……んもう！」

二人は声を潜め、どちらかというとマメ橋センパイが怒られているの図だ。

「すみません、お邪魔しました」

おねーさまはさらりと謝罪して引き返そうとしたけど、マメ橋センパイがカチョーに仕事の話をふった。

「課長、例の納期についての報告、少しだけいいっすか？」

「こらっ！　今じゃなくたっていいでしょ、馬鹿マメ！」

おねーさまの肘鉄《ひじてつ》がマメ橋センパイの脇腹を直撃した。「グフォ」とくぐもった声が……

あーあ、痛そう。

「納期についての報告？　ああ、構わない」

ここはカチョーの家の近くであり、ということは会社近くの店でもあるわけで……場所柄からいって、マメ橋センパイ達がここにいるってことは休日出勤していたのかも。仕事の話になるのは仕方ないでしょうね。

マメ橋センパイは口が上手いので（失礼）、交渉に向いているらしい。今回の取引もかなりこちらに有利にまとまったと、鞄から書類を取り出しながらカチョーに報告をはじめた。

「今はプライベートよ？　……お休みの日にまですみません、課長」

と、おねーさまが頭を下げる。カチョーも私も休日仕様の私服で定食屋。その辺の事情を察しろと、おねーさまは窘《たしな》めているわけだ。オ、オトナの女性ぃー！　しかしマメ橋センパイは「情報は新鮮なうちに、だよ」と、ニカッと笑い、「この納期で搬入、大丈夫ですかね？」なんて話を続けた。

「工期日程と見積もりの件、先方に説明してあるのか？」

「もちろんですよ。若干のズレはあると思いますが、それも織り込み済みです」

「わかった、では問題ないだろう。調整は清水にやらせろ」

「では週明けに。それにしてもユリちゃん、課長とデー……ドォッ」

突然私に話をふってきたマメ橋センパイは、言葉の途中で悶絶《もんぜつ》した。ちょ、何!?

「マメ、黙って。うふふ、ねぇユリちゃん、ここのお店のご飯、美味しかった？」

「えっ、あっ、はぃぃ、美味しいデス！　とっても！」

おねーさまの有無を言わせぬ口調にビクッとなりながらも、そう答えた。そこへ、衝撃から立ち直ったマメ橋センパイが、脇腹と足辺りを撫でながら、ふたたび口を開いた。

「イ、イテェ……。でも、これも来週の余きょ……うっ」

またしてもマメ橋センパイの顔が歪み、激痛に耐えかねたのか、「ぐふぅ」とその場にうずくまった。な、何っ⁉　さすがの私もただごとではないと、マメ橋センパイを心配していると――

「ねえユリちゃん。私この間、旅行に行ってきたのよ。その時の写真見る？」

「わーい、見ます見ます！　あ、でもマメ橋センパイが……」

「ほら、ここの場所、景色がよかったのよー」

おねーさまはデジカメを出し、写真を見せてくれた。

ほうほう、確かに絶景ですな！　しかし、お、こ、これはっ！　ははぁ、そうかそうか、マメ橋センパイと二人っきりの旅行ですか、そうですか。おわっ、しっぽりと和風温泉旅館？　え、ちょ、露天風呂付きのお部屋……うひょぉぉぉ！　こりは、もう、妄想モンモンモンモン……っ！

私が鼻息も荒く画像を見ている間、後方で何やら低い声でやり取りがなされていたようですが、それどころではありませんっ。

写真を見終わって正面を向いた時、そこには血の気が引いたマメ橋センパイが、魂を半分抜かれたかのような姿で立ち尽くしていました。私はちらりとカチョーを見上げてみたけど、顔色ひとつ変えずに「さあ行くか」と私を促す。

ちょ、何があったの？　そこへ『てってれ〜♪』と、私の携帯から着信メロディが聞こえてきた。ちょいと失礼と断り、カチョー達からちょっと離れ、トートバッグから携帯を取り出す。

――ん？　葵兄ぃ？　珍しい人が電話してきたもんだ。変だなあと思いつつ、通話ボタンを押す。

『おう、ユリ』

電話の向こうの葵兄ぃは、いつもと違ってやけにかしこまった口調で言った。

『かーさんには言うなって言われたけど、どうしても言いたくてよぉ』

「何のことかわからないけど……なんだか穏やかじゃないね」

『まーな。けいごにーちゃんが俺の代わりに家に入るって聞いて、俺、いてもたってもいられなくてよぉ。俺は長男なのに、自分の好きなことをしていて、こういう時は何の役にも立ててない。情けねぇなって思ってな』

んっ？

『だけどよ、ユリがけいごにーちゃんを選んだのは小さい頃のことだし、大体お前、けいごにーちゃんがいなくなったら即忘れたじゃねーか。だから今回のこと、俺には意外でさ』

はっ？

『でもユリの選んだことだったら、いいんだ。……グスッ……ありがとうなっ……』

……ちょ。泣いてる泣いてる。なんで泣いてる。

『だから、来週の……(ガタタタゴガン)かーさ……!?　やめ(ガッゴゴン)うわあぁぁ！』

ツー、ツー、ツー。

えーと……どっから手をつけようか。まず、まず……「けいごにーちゃん」って言った。言ったよね!?　何度も言った、他にも、色々、言ってたーー！

「けいごにーちゃん」「俺の代わりに家に入る」「私の選んだ」「けいごにーちゃんがいなくなって、私は即忘れた」……？　何だろう、心の真ん中あたりがモゾモゾする。えー、えー、えー？

「ユリ、帰るぞ」

「ギャー！」

悶々《もんもん》と考え込んでいたので、背後から急に声をかけられて飛び上がった。

カチョーは不思議な生物を見るような目で（まあいつものことですが）私を見る。

とはいえ、さして気にした風もなく、ごく自然に私の手を握って歩き出した。

けいごにーちゃん、けいごにーちゃん、けいご……にーちゃん……

手を引かれながら、けいごにーちゃん、という言葉がぐーるぐーると頭の中をかけめぐる。

そういえば、カチョーの名前は「袴田圭吾」。けいごにーちゃんと名前、一緒だよね？

私の実家に連れて行った時も、葵兄ぃが「けいご」って名前を言いかけて……葵兄ぃだけじゃなく家族みんなが、どこか変だった。そう……まるで「課長」という立場で訪問されるのは初めてだけど、実は初めてじゃない、みたいな雰囲気。

急に足元がおぼつかなくなった。あれ、けいごにーちゃんっていう人とカチョーって、もしかして同一人物？

呆然としている間に、車に乗せられ、そしていつの間にか、風景が変わっていた。一体どこを走っているのか見る余裕もなく、ただただどうしてと追求している。

大体、カチョーの家に呼ばれたのは、私のBL漫画が見つかったことがきっかけ。私のしくじりがなければ、今の状況はない。だけど住み込むことになったのはカチョーの提案で……

私は一ヶ月合宿があるって家には言ってある。たまに料理のことでおかーさんに電話するけど、それも合宿で料理当番があるからって言い訳をしてた。だからまさか家族は、私がカチョーと二人きりで暮らしてるなんて知らないはず。

……けど、あれ？　何故かいつも、二人前の分量を教わっていたような。変だなあと思いつつも、人数にあわせて分量を増やせってことねー、なんてお気楽に聞いてたけど……ダメだ、よくわかんない。

何かを受け取るためお店に寄ったようだけど、「いいえ、私はここで待っていますね」と車内に残った。しばらくしてカチョーが戻り、ふたたび車は動き出す。

「どうした。具合でも悪いのか？」

と言われてハッと気づくと、何故かお箸で布巾を挟もうとしていた。

おっと、何やってんだ私！　ぴゅっと箸先を引っ込める。流石の私も布巾は食べられない。

ていうか、どうしてまた飲食店にいるのだろう。さっき昼食を食べたばかりじゃないか……と思って窓の外を見ると、いつの間にやら空はすっかり暗くなっていた。

ここは和食ダイニングなのか目の前のテーブルに和風の料理が並び、照明はいい感じに落とされていて、個室風に仕切られた空間はとても落ち着いた雰囲気。カチョーの手にビールのグラスがあるところを見ると、どうやらここへは歩いて来たようだ。昼は車で出かけたから、つまり一旦家に帰ったりもしたということで……

どんだけ意識飛んでたのやら……怖くなります。

「カチョー」

「なんだ？」

「私、具合は悪くないです」

「そうか」

「……カチョーが『代わりに家に入る』って、どういうことですか」

葵兄ぃが言っていたことの中でも一番一番気になる一言を、どストレートに尋ねると、ぴたり、とカチョーの動きが止まった。そして手にしていたお箸をコトンと置いて、ゆっくりと、一音ずつ区切るように口を開いた。

「誰に聞いた」

ピリピリした様子のカチョーに、やっぱり何かあるんだと、逆に確信を掴んだ。

「誰って……誰でもいいじゃないですか」

「誰に聞いた」

……ま、負けないもんっ！

「誰　に　聞　い　た」

…………まけ……な……

「だ　れ　に」

「葵兄ぃデス」

やっぱり無理。アッサリと降伏。敵うわけないじゃないですか！　目からビームが飛び出すんじゃないかと思うほどの鋭い眼光をこっちに向けるもんだから、怖くて怖くて怖くて――以下略。

「アイツか」

ぎりっ、と苦虫を噛み潰したような表情を見せて、カチョーはグラスのビールを一気にあおった。うう、こんな場面でも、喉仏に萌えてしまう自分の煩悩《ぼんのう》が憎い。

「あの……教えてくだ……さいっ！」

「何を」

「私の……私の知らない秘密をっ」

「ほう」

あれっ、私、変なこと言ってませんよ？　なのになんでニヤッて笑うの！

「いずれ時期が来たら、な」

「えぁっ、時期……時期、ですか……」

今は話す気はない、ということでしょうか。諦めて、目の前の料理に箸を伸ばす。

今は食事に集中しよう！　あー、この店のお刺身、とっても美味しいですね！　鮪《まぐろ》も鯵《あじ》もくさみがない。それからこれはスルメイカかな？　ねっとりと甘いのは苦手ですが、これは歯ごたえもよくておいっしぃ！　生しらすも透明でプリップリしてまっす！　次に運ばれてきた桜海老のかき揚げを食べようかなーと皿に手をかけ、ふとカチョーを見たら、何故かこれまた腰が砕けそうな素敵な微笑。

「ちょ、な、な、何デスかっ」

「気にするな」

「気になりますって！　大体カチョー、全然食べていないじゃないですか。お魚は好き……ですよね？」

おうちでのご飯も、焼魚、煮魚、刺身……は、いつも最後に食べるんだよね、カチョーって。最初は魚が苦手なのかと思ったけど、ぺろりと平らげるところを見ると、決して嫌いじゃなさそう。じゃあどーしてもっと早く食べないの、と前々から気になっていたことを尋ねてみた。すると、なんとも不敵な笑みと共に爆弾が降ってきた。

「好きなものは大事にとっておいて、最後の最後に食べる主義なんだ」

「そ、そうで、すか」

え、と、食べ物の、食べ物の話ですよねっ？

「我慢に我慢を重ねてようやく手に入れたモノは、心から味わって満足したいからな」

食べ物の話ですよねぇぇぇ!?（涙目）

私がウッカリ発言のついでにぶつけた疑問は、毎度のことながらウヤムヤに流されてしまった。

帰りはまた手を繋いで帰りました……しかも、指と指を絡めた「恋人繋ぎ」っつーやつでね！

自宅までの帰り道、手を繋いでテクテク歩く。背の高いカチョーをチラッと見上げると、それに気づいたカチョーがフワッと口を緩めて私を見つめ返し、手をぎゅうっと強めに握ってくる。

あーもー！　あーーもーー!!　なにさ、この甘酸っぱさはよぉぉ！　この男を俺のモノにしたいぃぃ！　と心の中で悶《もだ》えまくり、吼《ほ》えまくり、萌え萌えで帰宅。

それなのにカチョーはアッサリと手を外し「風呂入る」と行ってしまった。ちょ、余《よ》韻《いん》はー!?　仕方なく私も、明日の朝ご飯の下準備をしに台所に向かった。

カチョーの後で風呂に入った私は、湯船に浸かって悶々《もんもん》としていた。結局何一つ疑問は解消されてないな、と。

あー……いったい何なんでしょーか、この同居生活ってやつは！

――アレコレ考えていたら、思いのほか長湯になっちまいました。

ぽかぽかと茹で上がった私は、カチョーのお部屋の前に立つ。湯上がりにマッサージをしてあげます、一緒に寝ます、と約束させられちゃったからね。

だけど、おぉぉう、おぉぉぉぉぉう！　バクバクバクバクと、やたら心臓の音が響く。

こ、この扉を開けなきゃ……いけないんスか？　今すぐ回れ右したいんスけど！

な、何かが起きることなどないとは思うが、一応は自分の身なりをチェーック。黒地にちっちゃい小花が散ったサマーニット素材のパジャマ、ちなみにパーカー付き。前ボタンがないから脱がすの大変だよねとか、いやいやそうじゃないよ、何の心配だよ、こらワッタッシーッ！

すーはー、と深呼吸を繰り返し、覚悟を決める。

「かちょー、来ました」

声をかけると、「入れ」と返事があった。中に入ると、カチョーは机に向かって書類を見ていたようだったけど、ザザッと隅に寄せて片付けた。

「さ、寝るか」

アッサリ言ってくれるじゃないかぁ！　待ってよぅ、こころ、心の準備がー！

「早く」

むをっ！　こら、こらこらこら！　ベッドに横たわって、掛け布団半分持ち上げて、ここに入れといわんばかりのそのポーズぅぅ！　ちょ、写真撮らせてっ！

「……早く」

「……ぁぃ」

こええよカチョー！

「いただきまー……、あ、ちがった。お邪魔しまーす」

モゾモゾ布団に入り込むと、ふかふかした布団にはカチョーの体温とかほりが移っていて、私を包んだ。

「んほぉっ……」

「変な声だすな」

だだだだってー、このね、この布団でね、カチョーと一緒にね！　う、腕枕なのですか！　差し出された腕は、腕枕で寝ろってことですかーっーー！

いや待て、落ち着け……あっ……

「あの、かちょー」

「なんだ」

「あの女医さんとは、この家でエロエロなさ……」

「――っ！」

尋ねた途端、何故かカチョーは激しくむせた。ややっ、どうしたカチョー！

「阿呆かっっ！」

「ギャー！　ごめんなさいぃぃぃ！」

ギリギリ……とヘッドロックを決められ、ギブのタップをするのに必死！　ノーー！

ようやく解放され、スンスンと鼻を啜《すす》りながら、ふたたびカチョーの懐に擦り寄る。興味本位に聞いただけなのに、なんでそんなカチンと来られたのかわかりましぇん。

「おまえな……」

「だ、だって、あの眼科の女医さんは前妻サマなんですよね？」

「誰に聞いた」

「本人に」

「……チッ」

し、舌打ちー！　前の奥さんに対して、そんな忌々《いまいま》しげな顔してー！　なんでよ、好き合って結婚したんじゃないのかいな！

私が何を考えているのか、カチョーは悟ったらしい。改めて私をふんわりと抱きかかえなおし、背中がゾクリとするような艶《つや》っぽい低音の声で語る。

「あいつとは、学部こそ違うが大学が同じで、友人としてつきあっていた。ある時、お互いの利害が一致して書類上の結婚をした。それだけだ」

「利害……？　あ、前に言ってましたね」

「そう。あいつは資産家の一人娘で、一族には医者や弁護士がゴロゴロいる。それで親は娘に、エリート中のエリートと見合い結婚することを強要していた。だけどあいつにしてみれば、医学部を出て念願の医者になったばかりだ。これからが本番、仕事命、と燃えていたのに、だ。その頃の俺は、両親から相続した遺産をめぐって、遠縁の親戚といさかいが絶えず、縁を切りたかった。あいつも親を黙らせたかったのだと思う。そこで俺に白羽の矢が立った。書類上だけの夫婦で構わない、とにかく結婚してしまえば周囲はもう何も言えなくなる、というわけだ。俺も結婚して相手の籍に入ってしまえば、いかに親戚でもうるさく言ってこられないだろうと踏んだ。だから、結婚を了承したんだ」

「えー……じゃあこの家はなんで？　二人の愛の巣じゃなかったのですか？」

「これは、体裁を取り繕うために買っただけだ。ここに二人で住んだことはない」

「体裁？」

ふあ、っとカチョーは欠伸《あくび》を一つして、私の頭を軽く撫でた。

「愛してもいない女を……わざわざ自分の家に入れるもん……か」

え……え？　それ、ええ？

「――相手は、一人いれば……じゅうぶん……」

私の耳を打つそのささやき声は、すぐに寝息に変わった。

にゃ、にゃんですと!?　寝るな、大事なトコだよ、そこ大事ーー！（二度言う）

カチョーの体温とほのかなかほり、腰に絡みつく腕。そのどれもこれもにドキドキさせられて……私のおめめはギンッギンです！　寝られるもんかぁーーっ！

すうすうと気持ちよさそうな寝息も含め、すべて頂きたいっつーの！　なんだよこりゃ、本気の添い寝かよっ！　で、で、でもでも、できれば写真におさめたひ……。カメラ、カメラはどこだ。

しかし腰に回された腕を動かせば、ぐっすり眠っておられるカチョーを起こしてしまいそうで忍びない。

ってか！「あ、これちょっといけるんじゃ……？」と思って、体をそっと離そうとしたら、カチョーの腕がガシッと私のお尻を捉えて（お尻！）引き寄せられ、より密着するハメになった。

ね、寝てると思ったのに……！

おそるおそる、今度は自分からピッタリと顔を寄せてスリスリしてみた。……してみた……してみ……たけど、反応がねぇ！　くそう、なんだか負けた気がする。いやしかしこの状態、ある意味カチョーの気持ちにつけ込むチャンスですよね！　だけど、ああ、なんだか……眠く……なってきて……

――愛してもいない女をわざわざ自分の家に入れるもんか。

――相手は、一人いれば充分だ。

……！

うとうとしかけた私の脳裏に、カチョーが寝落ちする直前に口にした言葉が蘇《よみがえ》り、いやでも目が冴えてしまった。

愛してもいない女をこの家に入れないと？　好きな相手は一人だけでじゅうぶんですと？　そう聞かされて、甘やかな期待を抱かぬわけではない。だけども、それは勝手な期待であって、現実は思いどおりにならないことが多々あるものですよ。

カチョーは、一ヶ月後に大事なお客様を迎えるために、私の弱みであるBL原稿を人質にとり、家事労働を言い渡した。一ヶ月後……つまり来週の月曜日。三十一日間の労働が終われば、私は解放される。その時にやって来るお客様というのが、カチョーの大事な人、なんじゃないかなぁ……とセンチメンタルな気分に浸りかけるが、だったら今のこの状態はなんと説明するよ、ってなもんですよーっ！　ああ、気持ちが行ったり来たり。

お尻に当たる手が若干気になるものの、人肌の温かさ、プラス好きな人、プラス考えるの疲れた、という強烈コンボで、ようやく睡魔がぁ……すいまがぁ……

「おはよう」

「うひゃっ！」

目を開けたら、カチョーの顔が目の前に！

「……が」

「が？」

「眼福であーる！」

「そうか」

そりゃーそうでしょ！　朝イチでこんな、こんな、いつもは切れ長なその瞳が柔らかく細められ、少し薄い唇はゆるやかなカーブラインを描き、これ以上はありえないくらいの美しいシェイプのフェイスに朝日が当たってキラキラと輝き、仕事に行く時は綺麗に撫でつけられている髪が、わざとじゃないかと思うほど無造作に散らばっており、それがまた隙を感じさせて——

「ふごぅっ！」

「意識を現実に戻せ、阿呆！」

カチョーは、あろうことか笑顔のまま私の鼻をぎゅうっと摘んで、耳元で大声を出した。

ちょ、鬼！　わたしゃただ見惚《みと》れていただけ！　と、フゴフゴしながら伝えたら……

「この面の皮一枚のことでユリが喜ぶのならよかった。これまでは面倒だと思うことが多かったのでな」

なんて言いやがりましたよ、コノヤロー！　くそう、どさくさ紛れに抱きついちゃる！

カチョーの首に腕を伸ばして抱きつくが、「おっと」なんて言って、すぐさま体を離される。おやおや？　いつもは必要以上に絡んでくるのに、変だな？

「抱っこしてクダサイ」

「……駄目だ」

「えー」

「まだ、駄目だ」

何がまだなのさ！　この状態で、何がダメなのさ！

「っ！　……ユリ……お前というやつは」

顔を歪ませて唸《うな》るように吐き出されたその声は、地を這《は》うような低音だった。恐ろしくて、小さく息を呑む。あわわ、怖いわ怖いわ！　ぴゃっと手を引っ込め、その勢いに任せて横にゴロゴロッと転がれば、あっという間に床に落ちました。

「ぎょわっ！」

あ、案外低めのベッドでよかった……デス……。けど、イタタタタ。

ベッドに肘《ひじ》をついて上半身だけ起こすと、カチョーは自分の頭をガリガリと掻いて深い溜息を吐いた。おぉぉ、たまらんっ！　その半袖から伸びる筋張った腕といい、節くれだった大きな手といい、それから——以下略。

「ああくそっ、自業自得とはいえ、これじゃまったく拷問《ごうもん》だ」

「な、な、何っ!?」

カチョーはしばらく天井を見あげていたかと思うと、ふいっと私に視線を合わせた。

「ユリ」

「ひゃいっ！」

「……」

熱い……！　カチョーの視線が、熱いよママン！　おっかなくて、つい声が裏返ったよママン！　しかも、呼びかけたくせに黙るって何さ！

「か、かちょお？」

「……」

ぬわー！　この状況、心臓に悪すぎる！　このままでは早死にするぅ！

「あの……朝ご飯の支度してきま――」

いたたまれず、逃げようとしたら、サッとカチョーに腕を掴まれた。

「決めた。ユリ、食べたら出かけるぞ」

「はい？」

「遠出をするから、それなりの支度をしておけ」

そしてカチョーは片膝を抱えて項垂《うなだ》れ、片手でしっしっと私を追い出した。ちょ、し、しちゅれいなっ！

出かけるというのは決定事項なのでしょう。これまでのことを振り返れば、それは間違いない。しかし、しかし、しかしですよ？　たまにゃー何か反撃に出てやりたいじゃないですか。いよっし、葵兄ぃのあの謎なセリフを借りようじゃないか！

「わかりました——けいご、にぃちゃん？」

しょぼんとした雰囲気を醸《かも》しだしつつ、例の『けいごにーちゃん』という言葉を呟《つぶや》いてみた。すると——パッと顔を上げたカチョーが、信じられないとでもいうように、大きく目を見開いて私を凝視した。あまりにストレートに見つめられたので、ついに地雷を踏んだか、と背中にいやーな汗が伝った。

「——ユリ……お前、思い出したのか？」

と、カチョーらしくない弱弱しい声。

「思い出すって、何を？　って、やっぱりカチョーって、ウチの兄を知ってて——」

私もつい動揺し、上擦った声で逆に質問してしまう。何これ、何？　やっぱり『けいご』は『圭吾』なんデスね!?　緊張のあまり、胸の前で両手をぎゅうっと握りしめていると、カチョーがお腹の底から絞り出すような声で言った。

「そうか。思い出せないのなら、それでもいい。何も覚えていないとか、忘れてしまったというのでも構わない。この件については、いずれまた話す。早く知りたいのならば……自力で思い出せ」

カチョーはするりとベッドから降り、体をガチガチにしていた私の頬をひと撫でした。

ずるいよ、カチョー。そんな顔で撫で撫でされたら、もう何も聞けないよ。

と、カチョーがふわっと微笑んだ。目に映るものをまるごと温かく包むような、優しい視線が私に注がれる。

「それより、早く支度しろ――二番で」

「へっ？　は、はははははいーっ」

二番ってアレか。デパートでコーディネートしてもらった、ファイルナンバー二番っつーことかいな！

急いで自分の部屋に戻り、服を着替え、化粧もして身支度を終えると、ソファで朝刊を読んでいたカチョーはバサッと新聞紙を畳んでテーブルに置いた。

うをぉぉぉ、いろっぺー！　またしても眼福でござる！

ラフな部屋着から一転、今度はポロシャツとジーンズ。ポロシャツなんて、ヘタするとおっさんの休日スタイルになりかねないのに、裾あたりがタイトになっていて、袖も少し長め。柄もシンプルで、ビックリするほどカチョーに似合う。

ぽやんと見惚《みと》れていたら、カチョーが立ち上がって私の傍に立ち、「似合うぞ」と耳元でささやいた。

ちょ、言葉と吐息が耳に熱くかかるっ！　破壊力ありすぎ！

二番の服は、フワッフワしたシフォン素材の小花模様のキャミワンピで、胸のあたりは伸縮性のゴムでぴっちりと密着し、胸下に切り替えがあって裾広がりのAライン。正直ちょっと……おムネの形が丸見えになるので、あな恥ずかしや。ロングカーディガンを羽織り、あとは玄関でバックストラップのサンダルを履くだけデス。こうやって毎日毎日、完璧にコーディネートされた服を着ていると、まるで別人になったかのようで楽しい。ある意味、コスプレです！

――今時どこで売ってるのか探すのも大変な、ガラス製の太枠黒縁眼鏡。梳《す》いた形跡の見当たらない重たい髪を真ん中分けにし、かつ二つ縛りにした昭和な髪型。そして化粧っけゼロの顔。彩りが一つもなく、可哀相にすら思えるその残念な服装。どれもこれも最初から気に食わなかったんだ。変えろ――

およそ一ヶ月前、条件その一としてカチョーに言われたことを実行され、あーんな見た目から、こーんな見た目に変わった。でもそれだけじゃない。内面も、大きく変わった。

理由は、恋。

妄想でも憧れでもなく、心から好きになったただ一人の男性を目の前にすると、脳内が腐った女子でも立派な乙女になれるのです。そう、只今私の脳内はお花畑ですぅーっ！

玄関で先にカチョーが靴を履き、私もサンダルに足を入れようとしたら……

「ユリ」

呼ばれて、ん？　と顔を上げたら、ものすごい至近距離にカチョーの顔が迫り、ちゅっと軽く音を立ててキスされた。

「ぬあおっ！」

「さ、行くぞ」

と、それだけ言って先に玄関を出て行ってしまった。

唇に指を当て、私は立ちすくむ。カチョーの心なしか浮かれた様子に、今日は一体どうなってしまうのかと、ちょっぴり不安になった。

……持つかな、心臓。ドキドキさせられっぱなしで辛いのに、このドキドキを求めてやまない私。恋の擬似体験でもいいから、あと数日……そばにいさせてね、カチョー。

12

「ヨダレ、出てるぞ」

「ふごぉっ!?」

頬に触れられてビクッと目覚めたら、まさかのヨダレ！　やっべ、寝てたわ私！　ほら、昨夜は添い寝でこりゃチャーンスって、じっくりカチョーを堪能していたのでね。一応は眠ったものの、やっぱり睡眠時間が足りなかったかな。

「着いた」

と告げながら、カチョーは私の頬に当てた手の親指だけ動かし、唇のヨダレを拭ってくれる。

や、ちょ、ちょっ……！

目が泳いでしまい、頭には血が上ってしまう。カチョーはふっと笑いを漏らし、その手で私の鼻をピンッと弾いた。

「ったぁ！」

「顔、真っ赤だぞ」

「だだ誰のせいだとっ！」

「俺」

「そうデスよ、カチョーのせいデスよっ！　てか自分で認めてるし！」

「さ、降りよう」

私の抗議になど耳を貸さず、運転席からスルリと出て行ってしまう。ダメだ、カチョーには敵わない……。諦めてシートベルトを外し、外に出ると、そこは――

「遊園地？」

思いっきり見覚えのあるこの風景は、県の西部に位置する遊園地の入場ゲート。東部周辺には、全国的に有名な遊園地が点在していて首都圏からのお客も多いけど、こちらは地元密着型で気軽に利用できる娯楽施設なんですよね。私も幼い頃、家族と一緒に訪れたことが何度となくあります。あるけども……ねえ。これってドユコト？

「チケットを買ってくるから、待ってろ」

カチョーは足早にチケット売り場へ向かった。えーと、何だ？　これから私とカチョーはジェットコースターか何かに乗って遊ぶの？　え、え、え？　ちょ、意味ワカリマセンけどっ！

「手、出して」

戻ってきたカチョーは私の手を取り、手首にくるりと紙を巻きつけてブレスレットのようにした。

「フリーパスだ」

簡潔なお言葉に私は何ら抗《あらが》えず、ただされるがままだ。

「さ、行こう」

行くって、どっちに？　入り口から右側のエスカレーターを上って行くか、それとも左のドアをくぐって行くか——じゃなくてさ、じゃなくてー！

くいくいっとカチョーの服の裾を引っ張って、他のお客さんの通行の邪魔にならないようにと、人気《ひとけ》の少ない場所まで移動した。ここに来た理由を聞いておかねばなるまいよ！

「カチョー！」

「それ、禁止だから」

「へっ⁉」

「課長って呼ぶの、禁止」

「なっ、なじぇっ⁉」

「第一に、俺が嫌だから。第二に、誤解されるのを防ぐため。わかったな」

課長と部下の二人連れであることは事実なのですから、誤解も何もありゃしませんけど、そりゃまあ確かに、遊園地で「課長、課長」と呼ぶのは、ふさわしくありませんよね。ですから、第二の理由はよくわかりますが……。じゃあ何て呼びゃーいいのさ！

「かちょ……じゃなくて？」

「ああ」

「う〜〜……は、袴田サマ」

「それもいいが、俺は自分の苗字が嫌いだ。もう少し砕けた呼び方ができんのか」

求めていらっしゃるのはつまり、名前呼びデスカ⁉　かちょおおおお｜｜っ！

アワアワジタバタする私を、カチョーは意地悪な目で眺めている。――っく、面白がっていますねっ⁉　うーんうーんと唸《うな》っていると、カチョーは私の背を壁に押しつけ、ゆっくりと顔を近づけてきた。

「ちょ、うをぁっ！」

「名前で呼べ」

「ひぁっ！　難易度高っ！」

「名前で」

耳元に熱い息がかかり、肌の上を唇が滑っていく。

「は、あぁ……んっ」

「ユリ」

何という攻撃……。耳から注ぎ込まれた熱が体中を駆け巡る。そのくせ背中はゾクゾクして、悪寒なのか快感なのか訳のわからない震えが背筋を這《は》い上がる。

「……さ……っ」

「聞こえないな」

「け、け、けい……ごさ、っ」

「もっとはっきり」

「けいご、さんっ！」

「よくできました」

ご褒美だ、と言わんばかりに、熱い唇が私のそれに落ちてきた。

「課長と呼んだら罰としてキス」とか言われても、もう訳わかんないし！　どういうことよー、よー、よー……（エコー）

ともかく、そういうルールの下で園内を巡ることになった。

――って、何でですかっ！

「なんとなく、そんな気分だったからな」

「気分で済まさないでクダサイッ！」

自然と指を絡めて手を繋ぎましたが……こういうのにも、なんかもう慣れましたね。非常に気分のよろしそうなカチョーに、あえて突っ込む気にもなれず、されるがままの結果となった。あーでもいいですねー。このシチュは……

「今、妄想を始めたか？」

「どぅわっ！　何故それをっ！」

「内容まではわからないし、知りたくもないがな」

だがあえて言ってみろ、というドSな勧めに従い（っていうか強要！）シブシブながらも口を割る。

彼を誘い出して遊園地に来た。

他のみんなは都合が悪くなっちゃって来られない、なんて言ったけど、元々僕は彼しか呼び出してないんだ。

「しょうがないな」

「……どうする？」

見え透いた嘘と小細工に呆れた？　しかし彼はニッと笑い、「男二人だけど、せっかくだから、めっちゃ遊んでいこうぜ！」そう言って僕の肩を抱いた。

密着度が上がり、僕の心拍は乱れて慌てふためき――

って！　なんで眉間に皺を寄せて、やっぱり聞くんじゃなかったって顔すんのさ!!

「……やっぱり聞くんじゃなかった」

まんま言ってるし！

だから言いたくなかったのにーとブツブツ言う私へ、カチョーは若干疲れた様子で「まあお前の脳内のことはおおよそ理解しているから、今さら驚かないが」なんつって、私の頬をぎゅいんと摘んだ。

「ふごごっ！　はにふふんへふかっ！（何するんですか！）」

「とにかく今日は、その妄想のように楽しめ」

「ほぁっ!?」

「言うなれば、デートだな」

「へーほっへ（デートって）、はほーほ（カチョーと）!?」

「言ったな？」

罰一回、とふたたび唇を奪われる。しかも今度はやけにしつこく。角度を変え、深さを変え、息さえ吸われて、うわあああっ！

「ちょ、ちょっと待って下さいよ、カチョー!?」

ちゅ。

「やっ、また！　かちょ……！」

ちゅ。

「カチョー！」

ちゅー……ええ、ええ。もういい加減にわかりましたよ、身に染みましたよ。

「んっ……、あぅ……」

足がガクガクと震えて力が入らず、縋《すが》りつくようにカチョーに抱きついた。

「も、許して？　……けいご、さんっ」

私はもはや呼吸困難の状態。今にも泣きだしそうになりながら、重なり合う唇と唇のほんのわずかな隙間から言葉を紡ぐと、カチョーはクスリと笑い、「あと一回」なんて言って（！）今度はたっぷりと時間をかけて攻め込まれた。

……魂をとり戻すのに、だいぶ時間がかかったわー……好き放題と言っていいほどのキスの嵐を受け続け、ようやく唇から唇が離れたと思ったら、眦《まなじり》に頬に耳朶《じだ》にもキス。おいおい、こんなことされちゃー私、思いっきり勘違いしてしまいますが、いいんデスね!?　これはデートだと言われたことだし、こうなったら思いっきり満喫しようと思いマッス！

デートなんて、もう二度とないかもしれないんだし……ね？

「えーと私、まずはジェットコースターに乗りたい！」

「いきなりか」

「あれ？　か……圭吾さんは苦手ですか？」

「……」

「それじゃ先に、ヘッドホンで聞く恐怖体験にしましょう！」

「なんだ、聞くだけでいいんだな」

「こここ、怖か……った……」

自分から誘ったものの、想像以上に怖かった。カチョーはどうだったのだろうと、横目で様子を窺《うかが》う。

「なかなか演出がよかった」

それなりに楽しんでいたことを確認し、満足して次に乗るアトラクションを考える。

「今度はこっち――！　ウォータースライダー！」

「……どうしても乗るんだな」

「圭吾さん、やっぱり苦手なんじゃ……」

「……いや、大丈夫だ」

水しぶきを浴び、爽やかな気分で次なる絶叫マシーンへ。

「半端なく高い所をグルッグル回るよ、コレー！　わーい！」

「……」

そうして次のコースターの前に辿り着いたところで、ちらりとカチョーを見る。微妙に顔色が悪いような？

「圭吾さん？」

「乗ればいいんだろ」

「ネズミみたいに、忙《せわ》しなくクルクルまわ――」

「乗ればいいんだろって」

私の言葉を遮《さえぎ》り、カチョーはコースターに乗り込んだ。降りたところで今度は趣向を変え、乗り物以外のアトラクションを指定してみる。

「次は、ターゲットを打ちまくるシューティングゥー！」

「ふむ」

カチョーの腕前は予想以上で、私はことさらはしゃいでしまった。

「うっわー！　得点、本日のトップじゃないですか！」

「狙ったものを落とすのは得意なんだ」


と、まあ、こんな風にキャッキャと楽しんじゃいました！

カチョーは頭で考えることは得意だけど、落ちモノとかスピードモノにはどうやら弱いらしいということがワカリマシタ！　若干青ざめている姿が、これまた色っぺーったらありゃしない！

会社のみんなが知らないカチョーの素の表情を独り占めできるなんて最高。この思い出だけで、白いご飯三杯はいけると思います！　一生この思い出を大事にしますよカチョー！

ただ、ふとした時に既視感を覚えるのは何故だろう。遠い昔に、誰かとこうやって一緒に遊んだような……？　幼い頃、家族と来た時の記憶……？　違うみたい。

いくら考えても答えは出ない。まー、そのうち思い出すでしょ、と頭の片隅に追いやった。

気がつけば、沈みゆく太陽が西の空を赤く染めていた。子連れファミリーは帰り支度をして仲良く手を繋ぎあい、メインゲートへと向かっていく。

湖のそばの丘の上にあるこの遊園地は、頂上付近のゾーンからかなり遠くの山々や湖の美しい眺めが見渡せる。

やっぱり、最後はコレですよね！

丘のてっぺんにそびえ立ち、その最高峰は海抜八十メートルを越えるという——観覧車。これに乗ったら、もう家に帰らなきゃいけないですよね。明日は仕事だし。

カチョーは若干顔を強張らせながらも、私と手に手をとりあって観覧車へ。西日を背にする私と向かい合う格好でカチョーは座席に着いた。係員が鍵を締めると、私達を乗せた籠がゆっくりと頂上を目指していく。

眼下に一望するは、さっき乗ったジェットコースター、急勾配《きゅうこうばい》の階段、あっ、プールも見える！　ここ、夏の間はプールが開放されるんだよね。

「こら、あまり動くんじゃない」

「……圭吾さんって、高い所が苦手なんですね」

「好きではないな」

そう言って腕を組み、フイッと横を向いてしまった。

うを、か、かわいいっ！　こういうのって、ギャップ萌えっつーんですかねっ!?

悶《もだ》えすぎてジタバタしてしまい、「揺らすな、阿呆！」とまた怒られちゃいました。

ううっ、ごみんなさい。

シュンとして視線を落とすと、またプールが見えて——そういえば、と思い出した。

プールの時期というか、八月には毎晩この遊園地で花火が上がるんだよね。その花火を、またここに来てカチョーと見たいなー、なんて。

だけど今度の月曜日で、この奇妙な同居も終わってしまう。月曜日がくればオシマイ。

原稿を返してもらってオシマイ。まるで恋人同士みたいなイチャイチャも、オシマイ。

ぽろん、と一粒、涙が零《こぼ》れた。

やだな。いやだ。いやだいやだ。どうにかして、このままカチョーと一緒に……！

カチョーと釣り合わないことは、もちろんわかっている。カチョーは仕事ができて、お金持ちで、何より超がつくほどのカッコよさ。俺様だけれども、その傲慢《ごうまん》さも許せちゃうほどの好物件。

対して私は、ちんちくりーんのもっさもさーのオタク。カチョーのお陰で、みてくれは多少よくなったらしいし、内面もここ最近は、ほんのり乙女になったけれど。

カチョーが色々と構ってくれるのも、同居している間だけ。期間限定でペットを飼ったようなものだ。

でもさ。

おっきな手で頬を撫でられ、ちっこい私を包むように抱き締められ、溺れそうなキスをされ。そういうのがもうなくなるのかと思うと、胸が押しつぶされそうだ。

やだよ、カチョーと離れるの、やだよ！

「ユリ、どうした」

突然泣き出した私の顔を、カチョーが覗《のぞ》きこんでいる。心配そうなカチョーの顔を見ていると余計に辛くて、涙がぼろぼろと堰《せき》を切ったように溢れ出す。

「けっ、けいごっ、さん！」

お願い。

「なんだ？」

お願い。

「ちょっと、お願いがあるんデスっ」

どうか。

「また、私とここにっ」

どうか。

「夏にまた、二人で来たいです」

断らないで。

「一緒に、花火が見たい……です」

願うように、祈るように、私からカチョーへ。

消え入るような小さい声だけど、届いただろうか。返事を聞くのは怖い。でも、聞かずにこのまま月曜日でサヨナラするのはもっと怖い。勇気を振り絞って顔を上げ、カチョーを見つめた。

カチョーの端整な顔を夕陽が赤く染めた。見返してくるその目に私はクラクラしてしまう――でも、ねえ。その頬が少し色づいて見えるのは、夕陽のせいだけ？

「わかった、約束する」

低く艶《つや》やかな声で返事があったと気づいたのは、だいぶ時間が経ってから。そろそろ籠が頂上に辿《たど》り着こうとしている時だった。

「夏に、また来よう」

視線を外さずに、ふんわりと笑みを浮かべて言いながら、私の手を取った。決められた期限からほんの少し先の未来に――約束を取りつけたことの満足感に浸っていた私は、カチョーの手が動いて左手首に何かを巻きつけられていることに気づくのが遅れた。

「……えっ」

「お揃いだ」

左の手首に嵌《は》められたのは、一見して有名ブランドの品だとわかるシルバーの時計だった。シンプルなデザインで、ピンクのアクセントカラーが柔らかさを演出している。

キラリと夕日を反射する文字盤が少し眩《まぶ》しい。サイズもピッタリで、私の手首に馴染んでいる。カチョーの左手首にある腕時計もアクセントカラーがないだけで私のと同じデザイン……あれ？　つまりペアウォッチ？

「え？　ちょ……？」

「ユリ。これ絶対に外すなよ」

「や、でもっ、お、お風呂っ」

「防水だ」

「いやその前に、こんな高級そうなの――」

「ユリ」

いただけませんと言おうとしたけど、カチョーのまるで懇願《こんがん》するような視線に遮《さえぎ》られた。熱いよ、熱いよカチョー。その視線に溶かされちゃいそう。

「貰ってくれるか？」

熱に浮かされたようにぽーっとなっていたら、自然と言葉が出てきた。

「はい、喜んで」

貰った腕時計を胸元で抱き締めていると、カチョーの大きな手がにゅっと伸びてきて、私の涙でべちゃべちゃになった頬を指で拭ってくれた。

「大事に……します」

「ああ」

緩く弧を描くカチョーの唇はうっとりするほど魅力的で……

「あのっ、圭吾さ——」

「はーい、お疲れ様でしたー！　お足元に気をつけて降りてくださいねー」

という観覧車の係員の声で、私の言葉は遮《さえぎ》られた。

あ、もう終わりだったんだ。もっともっと、この時間を二人きりで過ごしたかったな——くそう、空気読めってもんですよ！　係員に対する筋違いな文句を胸に納め、観覧車の籠を降りる。

その後はずっと指を絡めて手を繋ぎメインゲートへ向かう。ピッタリと寄り添って歩く自分達の影を見るのが、なんともこそばゆかった。

13

帰宅してすぐ会社からカチョーに連絡があり、仕事の話が長くなりそうなので、今日は私が先にお風呂をもらった。

タオルで髪を拭きながら「お風呂出まし——」と言いかけて止めたのは——リビング

にある二人掛けソファでカチョーがうたた寝をしていたから。カチョーの膝の上には書類が何枚も重なり、テーブルの上にも開きっぱなしのパソコンやファイルの数々が散らかっていた。

リビングでうたた寝するカチョーなんて初めて見ちゃった……

こうも無防備に寝顔を晒《さら》すというのは、どう考えても疲れているせいですよね？

このところずっと早出に残業続きだったから、疲労が蓄積しているに違いない。私の前ではだらしのない姿をまったく見せないカチョーだけれど、よく見ると顔色も悪……よく見……よく見たい。うん。じっくり見たい。

この人が……カチョーが……ううん、『けいご』さんが、私の遠い記憶の一部であるかどうかを確かめたい。足音を忍ばせてソファに近づき、ぺたりと床に腰を下ろす。

じぃぃぃぃっ。

目鼻口が絶妙なバランスで配置された美しい顔立ち。仕事の時はうしろに軽く流してある少し硬そうな髪。喉仏がくっきりと見えて、セクシー。そして肩幅の広いこと！私がついスリスリしてしまう厚い胸板と、ごつごつと節くれだった大きな手。この手で頬を撫でられると、胸の奥でじわっと熱が生じるのです。

あったかくて、気持ちよくて、せつなくて――

けいご……兄ちゃんでいいのですか？　カチョーは私の記憶のカケラなのですか？

過去に関わりのあったらしい『けいご』という人は、私にとって……どんな存在だったんでしょうか……

私の実家で、カチョーが昔の写真をじっと見つめていたことを、ふと思い出す。

写真の中の私は、頬っぺたが真っ赤で、自分で結んだ髪は左右の高さがちぐはぐで、でもそんなことはまったく気にせずに、全開の笑顔をレンズに向けていた。

そんなことを思い出しながら、カチョーの寝顔をじっと眺める。

眉目秀麗、頭脳明晰、謹厳実直、他にも色々と褒め言葉が浮かぶ……ドSな面を除けば、完璧なんですよ。こんなにも素敵な人が私の上司で、罰とはいえ自宅に一ヶ月も住まわせてくれるなんて——本当はありえない話ですよね？

だけどどうして住まわせてくれたんでしょー。どうして……どうして……

……あれ……私、寝て……た……？

カチョーの寝顔を見ながら考え事をしていたら、ついウトウト寝てしまったようだ。

よっこらしょと起き上がろうとし——

あれっ？　思い通りに手足が動かない？　だけど何故か移動している。なんじゃこりゃ？　寝ていたはずの私が歩いているよ？　なにぃぃ？

私の意思とは関係なく、体が勝手に動いている。洗面所に向かい、鏡の前で半開きの目をぐいっと開いてコンタクトレンズをむにむに取り出す――鏡に映るのは、アホ面を晒《さら》した私自身。

あーそうかそうか。そういうことか。ずっとずっと謎だったけど、朝起きたらすべてが終えられていた、ってのは寝ぼけながらも行動していたからだったのですね！

いや実はね、パジャマに着替えることとかコンタクトレンズを外すこととか、あれみんなカチョーが勝手にやっていたんじゃないかと疑っていて、内心ヒヤヒヤしてたんですよね！　だって、すべてがチェンジされていたんですもん、し、し、下着、まで！

洗顔と歯磨きをして、いつもの手順で身支度をこなしていく自分。洗面所の片隅に置いてある袋に手を伸ばし、着替えのパジャマを取り出して身につけ、フンフンと鼻歌まじりに階段を上る。

いつものようにカチョーの部屋へは行かずに、私にあてがわれた部屋の扉を開け、一歩踏み込み――そこで「私」はピタリと鼻歌を止めた。荷物の山の中から手鏡を探しだし、「私」の顔を映してみた。

『ねえユリ子、聞こえますか？　ワタシはユリ子デス』

「え」

鏡を通して、「ワタシ」が私に声をかけている、と気づいたのは、「ワタシ」が私に視線をピタリと合わせていたから。

「え、え、えっと……？」

『混乱しないでクダサイよ。ワタシは私で、私はワタシで、わたしはタワシだから』

「ちょ、一個変なのがくっついたよ」

『とにかくワタシなの！　もう我慢ができないから出てきちゃった。いい？　今から大ヒントを聞かせてあげるからね！　あのね、けいごにーちゃんはお隣のうちに住んでいたの。そのことを、思い出して、思い出して！　けいごにーちゃんと葵兄ぃと三人で遊びまわった、山や川や田んぼを思い出して！』

思い出せ、と「ワタシ」は必死に言う。

「と、隣のうち……!?」

そうなの？　だけど、遠い昔の記憶は蘇《よみがえ》らない。思い出したくても、もう時間がない、と「ワタシ」は下唇を噛んで俯《うつむ》いた。

『扉は開くわ。お願い、ワタシを思い出して。ユリ子の一部を、思い出し……』

——待って！

遠ざかっていく「ワタシ」を捕まえようと手を伸ばしたところで、ふいに目が醒めた。

周囲の様子を窺《うかが》うと、私はカチョーのベッドで寝ていた。隣にはカチョーが寝ている。

カチョーを起こさないように、もそもそとベッドから這《は》い出る。足音を忍ばせ、階段の横の自室に入った。

テーブルの上にフォトフレームが飾ってある。この間、実家から持ち帰ったものだ。

この写真と四つ葉のクローバーの押し花をカチョーがじっと見つめながら……とても複雑な表情を見せていたのがどうにも気になっていた私。おかーさんから「これも持って行きなさい」と言われたアルバムと共に、フォトフレームもこの家に運んだのだ。何かと忙しくて置いたままにしてたんだけど……

アルバムなんて何年も開いていないから懐かしいな。

よいしょ、とテーブルの前に座って、パラパラと捲《めく》ってみた。それで気づいたのだけれど、ところどころに、余白の目立つページがある。この不自然な空白は一体なに？

空白スペースの周囲にある写真を見ると、家族の日常風景を撮った写真だったり、隣のおじーちゃんやおばーちゃんも一緒に食卓を囲んでいる写真だったり、遊園地に行った時の記念写真だったりで、特に何の不自然さも見当たらない。

もう一度、フォトフレームの写真を眺めてみた。ものすごくいい笑顔を向けた自分が写っている。よっぽど嬉しかったのかな？　いくつの時だったっけ？　あ、写真の隅に日付が載っているかも。フレームを裏返して留め金を外し、蓋を開けると――

「えっ……」

そこに文字が記されていた。

○月○日　ユリへ——圭吾

私の目は釘付けになった。

ユリへ。圭吾。

ユリへ。圭吾。

『ユリ』

『けーごにーたん』

『ユリ？　どうした』

『あのねえ。ユリはけーごにーたんと——』


えっ。

私、知っている？　知っている、の……かな？

えー、でも、えー、でも、でも、でも、でもでもでもでもでも！

もう一度、アルバムのページを開くと、うちの家族と隣のおばーちゃんが庭でバーベキューをしている写真、茶畑で茶葉を摘んでいる写真、集落の夏祭りの写真などが目に飛び込んでくる。

山と川と田んぼに囲まれたこの地域では、人と人がとても濃いおつきあいをしている。あそこが本家でこっちは分家というように、親戚関係にある家も多い。

そして常日頃の寄り合いをはじめとして、冠婚葬祭、鎮守さまを祭る神社の祭事、年越しの準備などなど、何かあるたびに集落が一丸となって行い、時には隣組まで加わって、あーだこーだと賑《にぎ》やかにやる。

私にとってそれは、生まれた時からの見慣れた風習なので、そういうものなのだと自然に受け入れていた。だけどそれはおかーさんが頑張って、よい人間関係を築いていてくれたお陰。

おかーさんはヨソの街から嫁いできた。お嫁に来た当初は、家事や畑仕事のほかに、隣近所と密接なつきあいまでこなさなければならず、嫁入り前の生活とのギャップに苦しんだ時期もあったようだ。

――在所がお街の衆はなんも知らないだら。

――やくたいもにゃあこと言うでねぇよ。ほれ、まめったく色々やってくれるら？

表向きは歓迎してくれるものの、方言が強く残るこの地域の人々との会話に馴染むにはそれなりの時間がかかる。

おとーさんはもちろんのこと、おじーちゃんやおばーちゃんもフォローしてくれただろうけど、誰よりも親身になって相談に乗ってくれたのは、隣の家に住むばーちゃんだったらしい。うちのおじーちゃんとおばーちゃんは、同じ地域でのお見合い結婚だったので、生活習慣の相違に戸惑うなんてことは特になかった。

でも隣のばーちゃんはおかーさんと同じくヨソから来た人。だから自分の経験と重ね合わせて、早く地域に溶け込めるようにと、優しく手助けをしてくれた——って、そんな話を聞いた覚えがある。

幼い頃の私は、おかーさんと同じように、隣のうちに頻繁に出入りしていた。遊びに行くと、ばーちゃんがお菓子をくれたり、たまにナイショでお小遣いまでくれたっけ。

ばーちゃんには一人娘がいたけど、嫁に行ったとか？　その辺りのことはよく覚えていないのですよね。小さかったから。

そして私が五歳になった頃、隣のじーちゃんが、そして九歳になった頃、隣のばーちゃんが亡くなった。

細かいことはまったく覚えていないけれど、おかーさんや五歳年上の葵兄ぃが思い出話をよく聞かせてくれた。ただ私にも、お葬式で誰かが怒っていたとか、大人の女の人の金切り声が聞こえてきたとか……そういう怖かった記憶だけは残っている。

——それから何があったんだろう。

住む人のいなくなった隣家は壊されて更地になり、この地域にあるどこかの本家が土地を買ったらしく、分家筋の若夫婦何組かが家を数軒建てた。

その家に引っ越してきた子供達から、私は「おねいちゃーん」と慕われて、キャッキャと遊んで楽しく過ごしていたのだった。

あれはたしか、中学一年生の夏のこと。ある日学校から帰宅して、制服のまま風通しのいい縁側にゴロッと寝転がっていたら、ついウトウトしてしまった時……

ふ、と凪《な》いでいた風がふたたび動き出したかのように、私の頭を撫でていくものがあった。

『……ん、きもちぃ……』

あーこの感触、知ってる。風だよね。気持ちいーなあ。目を閉じたままニッコリ微笑み、夢の続きを見ようとする私に、風がささやいた。

『ユリ。いつか思い出したら、その時は――』

その時は、なに？　とボンヤリ思った。次に、温かくて、柔らかくて、ちょっとかさつく感触のものが唇に触れた。

――っていうような話を要約して初キスの思い出として聞かせたら、リーダーに怒られたんですよね。もっと詳しく話せ！　と。

んー、一つ付け足すのならば、そのキスのお陰で私の妄想は暴走して、今の趣味に繫がるというか何というかそのぅ……いやいや今はそっちはおいといて。

今、大事なことは、記憶の尻尾を掴んだような手ごたえがあるということ。でもその先を思い出そうとすると、心臓はドキドキと早鐘を打つ。何だろう、何でだろう。

袴田、圭吾。圭吾。けいご……にーちゃん。

その名を何度も口にしてみる。私、前にもその名を呼んだこと、ある？

なんだか無性にカチョーの顔が見たくなった。アルバムを収めて、カチョーの部屋に戻ってみた。すうすうと寝息を立てているカチョーの枕に、私は座ってコテンと頭を乗せる。

かちょー……昔のことって、何デスか？

カチョーが「ん……ユリ？」と薄く目を開けた。寝相の悪い私がいつも寝ている壁側を見て、私がいないのでちょっと慌てたみたいだった。サッと首を反対側に回して私を見つけると、ホッとしたようにまた瞼《まぶた》を閉じた。

そしてカチョーは手を伸ばしてきて、私の頭を撫で――

あ。

同じ……？　同じ……！

雷に打たれたかのように、つむじから足のつま先まで、ビリビリと衝撃が駆け抜けた。

この、手！

記憶の中にある過去の自分と今の自分が重なり、記憶の蓋が一気に開いていく感じがした。

……そう……そうだったね。

隣のじーちゃんが亡くなってからそれほど日は経っていなかったと思う。

いつものように隣家に遊びに行った私は、そこに大きなお兄ちゃんがいるのに驚いたんだった。葵兄ぃは、四つ上の兄貴ができたみたいで嬉しいって言って、めっちゃ喜んでた。

そのお兄ちゃんは、何日も何日もずっといた。

お兄ちゃんの両親が迎えに来るのかなと思ったけど、そうじゃなかったみたい。変だなあと思ったけど、私も葵兄ぃも、大きなお兄ちゃんと遊べるから嬉しくてしょうがなかった。

その楽しい日々が一変したのは、私が九歳の頃。——隣のばーちゃんが亡くなったのだ。

その頃、お兄ちゃんは大学に合格したばかりだったよね。お兄ちゃんは、隣近所のみんなに支えられて、葬儀を取りまとめていた。一人ぼっちになっちゃったけど、親族代表として気丈に振舞っていたっけ。

そして、精進落としの席で、それは起こった。

――ババァが死んだら、財産は全部アタシのモノでしょ！

――うるせぇ！　俺によこせ！

位牌《いはい》の前で焼香一つあげもせず、家中の戸棚を開けて漁《あさ》っていた中年の男女。言い争いながら、我先にと金目の物を奪っていくその姿は、子供の目に怖くて怖くてたまらなかった。

ばーちゃんの遺影を見ると、笑顔がすごく悲しそうに見えたの。

喪主席に座っていたお兄ちゃんの背中が震えていて、泣いているように見えたの。

その日、ばーちゃんの遺産をめぐる争いは、隣近所まで巻き込んで大騒動になった。

それからしばらくして、お兄ちゃんは出て行ってしまい、空き家はとり壊されて、更地になった。


悲しくて、悲しくて、悲しくて、悲しくて、悲しくて、悲しくて――


「ユリ、おはよう――どうした？」

目を覚ましたカチョーは、いつものように声をかけてきた。けど、私がじゃんじゃん涙を流しているので驚いたようだ。がばっと身を起こし、私の頬に手をあてて気遣ってくれるが、それどころじゃない。私は涙に濡れたまま、カチョーに思いをぶつけた。

「ひっ、ひっく……どぼじ、で？」

「？　何のことだ」

「ど、じで、いなぐなって、ひっく、じまっだのでしゅか……っ」

「ユリ？」

まあ落ち着け、と私の頭をひと撫でして、ティッシュを箱ごとくれた。私はのろのろと起き上がり、涙と鼻水をぐしゃぐしゃっと拭いて、ふうっと息を吐いた。

「かちょお……ごめ、ううん、圭吾にーちゃん……忘れてて、ごめんなしゃい」

顔が酷《ひど》い有様なのはわかっていたけど、これだけはどうしても言わないと、と顔を上げてカチョーを見つめた。

カチョーは……いったん目を伏せ、「そうか」と静かに一言呟《つぶや》いた。

「あの時ユリは……まだ幼かったからな」

凪《な》いだ海のような穏やかな目で、カチョーは私をしっかりと見ている。私は顔がカーッと熱く燃えた。

「あー、えーと、そのその……ち、違うんですよ！　いや違わないけどっ！　どうしてあの頃のことだけ記憶からスコーンと抜けてしまったのか、理由はよくわからないのですが、圭吾にーちゃんとよく一緒に遊んでいたことはちゃんと思い出しました」

「そうか」

見つめられているのが恥ずかしくて逃げようとしたが、体は動かない。

「で……なんでこうなのですか」

「ん？　何が」

「だから、なんでこう……抱っこされてるんですか、私」

動揺している隙に、するりと腕が腰に絡まってきて、カチョーの体に引き寄せられた。

パジャマの薄い生地から体温が伝わってきて、その心地良い温かさに頭がぽわんとなってしまって、思考が一瞬異次元に飛んだ。うなじに顔を摺り寄せられ、背中に甘い痺れが走る。くぐもった声が首筋を撫でていき、うなじに唇を当てられているのだとようやく気づいた。

「んやぁっ！　かっ、かちょおおぉ？」

唇を動かされると、モゾモゾというかウズウズというか、変な気持ちが湧きあがる。

「もうそろそろ、いいかと思って」

「……へっ？」

「いや、やはり最後まで楽しみにとっておこう」

「……へっ？」

「それはまあ、いいとして。俺は色々あったこの地に戻るつもりはなかった」

まあいいってどういうことですか!?　何だかすごく聞き捨てならない言葉を聞いた

ような……。

戸惑う私を置き去りにして、カチョーはどんどん話し始める。

「大学を卒業した後、就職した会社の配属先が偶然ここでな。仕事にも慣れた夏の終わり頃、ようやく踏ん切りがついて世話になった隣の滝浪家へ挨拶に行ったら——縁側でユリが寝ていたんだ。何年かぶりに見るユリは随分と成長していて驚いたな。おじさんやおばさんと以前電話で話した時、ユリはもう俺のことを忘れてしまったみたいだと聞かされてはいたが、ユリを目の前にすると——」

「ちょ、電話って!? じゃなくて、いやそれもだけどどどぅ！ あれはまさかっ、か、か、かちょおおおお!? あの時、縁側でキスしてきたのは——カチョーだったんですか!? 私の初キス、初接吻の相手っっ！」

「ああ。我慢できなくて、つい」

うぎゃーっ！ この人サラッと言ったよサラッとー！ 「つい」って、何だ「つい」って！

ドキムネが最高潮に達し、密着していた体に腕を突っ張らせて無理矢理剥《は》がし、カチョーの胸からシュバッと転がり落ちた。

抱っこされて首筋にキスされるというこの状況にちょっぴり慣れてきた自分が怖いよ、わーん！ だけど、これ以上は心臓が持ちません！ ここは逃げるが勝ちですよ！

「カチョー！」

「なんだ」

「あの、あの！　……えー……。と、とりあえず、朝ご飯にしましょうかっ」

「そうだな。時間はこれからたっぷりあることだし」

そう言ってカチョーは上体を傾けて私にフワッと柔らかくキスをし、ベッドから降りてクローゼットを開けた。

時間はたっぷり、たっぷり……ううむ、今日明日は休日出勤もないようだし、その間に、昔のことを色々と教えてくれるつもりなんだろう。

「わっかりましたー！　ほんじゃー、いっちょ作ってきマッス！」

ぴょいとベッドを降りて、部屋から出る。ほんとはカチョーのお着替えシーンをガン見したかったけど、鉄の意志で欲望を抑え込み、朝ごはんを作る前に着替えようと自分の部屋に駆け込んだ。


食後のお茶を飲んでいると、カチョーがご機嫌よろしく「出かけるぞ」とおっしゃった。

「へっ？　今日もですか？」

「ま、仕上げだな。本番に備えて」

キョトンとする私を見てカチョーは何故か何故か何故か、とろけそうな笑みを浮かべた。ちょ、その笑顔、反則ー！

顔立ちが整いすぎているので若干冷たそうに見えるのに、こういう笑顔になるとビックリするほど柔らかい空気になって、その瞳に吸い込まれてしまう。心臓はドラムロールのように高鳴り、頬っぺたに熱が集まっていく。

どどどうしよう私！　カチョーにメロメロドキューンだよぅ！

ハァハァと息づかいの荒い私をよそに、カチョーは穏やかな視線を窓の外に向けていた。

「明日が待ち遠しいな」

へっ？　ちょ、ちょ……明日って、日曜日？　何かあるの!?　教えて下しゃい!!

で。今日は何をするんだと思っていたらですよ？　美容サロンに放り込まれて、丸一日中、体のあちこちを磨かれましたのよ！　エステ？　ネイル？　どれもお時間たっぷりかけて！

ちょ、何この監禁！　何この羞恥プレイ！　紙パンツだけでうつ伏せになって、オイルでああああああああ！

終わった頃には夕焼け。うう、太陽の日差しよサヨウナラ。

家に戻って、先にお風呂に入らせてもらい寝る支度をすっかり整えたあと、カチョーにお風呂を勧めようとリビングに行ったら……カチョーがいない？　二階にいるのかな。

階段を上がって「カチョー？　お風呂が……」と言いながらドアを開けると、カチョーは机に向かっていた。その手に持つのは——私の幼い頃の写真が収められているフォトフレーム。

バッチリ思い出しましたが、この写真はカチョーが、いえ、圭吾にーちゃんが写してくれたものなのです。

「ユリ？」

「写真、見てたのですか？」

そっと近寄ると、カチョーは写真から目を離さず、椅子の背もたれに体を預けた。

「これ、とっておいてくれたんだな」

と言って、カチョーが指で示すのは、四つ葉のクローバーの押し花。

私の実家の部屋で、カチョーがフォトフレームを見つけた時のことを思い出す。そうだそうだ、あの時カチョーは何故かやたらと機嫌がよかった気がするのです。私が四つ葉のクローバーを大切にとっておいたからでしょーか？

「このクローバー、圭吾にーちゃんが見つけてくれたからですよ」

学校の友達が四つ葉のクローバーを押し花にして持っていたのがすごく羨《うらや》ましくて、私も躍起《やっき》になって探していたのだ。

田舎では、あちらこちらにシロツメクサが生えている。でも私は集中力がないのか四つ葉を見つけることができなくて、葵兄ぃ相手に癇癪《かんしゃく》を起こしたのだ。

それを葵兄ぃから聞いたのか、夜になって圭吾にーちゃんが私に、って持ってきてくれたのが一本の四つ葉のクローバー。

学校から帰って来てからじゃ、暗くて探しにくかっただろうに……。私はもらってすぐに電話帳の間に挟み込み、押し花にした。綺麗にでき上がると、学校に持っていくのが惜しくなった。圭吾にーちゃんが私を写してくれた写真があったので、その写真と一緒に、おかーさんが用意してくれたフォトフレームの中へ大事に納めたのだった。

コトン、と机にフォトフレームを置いたカチョーは、「風呂に行く」と立ち上がり、私の耳元に口を寄せてささやいた。

「大事にしてくれて、ありがとう」

耳からつま先にかけて、ズドーンと雷を落とされたような衝撃。

カチョーはとっくに部屋を出ていったけど、私はそのまま立ち尽くしていた。

大事にしてくれて、ありがとう――？

嬉しかったって……コトなんでしょうか。

私は四つ葉を貰ったことさえスッカリ忘れていたのに、この写真は何故か自分の机の上の、一番目立つ場所に何年も置いていた。いつから置いていたか、どうしてこの写真だったのかなんて覚えていないのだけれど。

カチョーは、自分が贈った物が大事に飾られているのを発見して、嬉しいからありがとうって言ってくれたってこと……？

どうしよ、私も、すごく、すごく、嬉しい！

「きゃっほーい！」

ゴロゴロゴロ。走り回りたい衝動をどうにか抑え、代わりに、床をイモムシごーろごろー！

14

——ちょっと飲まないか？

風呂から上がったカチョーが、二階の部屋で寝転ぶ私を誘ってきた。ま、寝転ぶといっても、イモムシごーろごろに疲れたので、ちょっと休んでいただけなんですけどもね。

そんな私にカチョーは不審そうなまなざしを向けましたが、例によって例の如く、スルーしたのは当然の流れ。そして私も、そのスルーをスルーする。慣れって怖いデスネー。

カチョーと向かい合って、差しつ差されつ、二人っきりで酒を酌《く》み交わすだなんて、この先はもう二度とありえないでしょう。会社の忘新年会などで一緒に飲む機会はあっても、二人だけなんて。

課長ではなく、圭吾にーちゃんとしても、私なんかと飲むのは……うん、ないだろうな。ないない。

だから今夜のことは大事な思い出の一ページにするべく、パッと起き上がって台所へダッシュで向かい、「何を飲みますかー？」と冷蔵庫に手をかけながら聞いた。

「じゃあ、シャンパンを」

「りょーかい！」

私の手からシャンパンを受け取ったカチョーは、まるでプロのソムリエみたいな器用な手つきでコルクを開け、上手にグラスに注ぐ。シュワシュワと泡が立ち、グラスに半分注いだところで一旦止め、少し間を置いて、七分目まで注いだ。

「見ていないで、座ったらどうだ」

私はアホ面を晒《さら》してじっと見入っていたらしい。

カチョーに促されるままソファに腰を下ろして、今度はシャンパンボトルのラベルを読んでみた。……ん？　ろーず？　びんてーじ？　……わかんないや。

こういう洋風の洒落たものは、まったくわからないからなー。家では普段、おじーちゃんとおとーさんが日本酒や焼酎を飲んでいた。あとはたまに頂き物のウイスキーを飲むくらい。

カチョーは私の隣に座り、グラスを手に取った。

「じゃ、乾杯」

私も慌てて手に取り、カチョーに倣《なら》って、グラスを目の高さまで軽く上げた。

そして飲んでみると、んおぉ、炭酸の刺激と鼻に抜けるほーじゅんなかほりー！　……ま、私の貧困なボキャブラリーでは、この程度の表現しかできませんですよ。

それにしてもこのシャンパン、特別っぽくて、なかなかお高そうな気がするんですが……そこはまあ、気にしないことにしよう。

とにかく、飲んだ。おいしいお酒に、おいしいツマミ。そしてすぐ隣には愛しいお方……ウフフ。一ヶ月前にはまったく想像もしていなかったよ、こんなこと。

素敵なイケメン上司と――ううん、圭吾にーちゃんと二人っきりで一つ屋根の下、こうやってグラスを傾けて談笑しているなんてね。

過去の記憶をすべて思い出した今、昔話に花が咲く。

私の実家にカチョーと行った時――カチョーは記憶を頼りにあちこち散策したらしい。

昔、葵兄ぃや私とドングリを拾いながら歩いた山道、沢蟹を獲った川、野苺を摘んで食べた秘密の場所。懐かしい記憶を辿《たど》って歩きながら、祖父母が眠る共同墓地にも立ち寄ったそうです。

そんな話に加えて、私の入社当時の思い出話なんかもして、楽しい夜は更けていく。

「あー……。そろそろ日付が変わりますね」

シャンパンを空けた後はワインに移り、ほとんどカチョーが飲んだとはいえ、私も結構いただきましたよ！　ハハーン、いい気持ち～。とうとう日曜日になっちゃうなー。

あれっ？　そういや日曜日にお客がどうとか言ってたけど、いいんでしょーか。

チッ、チッ、チッ、と秒針が動いて、正確に時を刻んでいく。

何の気なしに壁の時計を眺めていて、十二時ちょうどになった途端――

「ユリ」

カチョーが私の右手を取り、大きな掌《てのひら》でギュッと包んだ。

「今日で丸一ヶ月が経った。三つ目の条件を言うぞ」

唐突過ぎて、一体何の話をしているのか脳ミソがまったくついていけない。けれど、心を落ち着けようと深呼吸をしているうちに、じわりじわりと思い出してきた。そうだ、条件その三は最後の日にって言われたんだった！

「だけど、え、ええっ!?　丸一ヶ月経ったって……それは月曜日じゃないんですか？」

「ひと月が三十一日とは限らんだろう」

ちょっ、そ、そんなぁ！　……月曜になったらサックリ告白して、アッサリ玉砕して、スッパリ諦めよう、と気持ちを盛り上げていたのに――目の前が真っ暗になった。

そうか、この酒盛りも最後の夜を飾るためだったのですね？　カチョーが私を労《ねぎら》ってくれたというコトなんですね。

「そ、そか……。いえね、私は、最終日は月曜だとばっかり……かちょ……」

好きです。

大好きです。

と喉元まで出かかる。それなのに、喉がきゅうっと締まったようになって、声は押し留められる。こんなタイミングで最終日を通告されるってことは……カチョーへの想いを伝えちゃいけないっていう、何らかのお告げなのかも。

フラれることは想定内だけど、こうもあっけなく幕引きされちゃうのは、すごくすごくすごく悲しい。気持ちが消化できないよ！　苦しい胸のうちが嵐のように暴れだしそうで、それを抑えようと胸に左手を置き、黙って下を向く。

「では三つ目の条件、言うぞ」

それ、聞きたくない。聞いたらもうオシマイなんですよ？　この生活、もうオシマイになっちゃうのです――

「聞きたくないです！」

「どうして？」

どうしてって、なんでそんなヒドイこと言うの？　私の気持ちなんて、カチョーにとってはミジンコ並みにどうでもいいことだから？

　前もって終了日を知らせてもらって、気持ちを整えておきたかった。笑顔で、ちゃんと「ありがとうございました」ってお礼を言って終わりにしたかった。

　こんな不意打ちみたいなこと、されたくなかった！

「嫌です嫌です!!　それ言われたら、わたしっ――」

「いいから聞け。条件とは、この書類にサインすること」

「だから聞きたくな――へっ？」

　期限終了イコール家政婦オシマイ、即自宅に帰る！　という流れが頭にあった私は、事態がまったく呑み込めず、キョトンとしたまま、目の前に差し出された紙を見つめた。

「あとは、ユリのサインだけだ」

　こここここりはっ!?　実物は見たことがないけどっ!?　いや今見たけどっっ!?

「こっ、こ、こ、ここここ」

「婚姻届」

「っ！　ぎゃーーーーーーーーーーーー!!」

　テーブルの上に置かれているのは、茶色の文字が印刷された一枚の書類。

　すでに住所、本籍などが書かれて……って！

『夫になる人・妻になる人』

わ。

夫の欄には――袴田圭吾、と――!?

わわわっ。

証人は――私のおとーさん、と、会社の社長――!?

わわわわわわわっ。

「わーーーーーーーー!!」

「ユリ?」

カチョーの手を振りほどき、ソファから立ち上がって頭をバリバリ掻き毟《むし》った。そしてリビングテーブルの周りをグルグルと歩き回る。何故か歩調は三・三・七拍子で。

私のそんな奇行をカチョーは慣れた様子で眺めつつ、お酒の入ったグラスをゆったりと傾けた。もうっ腹立たしいわっ！　その余裕っぷりがなお腹立たしい！

まったく！　まったく理解できない！　何なの？　何なのこのお方！　くそう、ちゃんと理由を言えぇぇぇ！　どうしてなんだ！

「ど、ど、ど」

「どうして、か？　答えは簡単。結婚するから記入するんだ」

さ、さらっと言ったーーーーーー!!

「そうだろ?」

ウェルカムですけど！　ウェルカムですけど、聞きたいのはそこじゃありませんっ！　えええええ、ちょっと、待って、どういうことなの、何この急展開！

「つ、つ、つ」

「妻。俺の妻になってもらう」

うっぎゃーーーーっ！　脳内は饒舌《じょうぜつ》な私だけど、混乱しすぎて言葉が出てこないよう！　しかもそれをカチョーが勝手に汲み取って代弁していくって、何なのこの意思の疎通具合！

「せ、せめて順を追って説明を……！」

「ああ、そうだな」

カチョーは私の腰を引き寄せ、自分の腿《もも》の上に座らせた。――って！　ソファがあるんだから、カチョーの腿の上に座る必要などひとつもありませんよっ!?

横向きの姿勢で座らせた私の腰に両腕を絡ませ、じっとりと熱のこもった視線で見つめてくるので、これまた大変に居心地が悪い。

何この変わりよう！　まるで――

ハッと気づいた。これは、目には見えない境界線を越えたってことなんじゃないかと。思いっきり踏み越え過ぎな気がしないでもありませんが、それにしても、いきなり婚姻届って！

「ユリ」

ううあああああ！　そん、そんなっ！　腰に響くような、低くて甘ーい掠《かす》れ声で耳元でささやかれてごらんなさいって！　ぶるっと体を震わせ身をすくめる私の背を、カチョーは大きな掌《てのひら》で優しく撫でてくれる。

「もともと、お前を貰うというのは決まっていたことなんだ」

「だっ!?」

「誰と？　俺と滝浪の家で」

「ナヌッ!?」

「なんで？　ずっと以前に、うちの祖父母と滝浪家が相談して決めたから、だ。俺が今の会社に入社した年、両親のことで滝浪の家に電話をかけ、相談に乗ってもらったんだよ。その後、俺は久し振りにお前の家に行った。お前が俺の記憶だけなくしているみたいだと聞いていたから、混乱をさせても悪いと思って、俺も、おじさんやおばさんも、そのことにはあえて触れないようにしていたが……ユリの顔を見たら、欲しくなった」

欲しくなった！　私、やっぱりペットちゃんですかっ！

抱き寄せられて体がモゾモゾする。居心地いいんだか悪いんだか、微妙な狭間で揺れ動く繊細なオトメゴコロ。しかし今このチャンスを逃したら、同居の謎が解けないかも！と、お膝の上で抱っこされたまま、黙って話を聞く。

「それでおじさんとおばさんに頼んで、ユリと結婚させてもらうことにした。滝浪の家でも、俺の祖父母から孫をよろしく頼むと言われていたようで、ユリとの婚約は特に反対されなかった。ただし——ユリの記憶が戻れば、という条件付だったがな。しかし、いつまで待ってもユリの記憶は戻らなかった。入籍はユリが二十歳になったら、と取り決めてあったが、お前が二十歳の誕生日を迎える前日、おとうさんが結婚に反対したんだ。記憶が抜け落ちた状態のまま、何も思い出していない本人に黙って結婚させるわけにはいかない、と。その間に俺側でも色々問題が出てきて、両親が事故で亡くなり、強欲な親戚連中がタカりに来て……このことはもう話したよな？　で、あの眼科医と利害の一致をみて書類上だけの結婚をした……それも、滝浪家は承知の上だ」

おおおおおお。どこまで内緒にしてたのみんな！　ウチとカチョーのあまりの癒着《ゆちゃく》っぷりに愕然《がくぜん》とする。私の頭越しに話が通っていたよ！

「ユリとの結婚は一旦保留になったが——ユリが俺の会社へ面接に来た時は心底驚いた」

へ？　カチョーも知らなかったのですか？

私が就職活動をしていた時、おかーさんが「ここなんてどう？」って、会社案内のパンフレットを持ってきたのがキッカケで軽く決めたのですが……まさかそんな、いやでもしかし、就職決まったよーって報告した時、おかーさんはニコニコしてたけど、おとーさんは……微妙な顔をしていたような？

さらにカチョーは、私を入社試験に合格させた直後に離婚をしたとのこと。えーと、合格の通知をもらったのが大学三年の夏前だから……えええ？

女医さんのほうも、それはそれでよかったらしく「一度は結婚したのだから、もういいでしょ！」と、再婚を勧める実家に対して申し開きができるようになったとか。その上、「今は再婚する気はないし、お見合いをする気もない。一度は結婚して、ちょっと夢を見ることができただけでもありがたいと思わなくちゃ」と、実家の怒りの矛先《ほこさき》がカチョーに向かわないよう防いでもくれたらしい。大学時代にだいぶ恩を売っておいたからな、と黒い笑みを浮かべるカチョーが怖い。

「ユリが同じ会社に勤めだしたので、俺もそれなりに手を尽くした」

「え、でも……あ、あの、が、が」

「合宿、というのは――まあ、嘘も方便だな。安心しろ、ユリの両親には『社の研修で一ヶ月合宿がある』と、俺からも言ってある」

「そこ本当……？　だけどカチョーの家で、ってのは……？」

合宿って、普通はしかるべき施設において、何人かが集まって行なうものですよね？まさかうちの親、カチョーの自宅で二人っきりで生活していたなんて……知らな……？

するとカチョーは、くっと口角を上げげた。

――そこ、絶対言ってないデスね！

カチョーのことだから、うまい具合に言いくるめて両親を納得させたに違いない。なんつーズルイ男ぢゃ。一人ガクブルしながらも、疑問に思う点を一つ一つクリアしていく。

それにしても、うわあ……いつの間にここまで囲い込まれていたんだ、私！

「俺はとうの昔に心を決めていた——幼いユリが、出て行く俺を追いかけて来た、あの時に」

——だから、もう観念しろ。

そう言って私の頬を両手で挟み、顔を近づけてきた。息を吸う間もなく、唇が重なり合う。柔らかい皮膚が掠《かす》っただけなのに、体にぞくりと震えが走る。衝撃の事実が次々と明らかになり、もはや心神喪失状態に近いのに、カチョーの唇に触れると自然と瞼《まぶた》は閉じて、もっと、とねだるように小さく口を開いてしまい——大・失・敗。

「もごっ！　もごごっ！」

「駄目。まだまだ」

「ぷはっ！　ちょ、息！　ていうか、長っ……んんんっ！」

「味見」

「〜〜〜〜〜!?」

長い長い口づけからやっとのことで解放されました……さ、さすがに、唇が痛いわっ！

体に力が入らず、グニャグニャ。カチョーの体にもたれかかって、ふうふうと荒い息を整える。くーっ！　カチョーはなんでこんなに余裕なんですかっ！

「四つ葉のクローバーの花言葉、知ってるか？」

いきなりそんなことを聞いてくる。

「いえ？　クローバーって、シロツメクサですよね？」

クローバーに花言葉があるなんて、これっぽっちも思い至らなかった。

あのフォトフレームに挟まっている、『圭吾にーちゃん』がくれた四つ葉のクローバー。あれは、何か意味があって私にくれたのでしょうか。

訝《いぶか》しむ私に、カチョーは「実は、俺も後で知ったことだが」と苦笑まじりに答えてくれた。

「シロツメクサの花言葉は『約束』……一説には、復讐《ふくしゅう》ともあるがな。しかし四つ葉のシロツメクサには、特別な四つの意味がある」

「え……？」

「Fame（名声）、Wealth（富）、Faithful Lover（満ち足りた愛）、Glorious Health（素晴らしい健康）――この四つをユリに約束する」

花言葉を一つ言う度に、私の頬に、おでこに、鼻に、と音を立ててキスを落としていく。カチョーの唇が押し当てられると、そこだけカッと熱を持ち、ちゅ、ちゅ、という音が耳に響いて、ぞくぞくっと全身に甘い震えが走る。

最後は唇？　と身構える私に、カチョーは残りあと数センチという至近距離で止まった。

「そして花言葉は Be mine.——俺のものになれ、ユリ」

真剣な眼差しで私の目の奥を覗《のぞ》き込む。強烈な意思が私を刺す。

私？　私でいいの？　本当に？

信じられないような思いで、カチョーの言葉を幾度も胸の中で繰り返す。カチョーは私のことが好き、だから俺のものになれ、と。カチョーは……っっ！

「わた……んんっ……まっ、んっ！」

返事を待たずに距離を詰め、それこそ息つく暇もないほど熱烈なキスをたっぷりとされた。天にも昇るような心地よさ、その一方で、心臓が張り裂けそうなほど苦しい濃厚なキスに溺れる。

キスに翻弄されるまま、あれ？　私の口からはまだ一言も好きと伝えていない……と気づいた。

伝えるには、まず唇を放してもらわないと！

ガッチリ抑え込まれた体を放してもらうために、タップを二回。

色っぽい場面に似合わぬギブアップの合図だけど、何とか気づいてもらえてよかった。

だって、このままだと私、酸欠で倒れる！

「悪い、これでも抑えているんだ」

急に力を抜いて、私の背に回していた腕を解いてくれる。私が嫌がっていると早とちりしたに違いないから、今度は私からぎゅっと抱きついた。

もう！　私にもちょっとは喋《しゃべ》らせなさいよ！

「カチョーはズルいですっ！」

そうだよそうだよ！　ちっとも人の話を聞かないし、私の意志を確認することもなく、あんな、あんな、オトナのキスをするだなんて！　濃厚なオトナのキス、私は二次元でしか知らなかったよ！

「何がずるいんだ」

「何もかもですよ！　えーえー、私を好きだとか、イマサラそんなこと言うのもズルいし、もう遅いです！」

「遅い……？」

「だって私はとっくにカチョーのこと、好きになってたんですからっ！　昔の記憶があってもなくても、私は、カチョーが、カチョー、か……、け、圭吾、さんのことがっ、好きっ！　もー……最後の日に告白しようと決めていた私の気持ち、どうしてくれるんですかっ！」

私が何を言い出すのかと固まっていたカチョーが、ゆるゆると手を上げて、私の頭を撫でた。

おっきな手で、頭の曲線に沿って優しく、何度も何度も。

「どうするんですかって、こうするさ」

先程までの荒々しいキスから一転して、私の反応を窺《うかが》いながら、誘い出すようなキスをしてくる。

たとえるなら、それは嵐とそよ風くらいの違いがある。すべてを委《ゆだ》ねたくなるような、柔らかで優しい口づけにうっとりとして、私も素直に反応を示した。

「好きだよ、ユリ。お前がずっと心の支えだったからこそ、これまで乗り越えて来られた。ユリに昔の記憶があってもなくても、俺の気持ちは変わらない。まあ、何も思い出せなかったとしても、教え甲斐《がい》があっていいと思っていたがな」

クスクス笑いながら、私の耳たぶを甘噛みしてくる。

は、はわわわ……っ！　甘いモードのカチョーは破壊力がありすぎデス！

「か、かちょーこそ、いいんデスか？　私、結構長いことカチョーのこと忘れてたし、そもそも三次元のリアルワールドに興味を持てない残念な子ですよ？」

「へんな虫がつかなくていい。むしろ感謝している」

へんな虫とはなんぞ……！

確かに、私は腐教活動にいそしみすぎて、リアルな恋愛というものをまったく経験することなくこれまで来た。

　キスだってカチョーが初めてだし、三次元の恋もカチョーが初めてだし、そういう意味では身も心も清いまま、カチョーと結婚することになるのですね。――なんかヤラシイ。

「そういうカチョーはどうなんですか？　あの女医さんはともかく、美女ホイホイのカチョーなら、あれやこれやと美味しく頂いてきたんじゃございませんか？」

「――俺が？」

「そうデス！　いやいや、美女のみならず美男までも、こうなんというか、ありとあらゆる策を弄して毒牙《どくが》にかけ、嫌がる彼をその道に引きずり込み、フハハハハ！　と悪の帝王のように高笑いしながら、めくるめく禁断の愛の――ぎゃんっ！」

「この阿呆がっ！」

　甘く甘くピンクな雰囲気から一転、カチョーのゲンコツが落ちて目から星が飛びましたっ！　アイタタタタタ。自業自得デスカ、そうデスカ。

　カチョーは改めてテーブルの上の婚姻届を指し、異存はないな？　と確認する。むろん異存などございませんが、ホワホワピンクdeハッピー☆な気分で署名する、一世一代の大事な場面を自分から台無しにするなんて！　……トホホ……

　カチョーは早く書けよと言わんばかりに、コンコンと指で記名箇所を示した。

　ちょ、まるで居残り授業を受けてる生徒と先生みたいじゃないデスカ。

「この問題。計算が一桁間違っているぞ……ったく、お前はどうしてそう注意散漫なんだ」

「え、あっ！　本当だ！」

「もっと集中してやれ」

「はい」

「そして、俺にも夢中になれ」

「先生、それって……」


ぎゅむーーーーーーーっ。


「もごごっ!?」

「サッサと書け、阿呆！」

「はへははっはのへふはーっ！（何故わかったのデスかーっ！）」

「手を止め、あらぬ彼方を眺め、だらしのない笑みを洩らしていたら、妄想していると思ってまず間違いない」

だ、だいせいかーい！（涙）

頬っぺたを片方摘まれながら、「妻になる人」の欄に名前を書く。届出人、署名捺印の欄にもサインをした。すると、これまた用意周到なコトに印鑑と朱肉が差し出されたので、ぐりぐりと判を捺した。

感慨ひとしおのはずなのに、イマイチ浸れないのは頬のせい。ま、自分が悪いんですけど！　こんな姿で婚姻届を書くのは、私くらいなもんじゃないですかね？　ハハハ……

コトン、とテーブルにペンを置く。

「かほー（カチョー）。かひまひた（書きました）」

「午前中に役所に届けに行くぞ」

「へっ？　おはふほっへ、ほひひはおあふみや？（お役所って、土日はお休みじゃ？）」

「受付は二十四時間年中無休だ。よし、少し寝るか」

頬っぺたから指を放し、私を抱えたまま立ち上がるカチョー。ちょ、お姫様抱っこ！

いやいやいやいやいや、マテマテマテマテ。こういう流れってさ、つまりさ、この後さ、あの、その、あれだ、ほら！　心の準備ってもんがっ！

「ちょ、まっちょ！」

バタバタと暴れ、リビングを出ようとするカチョーを止める。ふう、なんとか下ろしてもらえた。

「なんだ」

「えっ、あ、あのっ、私こここここの後片付け、をっ……！」

「朝やればいいだろう……もしかして、初夜が心配か？」

「どストレートに聞きマスね！」

私の心の内なんてとっくにお見通しだった。

「俺はずっと我慢してきた。だが、すべてが準備万端整うまでは待つ、と覚悟を決めているから大丈夫だ。今夜はゆっくり体を休めて、体力を蓄えておけ」

ちょ……我慢してたって！　え、え、でもキスされたし、添い寝もしたし、それで充分じゃ？　あわわわ、と目を泳がせる私に、カチョーは……それはそれはゾッとするような凄絶《せいぜつ》な笑みを浮かべてこう言った。

「滝浪のおとうさんに約束をしているからな。結婚前は一切手を出さない、と。この一ヶ月、我ながらよく耐えたものだと褒めてやりたいよ。随分《ずいぶん》と精神面を鍛えられた」

「キ、キスしたじゃありませんかっ！」

「手は出してない」

「手はって……屁理屈ーっ！」

「何とでも言え」

だから、そんなわけで、それ故に、ということで、「夫婦」になったら――

「ちょ、つ、つまり、この婚姻届を出したら、私、食べら……うんんっ!?」

ふたたび唇を食《は》まれて吸われて、私の鋭い追及もなんだかんだ、うやむやに。

好き放題にさんざんキスをされた私は、体に力が入らずに、ぺたんと床に座り込んだ。

そんな私に、カチョーは「じゃあ俺は先に寝る」なんつって、さっさと二階に上がってしまいましたよ！　余韻《よいん》も何もあったもんじゃない。なななななななんなのおおお！

リビングの真ん中で呆然と座り込んでいると、結婚の二文字がジワジワと心を占める。

結婚へ向けて思いっきり囲い込まれていたという、この衝撃の事実。

まず、カチョー……が実は圭吾にーちゃんだったというのはよしとしよう。

私の中で、圭吾にーちゃんに関する記憶が抜け落ちたのも、まあしょうがない。

でも、私の知らないところで結婚の約束が取り交わされていて、その約束が一旦は白紙になりかけたところで、おかーさんの手引きによって就職が決まり、圭吾にーちゃんと再会。そして上司と部下の間柄となり、ひょんなことから一ヶ月間に及ぶ同居生活。

カチョーが仕組んだ罠にまんまとはまった訳ですか。

……記憶が戻ったからいいものの、もし戻らなかったらどうなっていたんでしょーね。

っていうか、待て。

私、婚姻届にサインしたんだよな、たった今。カチョーが私を好きだと言って、私もカチョーを好きだと告白して、両想いとなったふたりは結婚、結婚、結婚、けっこ……っ！

ふぉおおおおおーーーーーーー!!

声は出さずに、口を押さえてイモムシふたたびデス！　これが転がらずにいられますかっ⁉ 結婚デスヨ？ カチョーと結婚！ もう婚姻届書いちゃったし！

わーーーーーっ！

「ハイそーですかオヤスミナサイ」なんて寝られるテンションじゃありません！

ゴロゴロゴロゴローゴーロゴロゴロ……（以下、エンドレス）

ダメだっ！

ガバッと立ち上がった私は、この脳内の大混乱を鎮《しず》めるために、部屋の掃除をすることにした。まずはテーブルのグラスや食器を片付けて、お風呂を念入りに磨いて、トイレは、爪楊枝《つまようじ》の先っちょに綿を巻いたものを使って細部まで綺麗にし、窓ガラスは湿らせた新聞紙でこすり拭き、フローリングワイパーで廊下などをサッと拭き、リビングのカーペットもコロコロコロして……深夜なのでね！

一通りやり終えた私は、台所に向かってフーラフラ。はっと気づくと、買い置きしてあった生鮮食品をすべて調理し終えて冷凍庫にインしてました。なんじゃこりゃ、無意識こええ！

そこで力尽きた私は、崩れるようにソファへ倒れこんだ。


――カタッ。

物音がして、目が醒めた。あぁ……一心不乱に掃除して、料理して、疲れて、寝て……

体を動かすのが億劫《おっくう》だ。瞼《まぶた》も重くて開かない。

ぼーっとしたまま昨日の……いや、本日の早朝の出来事を思い出し……

「ぎ、——っっ！」

「おはよう圭吾君」

「あら、いいお宅ねー」

——こ、こ、この声はっ……何故？　なんでここにっ⁉

心臓がばくんと一鳴りした。

え、私ここにいたらまずいじゃないですか⁉　って慌てて起き上がろうとしたら、大きな手で肩を押さえられた。

「いいから寝てろ」

かちょ？

くしゃっと私の髪を梳《す》き、頰にキスを落とすと、玄関に向かって歩いて行った。私は固まったまま動けない。いいから寝てろって、どういうこと？　……でも言われた通り、おとなしく目を閉じて寝ているフリをした。

「よくいらっしゃいました、おとうさん、おかあさん」

「邪魔するぞ」

「どうぞこちらへ」

玄関から廊下、そしてリビングへと近づいてくる複数の足音。え、ちょ、ちょ――！

そしてドアが開かれた。

「あらやだ、ユリ子ったら！」

「うおっ！　だらしないなユリ子！」

あわわわ。おとーさんとおかーさんの驚きと怒りの声。こ、このタイミングで起き上がるのってキケン！　間違いなく、膝詰め説教三時間コースです！　私ピーンチ！

がちがちに硬直した私は全身に変な汁が湧いた。違った、一本足りない。汁じゃなくて汗デスよ！　怒られる！　と覚悟した時、カチョーの穏やかな声が鬼の手を阻《はば》んだ。

「ユリ子さんは早朝に来て掃除をして下さったんですよ。今日のことで緊張していたのか、昨夜はあまり寝ていないようですから……そっとしておいてあげて下さい」

「まあそうなの」

「それならしょうがないか」

助かった……ってか、カチョー！　コラ、何しれっと嘘こいてんのさー！

しかし今は反論のできない私は、あとで見てろよ、と心のネタ帳にメモするに留めた。

「何か飲まれますか？」

「それだったら、久しぶりに圭吾君のコーヒーが飲みたい」

「おかあさんも？」

「ええ。圭吾君の淹れてくれるコーヒーは美味しいもの。ね？　あなた」

「隣の親父さんの大好物だったなぁ……すごく懐かしい。亡くなってからだいぶ経つのに、君のコーヒーの味は忘れられないんだ」

「元々は祖父に仕込まれたんですよ。お酒が飲めない祖父はコーヒーに凝っていて、私が淹れるととても喜んでくれましたから」

ダイニングテーブルの椅子を引く音が聞こえ、食器棚からカチャカチャというカップを取り出す音、そしてコーヒーのいい香りが漂い始めた。――はい。聴覚と嗅覚のみでお送りしております。

「ユリ子は、掃除を随分張り切ったのね」

「そうですね……本当に気が利いて……私にはもったいないほどです」

ダレコレ！　ナニキャラ！

カチョーが思いっきり優等生になってるよ！　キャー怖いー！

それにしてもなんつーか……昨夜の私は無意識のうちに、ここで同居していた痕跡《こんせき》を消した気がする……!!　グッジョブなのか何なのか。知らぬ間にカチョーの共犯者になった気分ですよーっ！

コーヒーカップを上げ下げする音だけが聞こえてくる。私は、なんつーの？　ここにいるのにいない、空気みたい、って何なのー！　ばばーんと起きあがって行って話に割り込むか、それとも黙ってこのままいようか。一人ジレジレしていたら、おとーさんが改まった口調で切り出した。

「圭吾君。どうか娘をよろしく頼むよ」

ピリッと緊張感の漂うリビング。カップが置かれる音、そして衣擦れの音が聞こえる。私は息を呑んで状況を見守った（見てないけど）。カチョーの力強い返事が、はっきりと部屋に響く。

「はい。ユリ子さんを一生大事にさせていただきます。おとうさんおかあさん、結婚をお許しくださり、ありがとうございます」

「――そ……そんなにかしこまらないで、圭吾君。これからはもっとざっくばらんにしましょうよ。だって家族になるんだから。遠慮しないでね？」

「聞いたか、おまえぇ！『おとうさん』って呼んでくれたぞぉぉ！　ぐすっ……圭吾君、娘はもちろん、君も大事だ。ようこそ滝浪家へ」

「あらやだ、あなたったら。泣くにはまだ早いわ、これからなのに。ねぇ圭吾君……私、まだ圭吾君に言ってなかったことがあるのよ」

おかーさん？　リビングでじっとしている私には、おかーさんが何を言い出すのか、そして皆がどんな表情をしているのかわからない。けれど何か大事なことを切り出す感じはひしひしと伝わってきた。

「ユリ子の記憶が一部とはいえ消えてしまったのは、圭吾君があの家を出て行ったことがショックだったからなのよね。それで……私ね、皆に内緒で何度かユリ子に写真を見せて、あなたのことを話して聞かせたことがあるの。そういう晩に限って、ユリ子はみんなが寝静まった夜中に『けいごにーちゃん』って、泣きながら起き上がって、部屋の中をフラフラ探し回っていた。あれを初めて見た時は怖くて、とても心配になったわ。でも、だからこそ、圭吾君に引き合わせなきゃって思ってたの。私達は、隣のおじさんおばさんから圭吾君のことを頼まれていた。けれどね、頼まれなくたって私達は、圭吾君のことを身内の一人みたいに大切に思っていたのよ。ねえ、あなた」

「ああ、その通り。しかし、大事な娘をホイホイとくれてやるわけにはいかん。だから、結婚には条件をつけた。ユリ子が昔の記憶を取り戻し、自分の意思で結婚するのでなければ駄目だと。圭吾君、ついに条件は満たされたな。よかった……安心した。あとは頼んだぞ」

「――はい」

お、とう、さん……！　おか……さんっ！

誰にも見られていないのをいいことに、思いきり涙を零《こぼ》した。泣き声が聞こえるとまずいので、唇を噛んで声をおし殺す。

おかーさんは、私が記憶をなくしながらもずっと『圭吾にーちゃん』と探していることを心配してくれていた。

おとーさんは、私のために婚約を整えつつ、逃げ道までちゃんと用意してくれていた。

私は自分だけの力で生きていたのではなく、両親の大きな愛情に見守られて生きていたのだと、今ようやく気がついた。私の知らないところで、こっそりと見守っていてくれたおとーさんとおかーさん……知らなかった。といっても、ちょっとだけレールが見えてたけどね。

その時、私の脳裏に、『圭吾にーちゃん』が隣の家から車で走り去っていった時の映像が、ありありと蘇《よみがえ》った。


『おにーちゃん！　おにーちゃん！　まって、まってよぉ！』

必死に呼び止めると、小さなトラックの助手席から、圭吾にーちゃんが顔を出した。

私はなんとか追いつこうと一生懸命走ったけど、車のほうが断然速い。どんどん距離が開いていく。

『おにーちゃん、どうして、なんで、なんで行っちゃうの!?　ユリが何か悪いことしたから？　ごめんなさいごめんなさい、ユリがきっと悪いコトしたんだ、ごめんなさい！　行かないで！』

トラックは、家の前の一本道から大きな通りへ出る。車の窓から見えるおにーちゃんの顔が、一瞬悲しそうに歪んだ。

やだ！

一生懸命に手を伸ばすけど、おにーちゃんは、あっという間に手の届かないところまで行ってしまった。

足がもつれて派手に転んだ私は、地面に転がったまま激しく泣いた。泣いて泣いて、涙が止まらなかった。おかーさんが土埃《つちぼこり》を掃ってくれて、おとーさんが抱っこしてくれて家に帰った。それでもまだ泣き止まず、「おにーちゃん、おにーちゃん」と暴れていたから、おじーちゃんもおばーちゃんも、ものすごく困っていた。ご飯も食べずに布団に入り、シクシクグズグズ泣いていた。

……もう会えないのかな。じわじわと喪失感が心に広がっていき、その感覚に怯《おび》えて、また涙が溢れる。

……そうだ！　こんなに怖いのだったら、おにーちゃんなんか最初からいなかったことにしちゃえばいい。と子供ながらの単純な考えが頭を占めた。そして、『圭吾にーちゃん』は私の中から存在を消した。

私のそんな姿を見ていたから、家族のみんなは『圭吾にーちゃん』のことを口にしなくなったのだろう。

とはいえ、カチョーの両親はちょっとアレだけど、隣家とは家族ぐるみで親しくつきあった仲。縁続きになって申し分のない好青年（これポイント）のカチョーに、とうとうおとーさんも首を縦に振ったようだ。葵兄ぃは、「あのにーちゃんが義理の弟になるのか。俺としちゃ、ちょっと複雑な心境だけどな」とぼやいたらしいけど、とりたてて反対はしなかったという。

おとーさんとおかーさんが、そんな経緯をカチョーに話して聞かせている。

やがて、「じゃあまた後でな」「楽しみにしてるわね」と、両親の声がして、玄関ドアの閉まる音がした。そして、カチョーが私のもとに戻ってきて、口を開く。

「聞いてたか？」

「……あい」

涙でぐちゃぐちゃの顔を上げるのは恥ずかしい。でも正面を向いてキチンと話さなくちゃ。

ソファから起き上がり、正座をして、服の袖でざかざかっと顔を拭いて、呼吸を整える。

「……いっぱい、嘘をつきましたねカチョー」

「悪かった」

「……私の原稿を、わざとエサにしたのですか」

「あれは偶然だ。しかしキッカケになってよかった」

「……もし私が思い出さなかったら、どうなってたんですか」

「元通りの生活に戻るだけだ」

「……カチョーはそれでよかったんですか」

「よくはない。……だが、俺のエゴや執着でお前を縛り続ける訳にもいかない。やってみて駄目なら、今後は一切お前に関わらないという条件を付けられた。それでも俺は、どうしてもお前がほしくて賭けに出た。——結果、言うことなしだ」

カチョーは、この同居がラストチャンスだったと言った。

「もう……他にはないですよね？　私に内緒にしてるコト、ないですよね？」

おつきあい0日から、いきなり結婚するんだからね。そこのところはハッキリさせないといけませんですぜ、ダンナ！　あっ！　ホントにダンナ様になるんだった！

きゃーっ！

思いっきり疑いの目つきをしていたかと思ったら、今度はポーッとのぼせたりして、私ってほんとにアホじゃなかろーか。カチョーの目の前で百面相なんて、超キケンだよう！

ゲンコツが飛んでくるかもと身構える私に、カチョーは何故か笑みを浮かべた。笑みを。端整な顔立ちに喜色満面。

……うっわ……すっっっごくイヤな予感……！　ゾクリと背筋が寒くなる。

カチョーがこういう笑顔を見せる時って、大抵酷《ひど》い目に遭うんだよ！　私は顔を引きつらせながら、じり、じり、とソファから降りて、「ちょっと用事が……」なんつって逃げ出そうとしたけど、カチョーの大きな手にがっしりと腕を捕らえられた。

「あえて言わずにおいたことがある」

あえて、ってナニーーーーーーーっっ！

ゴクリと生唾を呑み込む。聞くのは怖いけど、聞かないのも怖いし、聞いてしまったらもう引き返せない気がするけど、どっちみち引き返せない現在。

ああもう訳わからん！　尋常じゃないほど機嫌がいいカチョーに若干引きながら、「それは一体……？」とおそるおそる尋ねた。

「式」

「え」

「結婚式と披露宴をする」

「え……え、え、えええええっ!?　だ、だ、だ」

「誰の？　俺とユリの」

「い、い」

「いつ？　今日の夕方から」

「ど、ど、ど」

「どうして？　結婚したら披露したいからだ。他に理由があるか？」

「ありすぎるわーーーーーーーーーーっっ！」

ちょ、待って、待って、待って、待ってよ！　結婚式て！　披露宴てぇぇ！

唐突すぎる展開が矢継ぎ早に続いて、私の脳はオーバーヒート！　ヘナヘナとフローリングにお尻をつくと、カチョーも隣にどかりと腰を下ろした。「冷えるぞ」なんつって、また膝の上に抱っこされちゃってね！　私はもうそれどころじゃないから、されるがままですよ！

「俺と結婚するのが嫌なのか？」

「ややや、そうじゃなくて、ほら、あの、ね、ものには順序ってもんが！」

「順序？」

「そうデスよ！　たとえば、まずは式場をおさえたり」

「済んでる」

「なっ！　え、じゃじゃじゃじゃあ、招待客やら何やらは……」

「手配済みだ」

「げげげっ！　ちょ、じゃ、他に料理やら衣装やらは……」

「もちろん」

「……って、あれか！　ひょっとしてあの時のですかっ！」

そう、デパートに連れて行かれたあの時と、『平成男子校生制服☆征服図鑑』をカチョーからプレゼントされ、そのあとレストランに行った時。

確かに、全身丸ごとサイズを測られましたね！　おフランス料理食べましたね！　熊さんみたいなシェフが「ご試食」とも言っていたっけ……あれは、婚礼料理の試食だったのか！　うわあああああああっ!!

「そ、そんなっ！　え、でも両親への挨《あい》さ――」

「ご両親にはもう何度も会っているぞ。それに俺の側には両親ともいない。さ、もういいだろ？　軽く朝食を摂って、婚姻届を出しに行くぞ。その足で会場入りするから、貴重品や何か必要なものがあったらまとめておけ」

「ふぉわあああああああーーーーーっっ！」

15

そして。

「――何を書いているんだ？」

「い、え、あっ、ににに日記デス！　ほら、今日はあまりにこう色々とありましたから……ね……色々と……」

ここは、やたらめったら広いホテルの一室。あの後、つつがなく式と披露宴を終え、今晩泊まるホテルにおります。

こんなラグジュアリーな部屋は初めてです……なんでトイレが二個もあるのさ。なんで部屋がいくつもあるのさ。なんで――ダブルベッド……なのさ。

さっぱりしてこい、と言われてバスルームに入ったけど、これまた無駄に広い。広いくせに洗面所とトイレとシャワーが一体になったバスルームって、謎だ……。それにトイレってこんなに開放的にするモンでしたっけ？　窓から見える夜景がとても綺麗で、こりゃちょっとお姫様気分ですねーなんて、テンション上がりましたけども。ええ、漫画のいいネタになりますよ！　登場人物がお金持ちという設定の時、こういう部屋は使えるじゃないですか！　だだっ広い風呂といったら、アレですよね、アレ。ウヒヒ。

シャンプーもボディソープも高級そうないい香りがして、大満足。全身をよく洗った後、ゆったりと湯船に浸かって温まる。体も心もやっと緊張がほぐれました。朝から疾《しっ》風怒濤《ぷうどとう》の展開で、大変だったのですからねっ！

湯上がりにタオルで髪を拭きながら気づく。あり？　そういや、着替えは持って来たっけ……？　慌てていたので、何も持って来なかったよ。まーしょうがないかーって、元の服を着ようと思ったら、それも消えていた。ありー？　どしてー？

「カチョー！　服がないでーす」

扉の隙間からカチョーに尋ねると、「バスローブを着て来い」と。あーなるほど、そういや、そんなものが置いてありましたね！

――って、バスローブ!?　実は、着るの初めてなんです！　こういうのを着て、一人掛けのソファでウイスキーのグラスを片手に、白いもふもふの猫たんを膝に乗せて撫でるのが夢でしたー、うふふふふふん。

「早く出ろ。俺も風呂に入りたい」

苛立った声に、あたふたと急いでバスローブを羽織り、髪をタオルでわっしわっし拭きながら飛び出して、カチョーと交代した。

湯船に張ったお湯を使い回しするっていうのも、もう一ヶ月も一緒に生活しているから日常茶飯事。それに、添い寝までしていた仲ですからねっ！（エヘン）

ただ、ホテルの部屋ってのは、妙に緊張感が漂う。壁も天井も防音素材が使われているのか、外の音はまったく聞こえず、その代わり、カチョーがシャワーを浴びているサーッていう水音がやけに耳に響く。……気がそぞろになってしまいます。

やだこれ、なんか恥ずかすぃー！　そ、そ、そうだ！　ネタ、というか日記を書いて、気をまぎらそう！

・披露宴は夕方からだったので、婚姻届を出した後、ウエディングドレス姿で記念写真を撮りました。指輪も交換して――って、サイズピッタリすぎ！

・私の側の招待客は、私の交友関係のすべてを知り尽くしているリーダーが手配してくれていました。そのお返しに、カチョーがリーダーにマメ橋センパイを引き合わせることになっていた模様。そういう裏取引があったので、カチョーとリーダーはこっそりと連絡を取り合っていたらしい。マメ橋センパイの周囲には優良物件が揃っているので、合コン幹事として非常に人気があるのですよ！　……まさかそれが目的か、リーダー！

・遊園地でデートした時にもらった腕時計。あれは婚約指輪の代わりだそーで。同じ時を刻みたい……そんな歯の浮くような台詞を耳元でささやかれて、私は高砂《たかさご》で茹でダコになりました。

・葵兄ぃが言っていた「俺の代わりに家に入る」っていうのは、なんとカチョーが婿入りをするということ！　披露宴の締めくくりとなる新郎挨拶でそう宣言されて、思わず「ええっ！」と声を上げ……かけたら、カチョーの口で口を塞《ふさ》がれた。公開キス！

恥ずか死！

・独身者を中心に集まった二次会は、それはそれは盛り上がってキャッキャウフフ……。幹事にマイクを向けられたカチョーからは、こんなスピーチも。

「今後、下心があって既婚者に近づく者には、それ相応の報いがあるものと心せよ」

そして背筋の凍るような視線をどこかに向けた。そ、そうですね、既婚者と知っていて口説いたり、妙に色気のあるアプローチをしたりしてはいけませんよねっ！　既婚者って……あっ、私のことだ！（照）

——と、書きつけていたら、カチョーが風呂から出てきた。

カチョーもバスローブを身に着けている。

うをぉ……無防備ですね、ご馳走様！　むふふ、濡れた髪を荒々しくタオルで拭きつつ、冷蔵庫からミネラルウォーターのボトルを取り出してごくっと飲んじゃう？　喉仏ガン見ぃ！　ステキなポーズですねー。そのままちょっと止まって、私にスケッチさせてくださいませんか！

だけどここは、ムラムラとくる気持ちをぐっと抑えることにした。やっと二人きりになれたのだから、言うなら今だ。改めて自分の気持ちを伝えようと、居ずまいを正した。

「かちょ……ううん、圭吾さん」

「なんだ」

ベッドの上に正座し、私に向かい合って立っているカチョーの前で、手をついて深々とお辞儀をした。

「お嫁さんにしてくれて嬉しいです。ふつつかものですが、どうぞよろしくお願いします」

「ユリ……」

カチョーは持っていたボトルをナイトテーブルにコンと置き、ベッドに腰かけた。そして私の頭をゆっくりと撫でる。

大きな手が優しい仕草で動くたび、私の心の臓から歓喜の波が押し寄せた。

私はカチョーのお嫁さん。

私はカチョーのお嫁さん……に、なったのです！

「私は……圭吾にーちゃんが目の前からいなくなっちゃったのが、すごくすごく辛かったんです。前にレストランでカチョーがなかなか帰って来なかった時も、ひょっとしてこのまま会えなくなるのかもって思ったら、寂しくって、心細くって、怖くって！ ……もう私は、カチョーしか考えられません。カチョーのお傍にずっといさせてください！」

なかなか帰って来なかった？ と繰り返して首を捻《ひね》っていたカチョーは、レストランで私が泣いて縋《すが》ったあの時のことを思い出したようで、「心配させたな。すまん」と、改めて謝罪をしてくれた。ああもう、カチョーったら優しいんだからぁぁぁぁっ！

「これからは、二度とユリの前から黙って消えるようなことはしない。ユリのすべてをもらう代わりに、俺のすべてを捧げる。俺は、お前のものだ」

「私の……モノ？」

「ユリ、愛してる」

「かちょ……」

「……減点一」

「え」

「散々注意してきたのに、まだ直らんのか？　課長と呼ぶな。夫婦になったんだぞ」

「あっ、ああ、でででででも、やっぱ上司ですしっ」

「会社では、な。プライベートでもそのままか？」

「えー。んー。ゲホゴホ……け、けーご……さん？」

「呼び捨てで構わない」

「ややや私が構いますーっ！」

カチョー……いえ、圭吾さんの手は私の頭を撫でていたはずなのに、頬をさすり耳を撫で、首筋へと降りてきて……

ちょ、ちょちょちょちょちょ!?　うしろにのけぞって逃れようとすると、腰を捕らえられ、引き寄せられてしまった！　何だこりゃ、何だ!?

「あ、あの？」

「夫婦になって、『初』めての『夜』だ。することはただ一つ。捕食だ、捕食」

ま・さ・か――――！

あえて考えないように、考えないようにとしてきましたがねっ！　アレが、アレが、とうとうっ！

いやほら、さすがにねー。私もねー。いい年したオトナですからねー。あれ？　ひょっとしてコレ、あのパターンじゃね？　なーんてチラリと思ってはいたのデスヨ。いやいやいや、ほらほらほら、ね？　ね？　うん、しかしですよ？　今までずっと手を出さず……、オトナのチューはアリマシタが、それ以上は、ほら、ほら、ほ……

「覚悟を決めろ」

「ぴゃーーっ！」

カチョー……じゃなくて、圭吾さんの濡れた髪が頬に触れたと思ったら、なんとっ！　わわわたしのくくびすじじじじっ！　ぺろんっ！　ぺろんって！　舐められ――ひぃいぃっ！

「待ってくだせぇ、お代官様！」

「誰が代官だ」

「今日は日曜日です！　あとちょっとで月曜日ですよ!?」

「そうだな。だから？」

大問題ですよ。私たちは社会人！　明日はお仕事が待っているのでっす！

なんとかそっちの方向へ気持ちを引っ張れないかと思ったその時、カチョーは私の首元から離れ、お米三粒分の隙間を開けて、顔を寄せてきた。

ウッカリしたら唇触れるよぉっ!?　ってか、鼻はもう当たっていますー！

「そのことなら問題はない」

「なっ!?　なじぇっ？」

「明日から新婚旅行だから」

「――へっ？」

「ドイツ、オーストリア……その近辺を。業務上の視察も兼ねてだがな」

「どぅ、おっ!?」

聞いてない聞いてない聞いてないよーーーーーーーーーっっ！

ぎゃーっとのけぞったものの、圭吾さんに腰とお尻（お尻っ!?）をガッチリと押さえられているので逃げ出せない。

そうだ！　でも、たとえ視察旅行だとしても、色々と準備がいるじゃないか。私は今聞いたばかりだし、何にも用意してないんデスよ！

「パスポート！」

「ある」

「あああ、そうだった。私持ってました、ウッカリ持ってました！　じゃじゃじゃじゃあ、着替えとかは！」

「用意した」

「用意って！　はっ、だから貴重品とか何かあればまとめておけと言ったのですかっ！

くぅっ……だったら、時間！」

「夕方発の飛行機に乗るから、時間の余裕はある」

「たしかに空港までは、ここから一時間ほどで着いちゃいマスがっっ！　えー、えーっと、仕事を兼ねて……ですよね？」

「ユリとの新婚旅行がメイン。仕事はついでだ。――懸念材料はまだあるか？」

「わ、私の気持ち！　そこ重要っ！」

「嫌なのか？」

「うっ……」

嫌かと聞かれたら、嫌じゃないというかむしろ……むしろ？　って、キャー！　私、イタダカレタイのー!?

「嫌なら嫌と……――っ！」

圭吾さんはふいと視線を外し、引く姿勢を見せた。だから私は思わず、圭吾さんとの間にある米三粒分の距離を詰め、キスをお見舞いしたのです。

いままではキスをされっぱなしだったけど、その手法は、充分すぎるほど学んだ。それを今まさに生かしたのですっっ！

圭吾さんは驚きのあまり固まってしまって、私にされるがままだったけど、一呼吸つき、その後は攻勢に打って出た。

それはかつてなく濃厚で、私のキスの技術などお子ちゃまレベルと笑えてくるほど、濃厚なキス。腰が砕けるというのはどんな感覚なのか、今初めて気付いた。ありえにゃい、オトナキッスッッ！

やっと唇を解放されてふうふうと荒い息をつきながら、グッタリ……自分からキスをしたくせに、返り討ちにあってしまった。

「圭吾さん。大好き……です。優しくしてください、ね？」

とてもじゃないが目を見て言えるセリフじゃなく、がばっと圭吾さんの首筋に腕を回して抱きつき、お願いをした。いやいや、このテンプレなセリフ、まさか自分が言う日が来るだなんて思ってもみませんでしたよ！

圭吾さんは私をそっと抱きしめ、「約束する」と言って耳朶《じだ》を甘噛みした。ひぃぃっ！

「たたたただ、一つだけ、そのぅ……問題が」

「なんだ?」

「——私、付いてませんよ? それでもいいですか?」

……

一瞬の静寂ののち、過去に例を見ない大きな雷が落とされた。

「阿呆かーーーーーっ!!」


いやー……怒られた怒られた、怒られました。

確かにね、あのセリフはあの場面で言うべきじゃありませんでしたよ。

私の妄想の中では、「カチョー×清水センパイ」っていうBLのカップリングが常にあり、なのでウッカリ、素で聞いちゃったのですよ。

現実と妄想を一緒にするな! と懇々《こんこん》と説教され、ある意味、生涯忘れられないほど強烈な初夜になりました……


「何度でも言うが俺はノーマルな男で、女のユリが好きだから一緒になるべく手を回した。いいか? 言っている意味がわかるか?」

「ハイハイ! わかりマス!」

「そうか、だったら二度と同じことを言わせるなよ?」

「ひーっ！」

「いい機会だから重ねて注意しておくが、ＢＬの趣味を止めろとは強制しない。だが、今後はその妄想に俺を登場させるな」

「ひーっ！　わかりました！　だけど、え、じゃあサークル活動は続けてもいいのですか？」

「構わん」

「やたー！」

「ただし、俺のことはもちろん、俺の友人、知人、会社関係すべて妄想に使うなよ？」

「え」

「使うなよ？」

「ええ？」

「使うな」

「……ハイ」

——とまあ、こんな感じにまとまりました。

ベッドから場所を変えて、一人掛けソファが二脚あったので向かい合わせにして……

ええ、私はしょんぼりと、項垂《うなだ》れた格好となりましたがね。

「すみましぇんでした。反省してます……」

ウッカリ発言とはいえ、圭吾さんに不快な思いをさせてしまったことは事実。私だって、苦手なしいたけの姿煮を丸ごと食べろって言われたら、拷問《ごうもん》だと感じます。いやコレは好きな人には美味しくて堪《たま》らないのでしょーけど、それと同じことをしてしまいました。多分、そんなに大きく外れたたとえじゃないはず。

趣味は趣味として認めてくれているわけだし、これ以上圭吾さんにヤな思いをさせてしまうのは忍びないので、圭吾さんの前で〝だけ〟は妄想を封印することにした。

「なら、よし。——さ、仕切りなおしだ」

「——は？」

「ベッドに戻る」

言うなり、またもひょいとお姫様抱っこされて、ダブルベッドに連行！　ひーっ！

「か……ちょ、じゃなく、圭吾さんっ！」

「なんだ」

「今この流れからいって、『じゃあ、もう遅いから寝よう！　アレは、日を改めて☆』じゃないのですかー!?　って、何その呆れた眼差しはっっ！」

「好きな女と結婚したんだぞ。待てる訳ないだろ、阿呆」

うぉ……なんつー殺し文句。

いつかネタに使わせて……じゃなくて！　いやいやネタとして使うけど、今はそれどころじゃない。妄想じゃなくて現実なんですよ！　なう！

私を抱き上げたまま、圭吾さんはぎゅうっと力を込め、私をしっかりとホールドした。つむじあたりにトンッとキスも落とされる。もうもう私は照れくさいやら、舞い上がってしまうやらで、ついつい圭吾さんのバスローブの袷《あわせ》の部分を両手でガバッと開き、胸元に顔を突っ込んでクンクンクンクンクンクン……っふごっ！

「何をやってるか！」

「ああっ！　つい無意識のうちにっ！」

胸板が目の前にあったので、つい我を忘れてかほりを堪能してしまった！　今このタイミングで無意識とはいえこんなことするなんて、自分こわいわ自分！

圭吾さんの軽い頭突きで我に返った私は、丁寧に袷を戻して、「すみませぬ」と小声で謝った。そんな私を見て、「ユリのやることは突飛すぎる」と、至極もっともな感想を漏らした。

ええ、やることが突飛すぎますよね、私自身そう思います！

「やる気を見せたかと思うと、肩透かしをくらわせたりする。振り回してるよな、男を。少しは俺の気持ちも考えろ」

いや〜、だって「初めての夜。自分と彼の、めいく☆らぶ！　まっさらなシーツの海に溺れ、彼の逞《たくま》しいモノを手に掴み……ああ、なんて愛おしいのダーリン！　ウフフ～」でしょ？

ベッドの上で、そういう流れになるんでしょー。定番といえば定番すぎるけど、それでも緊張するというか、何というか……

と、うっかり口を滑らせたら、「そうか」と、私を抱きかかえたままベッドルームからどこかに移動する。え？　移動って！　え、ちょ、どこ行くのっ⁉

ここは角部屋なので、リビングルームには大きな窓が二つある。

南向きの窓からは海、東の窓からは富士山が、昼間ならとてもよく見える。いずれの展望もすばらしく、――そう、夜も更けた今も、市街地の明かりがキラキラと輝いて綺麗。

こんな風に、お姫様抱っこされて夜景を眺めるなんて、思ってもみなかったヨ！

「ここでなら？」

「はっ？」

「ノーマルでも何でも、やることはたいして変わらん。ベッドが嫌なら、ソファでも夜景を見ながらでも、ユリの好きな場所を選べ」

どうしてそうなるのですかっ！　まさかカーテン開けたまま、「ほら……外から丸見えだぜ……ククク」系の羞恥プレイで、私のハジメテの夜が幕を開けるのでしょーかっ！　レベル高いぜ、圭吾さんっっ！　シチュエーションが美味しすぎる！

もしもこれがBL漫画なら垂涎《すいぜん》ものですが、いざ現実に自分がとなると……そりはやっぱり……ねぇ？

「あ、あの、やっぱり……ベッドで」

「決まりだな」

ベッドルームへ引き返そうと、圭吾さんはいとも軽々と私を抱き上げながらサクサク歩を進める。圭吾さんて結構いい体してますのよね。ムネスメルを堪能した時も思いましたが、シュッと締まってて、スッとした肌にはピンとした張りがあります！

じぃぃっと熱い視線を圭吾さんの胸板に注ぐ。

なんとなく不穏な空気を感じ取ったのか、私をベッドの上にぽーいと投げだし、ビシッと綺麗にベッドメイキングされている上掛けをざざっと捲《めく》った。

う、あ、い、いよいよです、か？　じりじりと後退していった私は、とうとうヘッドボード下まで追い詰められて、もはや逃げようもないことを悟る。

「かちょ、じゃなくてっ、圭吾さんっ！」

「なんだ？　やり方は知っているだろう？」

「やり方て……っ！　え、えっと、学校の保健体育の授業では、そんなに細かく説明されてませんし、だいたい私はおしべがめしべにって習ったハズですが、私の場合はついウッカリ、おしべとおしべに変わっ――ギャーッ！」

混乱しながらも必死にアレコレ言い訳する私だったけど、圭吾さんは黙って私の襟元に両手をかけ、ずばっと一気に剥《む》いた。ひぃぃっ！　オムネ、マルミーエ！

いきなり外気に晒《さら》された肌。ヒヤッとすると同時に、圭吾さんの視線がじっと注がれているので……熱い。

「ユリ」

圭吾さんに腕を押さえられているので、手で胸を覆い隠すこともできず、ただ「はい……」と応えた。

「俺は、お前が欲しい。今すぐに」

熱い視線に晒されて肌が焦げそう。思わず視線を落とすと、そこには――

――は、は、はぅっ！　熱いだんこんんんっ!?

男性の象徴であるモノがバスローブを下から押し上げ、その存在を主張をしているのが見えてしまった。

こ、こ、こりはっ！　腐ったピンクの妄想、ですねっ!?

つまり、つまり、「熱い昂ぶり」とか、「灼熱の棒」とか、あれですよあれあれあれ！

「どこを見てる」

「欲望の塊デス！」

「……もういいから、黙って喰われろ」

何故かガクッと頭を垂れた圭吾さん。はっ！　違う単語で表現した方がよかったですか？　ていうか、圭吾さんの髪が私の胸の先をくすぐって、何かその、ちょ……背中を丸めてもじもじしていたら、顔を上げた圭吾さんがっ！　私のっ！　お、お、おムネにキッス！

「ひゃっ！」

ちゅ、ちゅ、と音を立て、わざとなのか先端には触れず、左右両方の胸にキスをしている。や、んんっ？　背中が、ぞくぞくする……んっ！

時折ピリッと強い刺激があって、乳房全体に痛みのような感覚が走るけど、それすらも圭吾さんからもたらされていると思うと……なぜか堪《たま》らなく愛しさがこみ上げてくる。

「あ、あああ、あの、圭吾さん？」

「なんだ」

「私ね、勉強不足なんですよ。ええ、ＮＬ……つまり、ノーマルラブの実地体験ゼロなのです！　だから、これから一生懸命勉強しますから、それまで待っ……んんっ！」

「待てると思うのか」

「ふおっ……」

ぱくり、と胸の頂きごと口に含まれ、思わずぎゅっと目を閉じた——ら、感覚がより鮮明になってしまいました。

熱い、熱いよ！　圭吾さんの口の中は私の体温よりもっともっと熱く、ねっとりとした舌が、私の胸の敏感な部分を大きく舐めたり小さく転がしたりする。私は初めての体験でイッパイイッパイになってますっ！

ちゅっ、と頂点にキスをし、今度は反対側を攻められる。

うっすら目を開けてみると、何とも卑猥《ひわい》な光景が飛び込んでくる。あああ……あのカチョーが、あのカチョーが私の、胸を……っっ！

大きな手でやわやわと揉みしだかれ、胸の形が変えられていく。続いて、今度は少し力が込められ……とうとう声が漏れ出てしまった。

「んあっ！　や、やだぁ……っ」

「嫌か？」

圭吾さんは、顔を上げて私の様子を窺《うかが》う。なんてことだ！　私の胸の間から圭吾さんの顔が見えているってすごい光景なんですけどっ！

嫌か、と聞かれて、私は口ごもる。嫌かどうかといったら、嫌じゃない。嫌じゃないから困っているのですよ。この気持ちというか感覚というか、何しろ一度も経験がないことですからね。

「わからないのです……ハジメテで、わからないのが怖くて。圭吾さんは、その、慣れてらっしゃる……？」

「怖いのなら、手を繋いでいよう。わからないものを知るには……これぱっかりは経験だ。俺に任せろ」

私の右手に圭吾さんの左手が重なり、キュッと握られた。いや、握られるのはいいのです。いいのですけど、「慣れてる？」の質問はスルーですか？

「他には？」

「えっ」

「してほしいことは、あるか？」

「えーと、えーと……」

「却下する可能性もあるがな」

「却下もありって!?　——んーんんーそれじゃ……け、圭吾さんの裸が見たい、です」

すると、「そうか」と言って、繋いだ手を放すと、私の体にかろうじて引っかかっていただけのバスローブを取り払った。まるっと上から下まで何にも着けていない無防備な体が、サラサラシーツの上を転がる……って！

「ぎゃっ！　なんで私がっ！」

「どうせ脱ぐのだからいいだろ。お互い様だ」

圭吾さんは私のバスローブをポイとうしろに放ると、自身もローブの紐を解いて脱ぎ、同じく放り投げた。

——う、うを……

上半身オハダカを見た時からわかっちゃいましたが……す、すんばらすぃ……よく「彫像のような」って表現が使われることがありますが、それとは違います！　二次元のヒーローが三次元の世界に抜け出して、こんなところにいましたぜ皆さん！　おおい皆さん！　大変だ大変！　号外、そう、号外配ろうよ、これタマンネー！

ここ、ここの首筋からのっ、ライン！　喉仏のコリッと具合！　ちょい下がって、喉元のくぼみから左右に伸びるホネホネしい鎖骨へ行き、肩の厚み、つまりこの三角筋の発達具合がまたこれがご馳走でっ！　あああああ、もういいわね最高な大胸筋っ！　ムネニク！　お触りオーケーなんですよね？　うふふふ、じっくりとじっくりと堪能させていただきたいっっ！

そして——

ワンダホーな腹筋のさらに下へ、ちらっと目を向けてしまいましたが、即戻す。

い、いいいい、今のってつまりアレですよね。ナマナマしい、ア・レ！

ほら、まさかのほらほらっっ！　ややっ、絵で見たことならありますよ？　えっと、ほら、ね？　でも肝心な部分は大抵ボカシが施してあるので……う、うわああああああっ！

「ご立派！」

「どうも」

「キャー！　何言ってるの自分ーっっ！　違いマス違いマス、違わないけど違います一っ！」

つい口が滑ったよ、あわわわ……え、つまりコレですよね？

ＢＬエロエロシーンって、コレを口に含むとか、抜き差しならぬ、いや（菊の門で）

「する」深い仲になるとか、そ・う・い・う……っっ！

一瞬の目測でいうのならば、えー、えー、えー……

「ムリ」

「何が」

「ナニがデス」

「大丈夫だ」

「だ、大丈夫じゃないですよ！　だ、だって……あの、もうちょっとよく見ても？」

「……」

もう何度も見た覚えのある呆れ顔の圭吾さん。私は体を起こし、改めて、その、アレを……アレを目の前にする。

～～～っっ!!

手をそっと伸ばし、つんと突いたり、両手で柔らかく握ってみたり……こ、こりが……

うわぁ……って、待てよ？　私のグーが、いち、にぃ……う、うむ……この男の茎をナカに挿れるんですよね？　全部？　全部？？　全部？？？

「もういいだろ」

あ……たらっと、なんか垂れてきた。

液体……これがウワサの……おぉぉぉおおおぉぉぉぉぉおっっ!?　我慢すると出るアレですね？　ナルホドナルホド。つまり、これをアレすると……？

「――いい加減にしろ」

「ひゃぁっっ！」

地獄の一丁目から響いてきたかと思うほどの低い怒声に、飛び上がって驚いた。しまった！　つい我を忘れて観察しすぎたぁぁーっ！

「ごめんなさい！　シッカリ……あわわ、ウッカリ見入ってしまいました」

「……興味があるのはわかるが、趣味のために見るなら却下」

「うぅぅ……しゅ、しゅみませんっ。で、でもこれを挿れたり、舐めたり啜《すす》ったり飲みこんだり……するんですよね？　そ、その前に、裏筋なるものの形状がどのようなモノなのか確かめたかったりしますが、私にはちょっとまだハードルが高くて、それからそれから――」

「――軽く想像を超えている……。そうか、ユリはそうだったな……」

何かしらの悟りを開いた圭吾さんが、「……手強い」と、少し遠い目をしましたねー。

ああっ、なんかゴメンナサイィィィ！

圭吾さん自身を握ったままだった私の手を外して、バンザイするみたいに両腕を頭上にまとめられ、そのままベッドに倒された。

「あ、れ？」

「いいかユリ、俺を見ろ。意識を俺に向けろ。俺だけに集中しろ」

圭吾さんの大きな手が、私の両手をいとも簡単に拘束《こうそく》してしまった。圭吾さんが「俺を見ろ」って言うからシッカリと視線を合わせるけど、私は、縫いとめられたかのように身動きができない。無防備な体のすべてが圭吾さんの目に晒《さら》され、上からじっと見下ろされた。

お腹の真ん中に熱がこもった気がする。圭吾さんは私と目を合わせたまま体をずらしていき、ぺろり、と私の胸の先を舐め、舌先で乳首を転がした。

「……ひゃっ、ん！」

自分の胸が温かい舌で舐められる様子を目の当たりにしている。これは二次元世界での出来事ではなく、三次元で起きているリアルな事実……！

お尻から背中にかけて、痺れのような震えがぞくぞくと這《は》い上がってくる。堪《たま》らなくなって、圭吾さんに抱きつこうとしたけど、手がガッチリ押さえられているから動けない。

胸の尖りをコロコロと転がされ、ぐるりと周囲を舐められ、ちゅっと吸われる。

私はどうしていいかわからなくて、けれど、目を閉じてはいけないと言われているから圭吾さんだけを見て、圭吾さんだけに神経を集中している。

じわじわと涙が溢れて、零《こぼ》れた。

「……うええ……」

「どうした」

「おかしいですよ……私」

「知ってる」

「ち、違います！　あの、こう、全身むず痒《かゆ》いような……もどかしいような……圭吾さんに私の体を触られて恥ずかしいのに、もっと触ってほしいんで……す。私、おかしいですよね」

「おかしくない。正常だ」

と、その時、唇が重なった。舌が荒々しく進入してくる。圭吾さんは舌先を巧みに動かし、ねっとりとした動きで舌と舌を絡める。

至近距離で見つめあったままオトナのキスをされると、尋常じゃない緊張感に圧迫されて、心臓に悪いです。顔の角度を変えるたびに、ちゅ、くちゅ、なんて、いかがわしい音が立ち、それが自分と圭吾さんの口から発せられている音かと思うと、顔から火が出てしまいそうですっ！

「んっ、目、閉じてても……んんっ、いいですか……っ！」

「駄目」

手は自由にならず、唇も塞《ふさ》がれ、その上今度は圭吾さんの右手が胸からそろそろっと下のほうに降りてきた。ざらりとした感触の大きな手が、おへその周りを通り過ぎて……

え、ちょ、ちょ……！

「ふっ……んーっっ！」

零《こぼ》れた声は圭吾さんに呑み込まれた。

一旦は太腿を通り過ぎた手が、内股に沿って上のほうに戻り、足の付け根で止まった。

自分で体を洗う時には気にも留めないけれど、あの箇所が、圭吾さんに触れられると……火に炙《あぶ》られる蝋のように、とろとろに溶けてしまいそう。

もっと触って、もっと、もっと……

圭吾さんは茂みを擦り、やがて、私自身ですらよく知らない秘密の箇所に指を滑り込ませた。

「ひゃっ……ああっ！」

くちゅ、とねばついた水音がする。

ようやく顔を上げた圭吾さんは、私の秘陰から一旦手を引き上げて私に見せた。その指に、艶《なまめ》かしく濡れて光る液体がまとわりついている。

「見えるか？　こんなに濡れてる」

「ぬ……れ？」

「初めてだからな。よく慣らさないと」

「慣らすって、どうや……あっ！」

私から滲み出たらしい粘液を絡めたまま、圭吾さんの指はふたたび秘密の箇所へ。

私の一番恥ずかしい場所に、圭吾さんの指が触れている……堪《たま》らなく恥ずかしくて、身を捩《よじ》った。

くちくちっ、と水音が聞こえるたび、やたらと胸が苦しくなる。どうしよう、どうしよう、圭吾さん、圭吾さんっ——！

「ふあっ、あ、あんっ！　や、あっ！」

指が、大胆に動き出した。強弱をつけ、執拗《しつよう》に攻めてくる。いよいよ私は堪《こら》えられなくなり、目を固く閉じてしまった。圭吾さんも、もう「見てろ」とは言わず、手も解放してくれた。それでもなお、その指は執拗に私のアソコを攻め立てている。

「まだまだ」

圭吾さんの顔が私の胸に近づいてきて、またイジワルをされるのかと思ったら、違った。圭吾さんは、ついっとおへその周りを舐めると、さらに下に向かって降りていき……

「んーーっ！」

指で攻められるのなんて比じゃないほどに、恥ずかしすぎて悶死《もんし》モノ！　だ、だ、だって、圭吾さんの舌で、舌で、舐められて……うわぁぁああっ！

「やだやだやだ圭吾さん、や、あ、あ、ああああっっ！」

指とはまったく違う感触のものが、秘密の柔肉に触れた。襞《ひだ》のあたりをぺろりと大きく舐め上げられて思わず息を呑み、腰がビクンと跳ね上がった。その腰を押さえ込んだ圭吾さんは、ちろちろと動く舌先で襞の周囲を刺激する。

ぞくぞくっと背中に震えが走り、もどかしいような、じれったいような疼《うず》きを感じてしまう。私、なんか、やらしい……

漫画や小説でも、あまりにキワドイものは敬遠してきたけれど、ごく普通のエロエロシーンならいっぱい読んだ。でも、いざ実体験となると、堪《たま》らなく苦しくて、泣きたくなるほど切なくて、それから――なんと嬉しくて愛しいのだろう。

大好きな人に喘がされるごとに、体温がぐんぐん上昇していくような気がする。

「け、けいご、さ……ぅんっ」

「どうした」

圭吾さんは、つつっ、と太腿の内側にも舌を這《は》わせ、私の反応を窺《うかが》っている。私は、今のこの気持ちをせめて言葉にして伝えようと、荒い息を吐きつつ口を開く。

「変です……すごく、嬉しいのに、すごく、辛いんです。もっと触ってほしいって思うんですけど、このままだと自分がどうにかなってしまいそうで怖いです。あと、それから、えーっと、大好きです」

「ついでのように言うな、阿呆。それから、どうにかなりそうって、なんだ」

「さっきはわからないって言ったんですけど、今は、うぅぅ……とにかく、どうにかなりそうなんです！　もともとおかしいのに、もっとおかしくなっちゃいます！　いいんですか？　私がそんなになってもー！」

「元々おかしいのは織り込み済みだ。いいからもっと俺を感じろ。感じて、突き抜けろ」

「こ、これ以上ぉっ!?　——っ、ふあああんっ！」

ぬくくっと、圭吾さんの大きくて骨ばった指が押し入ってきて、堪《たま》らず悲鳴のような声が漏れ出てしまった。自分の中に、自分じゃない物が入る感触。指一本だけなのに、信じられないほどの充満感。

指のわずかな動きで、内壁が溶けるようにほぐされていくのがわかる。圭吾さんは私の反応を窺いながら、さらに深くまで指を慎重に差し入れる。

信じられないほど優しい指使い。圭吾さんのことを俺様系だと思っていたけど、実際の行為は全然違って、それは官能の高まりを手繰り寄せる繊細な手つきだった。

指で肉壁を擦られるたびに腰が痺れ、深く押し込まれるほどに、何かが気持ちのすべてを変えていく。その何かに支配され、溺れてしまうのが怖くて大きく息を吸い込んだら、もっと強烈な刺激が襲ってきた。

「ま、待って、待って圭吾さ、あ、あああっ！　やぁーっ‼」

圭吾さんの舌が私の蕾に触れ、ナカとソトを同時に攻められてしまった。ナカをかき混ぜられると、ぐちょ、ぐちゅ、と後から後から粘液が溢れ出て、お尻のほうまで垂れていくのがわかった。

やだ、こ、こんなに、なるなんて……っ！

堪らなくなって、圭吾さんの頭を掴もうとするけど、ちっとも力が入らない。

辛い、気持ちいい、苦しい、嬉しい。

全神経が、自分でコントロールできないほど、ぐんぐん浮上する。

苦しさも嬉しさもすべてないまぜになった感情が風船のように大きく膨らみ――はじけ飛んだ。

「やだ、やだ、待って待って、いや、ダメダメダメー！　っふ、あ、あっ、ああーーっ‼」

膝がガクガクと震え、酸素を求める魚のように口を大きく開けて喘ぐ。頭の中はうっすらと紗がかかったような状態で、今ここで何が起きているのか、確かめる余裕などない。

「――んあっ、はっ、はっ、は……ぅん……」

「達したようだな」

「っはぁ……達し……イッたって、こ、とですか？」

「ユリ、自分ではしたことないのか」

「自分で……自分？　……って。――っ!!　な、なななな、ないですよ！　「ないない！　そんな時間があったら、一枚でも多く原稿を描いてますし、妄想活動に忙しいんですってば！」

「それもどうかと思うが」

ぬるっと、ナカから指を抜き、てらりと光る指を私の目の前にかざしながら舐めた。

私のあの場所から出た、やらしい体液。それを見せつけて羞恥を煽《あお》るなんて、もう、もう！　圭吾さんって……やっぱり鬼ですよ！

「痛みが少ないよう気をつけてはいたつもりだが、辛かったら言えよ」

「え、痛いって言えば止めてくれるんですか？」

「止めない」

「だったら言う意味ないじゃないですかーっ！」

「散々待ったんだ。そのくらい呑み込め」

「呑みこ……舐めてもいないです！　はっ！　そうか、わかりました、交代ですね？

上手くできるかどうかわかんないですけど、頑張ります！」

「阿呆！　これ以上気を持たせるな！」

圭吾さんのアレにお返しを、と思って、力の抜けた体に気合を入れて起き上がろうとしたのに、膝裏を両方抱えられ、身動きがとれなくなってしまった！

「気を持たせるなって何!?　ちょ、あのっ、そそそ、そんなに開脚っ!?」

ぐいっと体を二つ折りにされ、両脚は全開。全開っていうよりも、大・全・開。こんなにも脚が開くなんてーと驚いた拍子に、見えてしまいまして……

私のワタシに圭吾さんのケイゴサンが入ってこようとするところ――!!

指とは明らかに違う質感の大きくて熱い物体が、ぬるりぬるりと私の恥ずかしい粘液をまとわりつかせ、ある一点で止まると、そこからぐっと強く押し込まれた。

「んんんぁっ！　い、いた、いた、痛いぃっ！」

痛いのは「知って」る、知識としては。前の穴はもちろんだけど、うしろの穴の方も、痛い、らしい。

二次元では初挿入の時、少しは痛がるもののすぐに慣れていたように思う。でも三次元では、「挿入」に伴う「痛み」っていうのが、実は「ありえないほど、とんでもなく、超痛い」ということを身をもって知った。たとえて言うなら、鼻の穴に大根を差し込むようなも――のぉぉぉぉおおおおっ！

「痛い、圭吾さん、痛いよぉ……あぅ、ん！」

「悪いな。だけど、ここまできたら止められない。堪えてくれ」

ギチギチと、私の中に押し入ってくる熱い塊。涙がとめどなく流れる。痛みと圧迫感に喘ぎながらも、辛さは徐々におさまっていく。私の涙に唇を押し当て、啜《すす》る圭吾さん。そして圭吾さんは、「初めての関所」を突破しようと、私のことを気遣いつつも、奥へ奥へと腰を進めていく。時折、はっ、と苦しげに息をしているのを見ると、ああ圭吾さんも辛いのかなと、痛みの中で思った。

自分のナカに愛する人を受け入れ、包み込む。痛さは別として、すごくすごくすごく、幸せ――

「け、け、圭吾さ、ん……」

「くっ……きついな。息、吐いて」

「ん、ふ……ぅ……あ、ああああっ!!」

ぐうっと引きつるような痛みから、突如解放された。

陰部同士が密着しているのを感じ、これですべてが収まった、のだと思う。

これまで経験したことのない、身を切り裂かれるような痛みに耐えながら、ちゃんと迎え入れることのできた自分に驚く。

圭吾さんのすべてが、私の中に……

「っけ、圭吾さんっ……」

　仰向けのまま、両手を広げて抱っこをせがんだ。圭吾さんは、私を柔らかく抱きしめてくれて、体と体がより一層くっついた。私は圭吾さんの首に腕を絡め、圭吾さんの匂いを胸いっぱいに吸い込む。

「痛い、けど……。痛いけど、嬉しいです。圭吾さん、全部入った……！」

「ユリ……」

　相変わらず、引き攣《つ》れるような痛みはある。けれど、大好きな人を受け入れることのできた歓《よろこ》びと達成感に満たされていた。

　身も心も一つになって……一言でいうなら、幸せ。圭吾さんで満たされて、幸せ。

「ユリ、好きだ」

　耳元でそうささやかれた。体の奥がきゅうっとする。

「こら、締めるな……くそっ。堪《こら》えられないだろ！」

「あんっ、ちょ、そんなコト言われましても……っ」

「痛みがあるだろうが……動く」

　一体となった歓びに浸るのも束の間、私の中に押し込まれていた楔《くさび》がじわじわと引き抜かれ――抜けきる直前に、ぐいっと、ふたたび奥に侵入した。

「やぁっ！」

「ユリの膣の中は、熱くとろけそうで気持ちがいい。――とてもじゃないが、ユリの痛みに気を配る余裕がない。悪いが我慢してくれ」

「する……我慢するっ！　痛くてもいいから、最後まで、して、く……くださいっ！」

痛いには痛い。今、私のナカは、もうどこにも隙間がないほど圭吾さんで満たされている。けれど、圭吾さんが私に欲情してくれているのだと思うと、痛みはぐっと和らぐのだ。

圭吾さんの動きにつれて、私の体も大きく揺さぶられる、揺れる胸が揉みしだかれる、先端をきゅうっと摘まれる……！

「ひゃ、ふっ、あっ、あっ、うんんっ！」

なんか私、圭吾さんのいけないスイッチを押しちゃったのでしょうか!?

圭吾さんのアレもぐぐっと硬度を増し、ナカいっぱいに張りつめている気が、する……っ！

きつく閉じていた目をうっすら開くと、焼け焦げてしまいそうな熱い視線で私を見つめていた。普段の冷静さとは打って変わって、本能が剥《む》き出しという感じ。

ダダ漏れの色気に酔ってしまいそうだ。

切なげに歪む顔が愛おしくて、胸が締め付けられる。膣の奥の奥まで深く抉《えぐ》られ、内壁を擦られ、抜いたり挿したりする度に、ぬちゃ、ぬちゃ、っと水音が耳に届いて羞恥心を煽《あお》られる。ぬめりは肉棒の律動を助け、膣内の摩擦をやわらげ、痛みがだんだんと引いていく……

あんなにキツかった圭吾さん自身が、いつの間にか、私の内部にぴったりとフィットしている。

幼い頃から好きだった、そして大人になってまた好きになった圭吾さんとこうやってひとつに結ばれるって、これは本当に運命、なのかも。

肌と肌がぶつかる音、荒い呼吸、汗。内も外も、何もかも共有して溶け合っていく。

私に。

私に、出して。

私に、圭吾さんのを――

「んっ、んっ、あ、んんっ……け、圭吾さん、圭吾さん！」

「くっ……ユリ！」

圭吾さんは突如、どこかへ駆け上がるように激しく体を動かした。

私も激しく揺すぶられ、圭吾さんにぎゅううっとしがみついた。

「好きっ！　好きですっ！　ん、あっ、あっ、やあああああーーっ！」

体の内部で、熱いものがより一層の膨張と共に爆《は》ぜた。どく、どく、と脈打つように、

男の精が女の胎《はら》に撃ち込まれて――

それからしばらくの間、きつく抱き合ったままでいた。やがて圭吾さんが体を起こし、私の中に埋められていたモノをずるっと引き抜く。

「あっ、……」

やっと一つになれたのに、と寂しく思う自分って何なんだろう。

下腹部がまだじんじんと鈍く痛むけど、圭吾さんが大きな体できゅっと抱きしめてくれるから、その気持ちよさで痛みもだいぶ薄れる。

あー……私、愛されてますね……

体中でそれを実感し、くたり、と力が抜けたまま息を整えている私へ「ちょっと待ってろ」とおでこにキスをし、圭吾さんがバスルームに消えた。

そして何かを手に、ふたたびベッドの上に乗る。

「腰を上げて」

「へ？」

「ほら」

「ひゃっ！」

圭吾さんの大きな手で足首を持ち上げられ、赤ちゃんのオムツ替えみたいに、お尻は天井のほうを向いた。

ちょ、待って、待ってってって！　両手両足を使ってジタバタしても、圭吾さんの手は緩まない。一体、何をするつもりですか!?

お尻の下から何かが取り払われ、さっきまで濃厚に愛し合っていた（キャッ！）箇所に、ほかほかの温かいタオルがあてがわれた。お湯で温めてくれたのかなー優しいなーと思っていたら、膝の裏と脇の下に圭吾さんが腕を差し入れて、ふわりと持ち上げられて……

「ふおっ!?　ななな何ですかっ！」

「何って……初めてだったろ？　ユリは出血するタイプだから跡が、な」

「しゅっけつ……って、わあああっ！」

生理の時のような、どろりとした感触がしたと思ったら、それはタオルに吸い込まれた。なんてステキな吸水性！　……じゃなくて、出たって、出たって……

「出たーーーーー!!」

「先祖の霊が出たのか」

「ちょ、怖いこと言わないでくださいよっ！　違う違う、圭吾さん、ナマで……生掘りっっ……ぎゃんっ！」

圭吾さんは両手がふさがっていて使えないからか、私にゴチンと頭突きをくらわした。目から星が飛んだよぅ！　これがさっきまで愛し合った相手にすることかいなっ！

「俺達はどういう関係だ？」

「えっ」

とろとろと血が織り混じりながら溢れ出るあそこへタオルを当てながら、圭吾さんの質問の意味を考える。どういう関係って、こういう関係ですよね？

「け、ケッコンしたので、夫婦……デス……」

「だったら何の問題もないだろう？」

「ないけどあるような……はっ！　いやいやその前その前！　ユリは出血するタイプだからな、の、『は』って!?　『は』って何ーーっ！」

「今日はこれで切り上げる。流石に俺も疲れたからな。さあ、風呂に行くぞ」

頭突きされて痛む頭を片手で押さえ、もう片方の手で股のタオルを押さえるという珍妙な格好をした私をお姫様抱っこして、圭吾さんはバスルームへと歩き出す。

えええええー！

ちょ、またもスルーですかっ!?

自分のアッチの話は一切情報漏らさないぜ、という態度に激しくジレジレする。

いえね、経験値とかあっても別にいいのですよ！　だって圭吾さんはモテたでしょーから！

ただ私としては、昔の彼女に嫉妬ってわけじゃなくて「ネタくれよネタ！　ウヘヘヘへ」と思っているのです。過去のことは過去のことじゃないですか！　今は私を愛してく・れ・る……おおっ！　これはいいセリフですね。

「……ユリ」

恐怖の扉からコンニチハというか、最後通牒《つうちょう》を言い渡すような恐ろしい声が頭上から降ってきた。

「ひ、ひぃぃぃぃっ！　考えていません！　なーんにも考えていません！　鬼畜プレイだとか、言葉責めだとか、そういうことはひとつも……っあああ言っちゃったっ!!」

「ほう……ずいぶん余裕があるじゃないか」

圭吾さんは、湯を張ったバスタブの縁に私を座らせると、股のタオルをぽいっと放り投げ、シャワーの水栓を捻《ひね》った。

立て、と言われたので、圭吾さんの背後に見えるおっかないオーラにびくびくしながら立ち上がると、内股にどろりとした粘液が伝い落ちた。

「んあっ……」

初夜に体を重ねた愛の残滓《ざんし》が、初体験の証と共に排水溝へ消えていく。

圭吾さんは私にザアッとシャワーのお湯をかけ、汗ばんだ肌をすっきりと洗い流してくれた。それからボディソープを泡立て、手を滑らせるように全身を洗われると、ついさっきのイチャイチャ場面を思い出して、顔から火が出そうになる。

「趣味の妄想はともかくとして、ユリは鬼畜プレイやら言葉責めをされてみたいようだな」

「えっ！　め、め、滅相もない！　ソッチ系は妄想だけでじゅうぶ——」

「今日はこれで終わりにするが、明日からが楽しみだな」

「えっ」

「新婚旅行の間も、帰ってからも、たっぷり愛し合おう」

「ええっ」

「愛してるよ、ユリ」

「えええええええっっ」

捕食大作戦

「お帰りなさい、圭吾さん」

「お帰りなさい、ア・ナ・タ☆」

「お帰りなさい、ご主人様」


さあ、どれが一番喜ばれたでしょーかっ！

——正解はー……ハイ、全部でしたー。

結婚前の同居期間中、仕事から戻ってきた圭吾さんが、まず真っ先にお風呂に向かっていたのは、別に潔癖症だからではなく、「自制」のためだったそうです……帰宅して早々、玄関先で私を襲ってしまわぬように……ってホントデスカ？

今やリミッター解除となり、それはそれは激しくていらっしゃいます（遠い目）。『ハジメテのアツアツ騎士《ナイト》』っていう、ちょっと前に読んだBL作品どころの騒ぎではありませんせん！　ええ、ここはもうハッキリと言わせてイタダキマスよっ！

新婚旅行でヨーロッパをあちこち周ったのですが……圭吾さんの上司からさらに仕事をねじ込まれてしまったため、連日業務上の視察に継ぐ視察で、合間をみて駆け足で観光、済んだらサッと飛行機で次の目的地へ向かい、翌日もまた朝から一仕事、という日程で、体力をガツガツ削られました。

その上ですよ？　夜のスイートタイムは……アハハ……圭吾さん、激し……アハハ……ケイゴサン、タイリョク、アリスギ……デス……そのくせ朝は、やけにスッキリ涼しい顔をして優雅に新聞なんか読んじゃって。この体力オバケめ！

新婚旅行から帰国した後も、アッチの頻度は変わらずで――

『ちょ、えええっ！　あ、そうだ！　今日から月のモノが……！』

『先月はなかば頃だったろう？　ならば問題ないな』

『ひえぇぇぇ』

って、私の周期まで把握してるって、すごいな！

――いえね、嫌なら嫌と言えば、圭吾さんは止めてくれるってわかってます。それなのに何故受け入れるかといえば……そりゃ、その……好き、だからでしょうか。

圭吾さんの大きな手で、頭も頬も肩も背中も、そして胸も……妖《あや》しく撫でられる。その手つきの一つ一つから「好きだ」「愛してる」と伝わってくるのです。ええ、実際口に出して言われもするんですけど！　言っちゃうんですけど！　圭吾さん、ちょ、大盤振る舞い！

仕事中のクールさはどこへやら、私に対しては激甘で、こりゃネジがどこかに飛んじゃったんじゃないだろうかと本気で心配しちゃいます。

ともあれそんな感じで、とってもスウィ〜〜トな新婚生活が始まったのです。

それから結婚を機に、私は課長の補佐役に就くことになりました。私はまだ入社一年目のぺーぺーだし、そもそも妻（妻！）を補佐にするなんて公私混同が過ぎる、と圭吾さんも一度は上司に断ったのだけれど、「んー、君が奥さんと一緒にいてくれると、部の空気が柔らかくなるのでね」と、単にそれだけの理由で決定しました。

空気が柔らかくなる、というのはどういうこっちゃ、と若干気になるものの、それ以上の反対をする理由は特にないので、甘んじて受けることにしたのです。

補佐役といっても、課長宛の電話を受けたり、スケジュールの確認をしたり、という秘書のようなもので、大概のことは圭吾さんが教えてくれるから、新人の私でも何とか務まっております。

ええ、秘書ですよ？　秘書、ひしょ、秘所……グフフ……

ピンクな妄想はおいといて。そんなわけで、カチョーに同行して営業に出たりもするワケですよ。カチョーが取引先の方と打合せしている横から、サッと書類を差し出したり、必要事項をメモしたり。

そんな私に、取引先の方々はいつもおみやげを持たせて下さるのです！　ヤッタネ！

『やぁユリちゃん、よく来たね！　これ、持ってってやぁ！』

『待ってたよ。お中元で貰ったモンだけぇが、お裾分けな』

こうして毎度、いただいたお菓子や日用雑貨を山のように抱えて帰社するのです。

会社のみんなと分け合っても食べきれないほどたくさんのお菓子をいただく時は、家に持ち帰ることもあります。私はそれを、ホクホクしながらお菓子専用の引き出しにしまい込み、家で圭吾さんの美味しいコーヒーのお供にいただくのです。

――だけど、どうしてこんなによくして下さるのですか？　と、お一人の顧客に伺ってみたんですよね。そしたら……

『ユリちゃんを見てると孫を思い出すからだよ。うちの孫は、飛行機にでも乗らなければ行けないような遠くに住んでるから、なかなか会えないんだよね』

というお答え。……ちょいと待ってくださいよ。お孫さんって、小学生じゃありませんでしたか？

ううう、まあ、まあまあ。大事な顧客のおっしゃることだし、可愛がっていただいているので、そこはぐっと反論を抑えるのでありますよ！　私は小学生じゃなくてオ・ト・ナですからねっ！　多少のことはスルーできるスキルが搭載《とうさい》されてオリマス！

仕事の方は、何故かトントン拍子に進み、あっという間に契約完了となったしね。

うふふ、圭吾さんって有能～！　え？　え？　毎回ついて来い、ですと？　ははぁ、「黙って俺について来い」。おおお亭主関白デスカ！　ほ？　……ああ、顧客のウケがいいのでマスコット的に……ほほう、マスコット……マスコット……え？

今日も今日とて食材を頂戴したので、それを使って夕ご飯を作りマッス！

いやぁ、ありがたいデスねー。いただいたマカロニでツナ入りマカロニサラダにしちゃおうかなー。あと乾物を使って……アレと、アレと～。

台所に立ち、野菜をトントンと包丁で刻み、フライパンの火力を調整しつつ、鍋をかき混ぜる。いやぁ慣れるもんですな、主婦業！　私もフルタイムで仕事をしているとはいえ、残業はほとんどなくて、圭吾さんが帰って来るまでに時間があるので、色々と家事をこなせるのです。

妄想しながらの家事はすごく楽しいので、あっという間に片付くのですよ、これがまた！

そんなこんなで圭吾さんが帰宅し、お風呂へ。その間に食卓の準備をしておき、圭吾さんの後で私も入浴。ええ、圭吾さんが出てから、入ります。ここ、重要です。

……じゃないと、お風呂の中であーんなことや、こーんなことされちゃいますからね！　しかもね、一回じゃ済みませんからね！　ある時なんか、お腹が空きすぎて、「ご、ご飯を食べたいです……」と涙ながらに訴えたので、食事前はなるべくしないと約束してくれマシタ――なるべく……なるべく!?　……なんかオカシイ。

私がお風呂に入っている間、圭吾さんは軽いおつまみと冷えたビールを飲みながら、メールを見たり、ニュースや株価などをチェックしている。私は風呂から上がって料理の仕上げをし、そうして二人で「いただきます」と一緒に食べるのですよ。

ぬふふふふ。これ……これ……幸せってヤツですよね？　相思相愛、ラブラブ新婚生活ーゥゥ！

食事を終え、食器を流しに運びながら、「あ、そういえば」と圭吾さんに話した。

「財務経理部のセンパイから、またお菓子を貰いました！　ナントカっていう有名なお店から取り寄せたマカロンですってー。私、マカロンって初めてで――」

そのセンパイとは部署が違うので、めったに会うことがないのだけど、入社以来何かと話しかけてくれるのですよ。うん、気さく男子ですね！　飲みに行こうとか、映画のチケットがあるんだけど一緒にどう？　とか。

『アハハ、合コンなら行きますよ！（ステキ男子見学したいしね！）』、『映画？　うーん、興味ないです！（腐の成分があるなら行くけど！）』

と、お断りすることが多かったのですが、ある日を境に、パタッとお誘いがなくなったんですよねー。あれー？　と思っていたら、今度は資料庫とかコピー室とか、そんな場所でコソっと「これ、お土産」なんつって、お菓子とかくれるようになったのです。あらあら悪いわねぇ、っておばちゃん風に答えたりなんかして、三時のおやつにおねえさま方と頂いちゃいましたが。

センパイって、恥ずかしがり屋なんですかね？

——食器を洗いながら、センパイについて知っていることを色々と話した。

確かあの人、二十五歳の独身で、彼女募集中、一浪して大学に入り、会社から家までバスで二十分、それからそれから——

「やけに詳しいな」

「……ひっ」

調子に乗ってペラペラ喋ってましたが、ななな、なんか圭吾さんのご機嫌が大変斜め……！

すうっ、と音も立てずに椅子から立ち上がり、黒いオーラをまといながら私の傍にやって来ましたよ！　ちょ、こ、こ、怖い怖い怖いですってば！

「ユリ？」

「は、い」

「自覚なさ過ぎ」

「……へ？」

私の体をまるっと包むように、背後から圭吾さんが抱きついてきた。洗い物を濯《すす》いでいた私の手から食器を取り上げ、蛇口も締める。

「け、圭吾……さん？」

「ユリ、それは誘われているんだ。……どうやら警告が足りなかったらしいな」

柔らかな感触のものがうなじに押し当てられ、ぴりっとした痛みが肌に刺さった。

「ひゃっ！」

「取引先で可愛がられていることは、まあいい。だが、明らかに好意を寄せてくるやつは――看過《かんか》する訳にはいかない。それにユリ、お前もいい加減気づけ」

私の腰を抱えていた腕が、妖しく動き出す。

部屋着の裾から手が侵入し、風呂上がり用として着けているワイヤーなしのブラジャーと乳房との境目をなぞっていく。強くもなく、弱くもない絶妙な力加減で肌を刺激され、たまらず逃げようと身を捩《よじ》るけど、がっつりホールドされているので動けない。

「ふぁ……っ！」

ついには部屋着を上までたくし上げられ、ブラの上から乳房の丸みに沿って手が押し当てられた。じっと動きをとめたその大きな両手から、じわじわと体温が伝わってくる。

なんというか……その……も、揉まないのです……か？

って、ちょいと私！　私ってば！　スッカリ圭吾さんに慣らされてますねっ!?

敏感になった先っちょがカップの内側に擦れてむずむずする。そ、そ、そ、それに何でしょーか。うなじ辺りに、ふうっとあったかい息をかけられて、ぞわぞわぞわーっとして身が竦《すく》む。

「や、圭吾さ……んんんっ」

触るなら、ちゃんと触って！　こんな出し惜しみプレイなんてやだぁ！

「……あのっ、あああのっ！　――三回目デス！」

ぴく、と圭吾さんの手が揺れた。

「三回目？」

「はいっ！　台所で襲われるのは三回目！　ええーっと、最多はベッドなんですけど、次点がお風呂、同率第三位がリビングと玄関で――ひゃおう！」

「阿呆！」

丸出しになったお腹を流しの角にピタッと押し付けられて、思わず悲鳴が出たよ！

ちょ、冷たいじゃないかーっ！

「どこで何回したかなど、いちいち数えるんじゃない！」

「えー、だって、そのぅ……イチャイチャの思い出は、ちゃんと覚えておきたいじゃないですかー。仕事から帰ってきて即玄関で押し倒されてメイクラブ！　なんて、ほら、想像だけではナカナカうまく描けないし、今後の参考に――」

「するな！」

ぐりん、と体の向きを変えられて、口を塞《ふさ》がれる。舌で唇をこじ開けられ、舌と舌を絡められ、吸われ、甘噛みされて……息つく暇もなくそれは続くけれど、角度を変える刹那《せつな》、やっとのことで酸素を吸い込んだ。

「はっ、はっ、ふぅ……んん！」

くちゅ、ぴちゃ、と生々しい音が聞こえるたびに、ずくんと下腹がうずく。まるで何かを欲するように。――って、ナニを？

「俺の首に手を回せ」

圭吾さんは私の手を首に巻きつけると、お尻を下から抱えあげ、リビングのソファへと移動した。

その間もキスは続き、一向に止む気配がない。濃厚なキスに必死に応えようとするけれど、まるで溺れているみたいに苦しい。じわんと涙が滲《にじ》んでくる。

ようやく唇が離れると、圭吾さんは私の瞼《まぶた》に口づけを落とし、私をうしろから抱えるようにしてソファに座る。

「そ、そふぁで……っ!?」

「何をするか、わかるか?」

「そそそそりゃ、ほら、あの、きっと、致すのでしょ——んっ!」

うなじを強く吸われて、電気が走ったように体が反った。熱いよ!

「ユリはどうしたい?」

今度は耳のうしろに唇を当てクスクス笑いながら喋《しゃべ》るから、ゾクゾクする! って、圭吾さんは私に何を言わせようとしているの? ナニを? やっぱりナニですか?

はっ! こここ、こりは世に聞く「言葉責め」でしょーかっ! やらしい言葉を言わせて羞恥心を煽《あお》るという高度なテクニック! まさか圭吾さん、これをしようってんじゃ……!

「あっ、んんっ……け、圭吾さんは何をし、たいのデスか」

「ユリとＳＥＸしたい」

ギャー! 思いのほか直球で返ってきたーーーー!! ちょ、他にもさ、色々さ、ぼかした言い方あるじゃないかーっ!

「ユリは?」

よし。ここは一つ、直球で返さねばなるまいよ!

「圭吾さんの熱い昂ぶりである陰茎を、私のぬかるんだ泉、つまりち――ぐむっ」

「聞くんじゃなかった」

口を手で塞《ふさ》がれてしまいましたー！

「つまり異存はないんだな。それはよかった」

私の部屋着は胸の上まで捲《めく》られて、ノンワイヤーのブラジャーが丸見えだった。

ええ、こういう下着を着けることになったのも、この家に嫁いできてからですよ！

胸の形が崩れないように、寝る時もやわらかめの下着を着けておけと！　くそう、オサレ生活め！

……というかですよ？　同居始まった当初、朝起きたら何故か着替えていて、何故か持っていないはずのノンワイヤーブラジャー着けてたんですって、ちょっと前に圭吾さんにウッカリ話として言ったんですよ。

「私、結構寝ぼけるみたいなんです」

「そんなことはないぞ」

「えっ。あ、あの、知らない間に着替えてたりしてて……」

「ああ、それは俺が着替えさせてた」

「な、ナヌ!?」

と、こともなげに言ってのけるからもうねっ！　信じられない！　しかも「時効だ」って！　んなわけないでしょ！

だけど、やはり受け入れてしまうのは惚れた弱みなのかな。

今まではノンワイヤーどころかノン下着だったのにね。小さなことまで圭吾さんの色に染められていくエブリデイ！

と、だんだん自分のオサレレベルが上がっていることを心の中で確認していたら、圭吾さんがブラジャーのカップをぐいっと下げた。両胸が外気に晒《さら》されて、ぞくっとする。

ちょ、この眺め、卑猥《ひわい》デスね……。シタチチがブラに支えられているから、おっぱい全体は重力に負けず前に突き出している。そのことを意識してしまうと、揺らぐ空気ですら刺激になって、ツンツンと先っちょが立ってくる。それを圭吾さんは大きな手でやわやわと揉みしだく。手の動きのままに形を変える自分の胸が眼下にあり、これはなんとイヤラシイ光景なのかと、ドキドキする。もっと動悸《どうき》が激しくなったのは、圭吾さんの手がウエストゴムのズボンの中に侵入してきたから。

「ひゃっ！」

そうだよ、二次元映像じゃなくて、私は今現実にエッチなコトをされてる最中なのですよ！

脚を閉じようにも、圭吾さんの腿《もも》の上に座っているから思うように動けない。

圭吾さんの指は私の下半身の柔肉を擦る。だけどなかなか肝心の部分には触ってくれなくて、私がモジモジ体の位置を微調整していると、無防備になっていた胸の先端をきゅうっと摘ままれた。

「や、あぁっ」

ぞくぞくっと腰から首筋に痺れが走り、気持ちはどんどん高みへと押し上げられていく。

圭吾さんの指は、私を焦らし続けた末、ようやく肝心の箇所に触れてきた。薄いショーツ越しに弄《いじ》られ、特に一番敏感な粒の辺りを指で引っ掛くようにされると、ビクンビクンと自分の意思とは関係なく体が跳ね、甘い声が出てしまう。

「あ……はぅ……けいごさん……やだぁ」

「下着まで染みたな」

「やっ！　そんなコト言わないでください……恥ずかしいじゃないですか」

「ほら、腰を上げて」

ズボンと下着をスルッと脱がされると、染みを生み出した場所が外気に晒《さら》されて、ヒヤッとした。

「ぐちょぐちょになってる」

節くれだった太い指が、秘部への侵略を開始する。

初夜以来、随分と慣らされてきた私の体は圭吾さんの情欲に応えようと、無意識のうちにも準備をしていたようだ。そこに指が触れるたびに、ねばついた水音が部屋中に響いて――卑猥すぎですよ！

粘液を絡めた指が、敏感すぎる芯をコロコロと弄り、私はその刺激にもう耐えられない。

「や、やっあああっ！　ダメっ、圭吾さん……っ！　ダメぇっ！」

びく、びく、と足が痙攣《けいれん》して突っ張り、それまで頭の中でごちゃごちゃしていた考えが霧散《むさん》した。背中を圭吾さんの胸に預けると、体中の力が抜けてグッタリとなる。


圭吾さんによってもたらされる性的な快感の絶頂。つまりこれはイクということだけど、こんなにも気持ちがいいものだとは生まれてこのかた二十二年、まったく存じ上げませんでした。ええ、見聞きしたことはあるのですよ。主に漫画で、ですけども！

いつも私がイクまでじっくりと愛撫され、体を傷つけないようにと気遣いながらそっと挿入される。でも、それだと……ちょっと……

回数を重ねるごとに、ある思いが膨らんできていた。それをお願いしてもいいでしょうか。

「圭吾さん、ちょっと……」

「なんだ？」

うしろから抱っこされたまま顔だけ振り返ると、じっと見つめられていたことに気づいて、おいおいちょっとこりゃ目を見て言うには恥ずかしすぎですよ！　と顔を伏せてしまう。

ちょっと一旦落ち着こうと、大好物の圭吾さんのムネニクへ頬をすりすりしてから切り出した。

「あの……お願いがあるんです……」

「お願い？」

「ハイ。あの……あの……されるのって気持ちいいのですが、圭吾さんにナカに入っていてほしいんです。圭吾さんと一緒が、その――」

もじもじもじもじ。

上半身は服を着ているけど、下半身は全部モロ出しっていう状態で照れるのもアレだなと思いましたが、つまりは、こ、この私の腰に当たっている肉の棒を、そう、怒張した肉棒をナカに入れ、繋がったままイキたいなと、そうお願いしているのですよ！　って、あああ肉棒って！　怒張て！　え、え、エレクト！

腐女子として培《つちか》ったさまざまな単語が脳内を駆け巡るが、つまりはソレのこと。うう、圭吾さんも準備万端じゃないのさ！

そう――新婚旅行では、旅先の解放感から一緒にお風呂に入った後、圭吾さんの圭吾さんをついペロリとしたことがあったのですよ。

ＢＬ知識仕込みの技巧の数々を実践していると、フレキシブルに変形する柔らかなアレがどんどん硬くなって、大きく大きく成長をなすった。

とてもお口に収めきれずに、ペロペロするしかなかった私。圭吾さんは「しなくていい」と最初は拒んでいたのに、それでも私が手を放さず「ご奉仕」していると、やがて諦めたのか、されるがままになっていた。――んがっ。

「こら、駄目だ――っ！」

圭吾さんはパッと私から身を離し、逆に私の腰を掴んでうしろから挿入し、ガンガン突かれて第三ラウンド……そんなコトもありました……ハハハ。

つまりですよ？　圭吾さんだって、繋がってたほうがいいんじゃないでしょーか？

……圭吾さんが静かなのが、今すごくコワイです……

「けーご、さん？」

「加減はいらない――そういうことか」

「えっ。ち、違っ」

「ユリはまだそれほど慣れていないから、と思って遠慮していたが」

「慣れて……いや、そうじゃないけど、結構シてますよ!?　ええ、とてもたくさん！

というか、ユリ『は』って何ですか！　慣れてる女性がほかにいたと？」

「ほら、体をこちらに向けるんだ」

「私の質問は無視ですかー！」

しかし、逆らったところで勝てる確率はゼロなので、圭吾さんに言われるまま向かい合った。腰を支えられ、圭吾さんに跨《また》るような格好でソファに膝立ちになると、「自分で挿れてみろ」と誘導された。ちょ、じぶ……!?　レベル上がったーー!!

「早く」

圭吾さんは、差し出す格好となった私の胸を、ぱくりと口の中に収める。

ちゅう、と先端を吸っては、舌先で飴玉みたいに転がし、歯で甘噛みを繰り返す。反対側の胸も満遍《まんべん》なく味わうかのように優しく刺激する。体中の肌が粟立《あわだ》ち、ぬかるんだ秘裂からたらりと一筋、愛液が溢れ出たのがわかる。

――も、もう……挿れてほしい――挿れたい……！

今、圭吾さんのは天を突き刺すように張り詰めているから、手を添えなくても大丈夫そうだ。私はゆっくりと腰を落とし、圭吾さんの先端を私の蜜口に当てた。

「んっ……あ」

私のナカに圭吾さんを呑み込んでいく。時間をかけてようやく半分ほど包み込んでから、体にこもった熱を逃すように息を吐く。

残りの半分も包み込んでしまいたい。熱を持った私のナカが、圭吾さんの形に合わせて蠢《うごめ》き、隙間なくぴったりと吸い付いている。

「ユリ、大丈夫か」

「ダイジョウブ……じゃない、です……。圭吾さんのが、あっ、ぅ……いっぱい」

「ユリ」

私の背に手が回って、きゅうっと抱きしめられた。そして、ヨシヨシと後頭部を撫でられたけど、その手こそが私のツボ！　切なくて、きゅうっと胸が苦しくなる。

「こら、締めるな」

「え、そ、そんなこと言ったたって、わかんないいいいいい」

圭吾さんの首に抱きつき、首筋にスリスリと顔をこすりつけ、クンクン匂いを嗅いだ。圭吾さんの肌の感触も匂いも、私の心を落ち着けるのだ。たっぷりとかほりを吸い込んでいたら、腰をぐっと掴まれて、残りを一気に強く押し込まれた……！

「……やあっ！　ん、ちょっ……っ、あ、あ……」

すべてが私のナカに収まり、ぴったりくっつきあって一つになれたのだけど、自分でやれと言っておきながら不意打ちする意地悪さに抗議の声をあげる。

「圭吾さ、ん……ずるいです」

一瞬息を呑んだ圭吾さんは、色気ダダ漏れの掠《かす》れ声で「それはこっちの台詞だ、阿呆」と言って、私の唇にキスをしてきた。

甘くてとろけそうなキスが、体の奥にある熱をいっそう高める。そしてそれは、いつだって私の中の「女」を前面に引き出すのだ。できるものならいつまでも、こうしてじっとくっついていたい。

だけどその先にある快楽の頂点を幾度となく教え込まれた私の体は、「もっと」「たくさん」「ほしい」とねだるのだ。

「う、動いてみても、いいですか」

返事の代わりに圭吾さんは、私の眦《まなじり》に唇を寄せて、ちゅうっと吸った。おおお、自分でも気づかないうちに涙が？　生理的な涙って、こういうことなのか。

私はそっと腰を上げ、また下ろす。ピッタリとくっついていた局部と局部が束の間だけ離れ、粘ついた体液が、ちゅく、ぬちゅ、と音を立てて、滑らかに律動を助ける。

吐く息が荒いのは、こうして動いているから、だけじゃなく、頭の天辺まで痺れるような気持ちの高ぶりのせい……

「んっ、あ……あ、あっ……っ」

圭吾さんの上で腰を動かすたびに、ぎし、ぎし、とソファのスプリングが鳴る。

こんなエロな動きをしている自分が恥ずかしくて、顔から火を噴きそうになりつつも、腰の動きを微調整している私。内壁のあるポイントを探して、そこに圭吾さんのを引っ掛けるように擦り付ける。そんなことまでできるようになってしまった。

「ユリは――ここがいいのか」

「ふあっ!? あ、や、やんっ!」

圭吾さんが私の頭と腰を支えて、急に押し倒すように覆いかぶさってきた。ぐぐっ、とより一層奥に入り込んでくる剛直なモノに、苦しいのか気持ちがいいのかよくわからないような喘ぎ声が漏れる。

「今度は俺の番だ」

圭吾さんは私の腰を掴み、律動を開始した。次第に突き上げるスピードが増し、勢いがついてきた。下になった私の体はガクガクと揺さぶられる。胸が上下に動いてしまうので、両手でギュウッと押さえていたら、その両手は頭上へとまとめられた。そのせいで、胸はさらに激しく動いてしまう。

「ひゃ、う、あ……ああっ! やっ、圭吾さんっ! 圭吾さんっ!」

熱い塊が私の中心を貫き、体の内部で震えが起こる。肉と肉がぶつかり合う音、快楽によって溢れ出た水の音、そしてソファの軋《きし》む音が重なり合い、リビング中に響き渡る。

手を離し、ぐい、と私の両脚を自分の肩にかけさせ、体を折り畳むように覆いかぶさってきた。

「ん、ふうっ……くっ……! あ、あっっ! だ、めぇ!」

ギリギリのところまで引き抜かれ、そして一気に奥まで突かれる。お尻が持ち上がり、自分の中心に圭吾さんの楔《くさび》が打ち込まれるのを目の当たりにしてしまった！

——あ、あれが私の……ナカ、に……！

目を閉じて、ふるふると首を振っていると、圭吾さんは私の頬っぺたを撫でてくれた。

「大丈夫か？」

「……じゃ、ない、です」

ハッ、ハッ、と荒い息を吐いて肺に酸素を送り込みながら、頬に当たる圭吾さんの手に自分の手を重ねた。私のよりも少しひんやりとして冷たいその手が、火照った頬の熱を奪う。

「苦しくて、辛くて、見た目はすごくエッチくさくて——気持ちがいい……デス」

「……そうか」

ん？　どこか変でしたかね？　一瞬心配したけれど、圭吾さんは、私が何か変なことを言ってもまったく動じないんでした。だから、大丈夫です。大丈夫ったら、大丈夫です。

「キス、して下さい……っ、んむっ！」

キスのおねだりをすると、肩に掛けた私の脚を下ろし、体を密着しながら、唇へ啄《つい》ばむようなキスをしてくれた。

ちゅ、ちゅ、と表皮を合わせるだけの口づけ。唇へ、頬へ、おでこへもキス。その間もずっと、腰はグラインドを続けている。胸の先が圭吾さんの大胸筋に擦られゾクゾクする。圭吾さんと繋がっている部分よりも少し上の敏感なスイッチが、圭吾さんの肌に密着していて絶えず前後に刺激を受けているからなのか、やがては堪《こら》えきれなくなるほどの何かが迫ってきた。

「あ、あっ、ふぁっ、け、けいごさん、けいごさんっ！　あああっ！」

手を伸ばして、圭吾さんに必死にしがみつく。どんどん追い詰められて耐えきれなくなる前に、どうしてもお願いをしたい！

「おっ、お願いですっ！　……いっしょ……いっしょに！」

「……わかった」

圭吾さんの腰の動きはより一層激しくなり、私は胸と下腹部を同時に攻められ、掻き混ぜられる。さっき自分でも探していた、内壁のあるポイント――そこを集中して狙われた。もう自分でも訳がわからないほど声が出て、ぽろぽろと涙が零《こぼ》れた。

――どうにか……どうにかなっちゃいそう！

奥を抉《えぐ》るように激しく腰が叩きつけられ、階段を駆け上がるように快感が高まっていく――！

「や、やああっ！　だ、めっ……あっ！　ああ、あああああっっ!!」

何もかもが弾けた。体がぶるぶると痙攣《けいれん》する。

そして、私の体の一番奥深いところに、熱いモノが放たれた――

体はぐったり、でも脳は元気。

ええ、コトが一回で済むような圭吾さんではありませんのよ。自分のと圭吾さんの体液（キャッ）で体中がベタベタ。おまけに汗もかいているから、シャワーで流して、もう一回。

リビングに戻ると、いつの間にかソファには圭吾さんの脱いだTシャツが敷かれていて、なんて準備よろしいのかしらと驚きますの。私は体の火照りとお風呂の湯冷ましを兼ね、下着だけをつけた格好をしております。夫婦イェイ！　……って何か変なテンションですね。

なんだかんだで寝室に移動した私たち。腕枕はちょっと寝心地が悪いので、私は現在、圭吾さんの脇の下にいます！　ぴたっとくっついて、「ケイゴサン」を堪能中でゴザイマスよぅ！　ぎゅううううっ！


そうしてピロートークしている中で知った事実。

どうやら、財務経理部のセンパイは私のことを狙っていた……らしい。

ひょえー！　本気なのですか!?

私はまったく、ええ、まったく何も、ぜんっぜん気づきませんでした。でも、そういうことには目ざといマメ橋センパイが、軽く牽制《けんせい》してくれていたようです。

私が地味子だった頃は「あんなの、俺でも余裕で落とせる」「ま、憐憫《れんびん》の情ってやつ」と言ったとか言わないとか。いやいや、たしかに地味でしたけどもね。で、その後、私が急にメタモってからは、「彼女にして連れ歩いたら自慢できる子」に変化したらしいので、まあ許しますがね。

センパイに言われるまでもなく、私がつい最近まで、ファッションにはまったく興味を示さないダサダサの地味子だったことは事実です。うちの家族も、そんな私を見て見ぬふりをしていたのでした。

おかーさん曰く……『下手に色気づいて、へんな虫がつくよりもいいわ』と、娘のおしゃれ関係のことには一切手を貸さず、長年かけて家事だけを仕込んだのだそうです。新婚旅行のお土産を届けに実家に行った際、オホホと笑いながら、そう教えてくれたのでした。ちょ、わざとやってたんかい！

でもまあ、私自身がそっち方面に興味がなかったのだから仕方ない。青春真っ盛りの時期でさえ、『キャッ！　彼にプリント用紙を手渡す時、手が一瞬触れ合って、びっくりして落としちゃった☆やだ、私の顔赤くない？　彼を好きなのバレちゃう！』というような淡い恋の思い出すら、一つとして作れませんでした。

社会人になってからは、誘われれば合コンに参加したりもしましたが、ネタ拾いにいそしみすぎていたため異性と会話が弾むはずもなく――

そうこうしてる間に、圭吾さんと同居するようになり、それから財務経理部のセンパイが、やたらと食べ物をくれたり、二人だけのお出掛けに誘われたりするようになりました。センパイって世話好きなんだなーと、私はスルーしていましたが、まさか下心があったとは。いや、そんなワケないでしょと、今でも少し……

圭吾さんもこのことに気づいていて、それとなく何度か釘を刺したつもりだったらしいのですが、それでもセンパイからのちょっかいはあった（らしい）。

社員を全員招待した結婚式の二次会で、『今後、下心があって既婚者に近づく者には、それ相応の報いがあるものと心せよ』と言っていたのは、彼に対する警告だったのだそーです……。うおぉ……そんなコトが私の身に起きるとはね！　シチュ的にはおいしー展開ですけども！


「大丈夫デスよ」

センパイのことで注意された私は、体を起こして圭吾さんのお腹に頭を乗せた。おぉう、腹筋ステキ。

「大丈夫、とは？」

「だって私、圭吾さんだけですもん。圭吾さんが相手なら、いくらでもイチャイチャしていたいけど、それ以外の人は……えーと……身も蓋もないこと言ってもいいですか?」

「……構わん」

「はい、ではお言葉に甘えまして。んと、つまり私にとって……圭吾さん以外の男性は『ネタ』なんです!」

「……は」

「ああもう、だから聞いたじゃないですか、言ってもいいですかって! BLですよ、BLのネタとして見ているんですってば! 例えば合コンの場では、いくつもオイシイお話を拾えるでしょ! それを元ネタにして、妄想を膨らますことができるのですっ!

『お客様お待たせしまし——!』

そこに、かつての恋人だった彼が、女と手を繋いで入店してきた。僕は——

とか、
合コン。人数合わせのために駆り出されたと言っていたけれど、俺はアイツが悪い女に引っかかるんじゃないかと気が気でならない。隣の席でそれとなく牽制《けんせい》していたら、アイツがテーブルの下でそっと手を握ってきた——

とか、それからそれから——」

「腐った妄想はいらん!」

「とにかくですよ? 私は確かに邪《よこしま》な目で男性を眺めているかもしれませんが、それはすべて、オホモダチのためなのです！」

って、あああ！　圭吾さんがぼんやりと天井を見なすっている！

圭吾さんの前では妄想を垂れ流ししないと誓ったはずなのに、つい調子に乗ってしまいました！っ！　ばかばか、私のばか！っ！

仰向けに寝転ぶ圭吾さんの上に乗っかり、顔を覗《のぞ》き込んだ。

「私は……っ！　私は、圭吾さんだけが大好きですからっ！」

肩に手をやり、力の限りに揺すぶりながら、気持ちをぶつける。

「いや――それではまだ足りないな」

圭吾さんは、その大きな手で私の後頭部を掴み、ぐいっと引き寄せると、唇をぱくりと喰べた。

「む、あ……！」

そして反対の手で私のお尻を撫で、ショーツのクロッチ部分をぐいっと脇にずらし――っ!?

ぐぐぐ、と圭吾さんがめり込んでくる。圧倒的な質量に打ち負かされてしまう。

「やあああっ！　ちょ、ああっ、け、けい……はいっちゃ、やぁーっ！」

「ユリにはもっともっと俺を刻んでしっかり捕まえておかないと、二次元にも持っていかれそうだ」

「二次元に『も』って、何ですかーっ！　って、なんでこんなに元気なんっ……ひゃうっ！」

私の意思とは裏腹に、体のほうは、あっという間に圭吾さんを呑み込んでいた。

圭吾さんの形をすっかり覚えてしまった私の中心は、圭吾さんが入ってきてやっと落ち着いたとばかりに、喜びで震えている。

「も、もう私は、とっくに圭吾さんに……捕まってます……」

圭吾さんは凄絶《せいぜつ》なまでに美しい笑みを浮かべ、私の頭を優しく撫でた。

「――俺の作戦勝ち、だな」

書き下ろし番外編

そのところ、覚悟はよろしいか

乱れた呼吸を整えながら、私は天井を眺めた。

最後の最後に階段を全力で駆け上がり、そこに達すると弾け飛ぶような解放感——からの、着地。息だって苦しいし、声も上げていたから、一気にその疲れがのしかかってくるのだ。

つまり、事後ですよ。事後ってやつ。エッチな事した、あとってやつですよ。

いまの私は、圭吾さんの隣で、ハァハァ言っている怪しい人なのです。……じゃなくて、この息切れはそれこそ圭吾さんと致したゆえのもので、いわゆる〝イッた〟直後は、マラソン大会でゴールした直後のようにぐったりとなってしまうのですよ。

もちろん、隣には私の首元へ顔を埋めるようにして、圭吾さんも息を整えていらっしゃる。私が達する直前に追い上げて、同時にフィニッシュ！

いやぁ……コントロールしてますね。器用ですね。すごいですね、圭吾さん。

折角の事後なので、その油断しきったお姿を観察いたしましょう。

まずね、まず……この、色艶めく息は、どう扱いましょうか！　空気を缶詰、せめてビニール袋に保存して、後日ちょっと圭吾さん成分が足りない時に、一人でスーハーしたいくらいです！　私の首周辺に掛かる圭吾さんの髪も、この人もしかして髪にまで神経行き渡ってるんじゃないの!?　と疑ってしまうほど、やたらと私の肌をくすぐってくる。

そっと手を上げて圭吾さんの背中に回すと、わずかに汗ばんでしっとりしている。私は圭吾さんのすべてが好きだけど、この肌触りはまた格別なものだ。肌フェチみたいだと思われるかもしれないが、それはあえて違うと言わせていただこう。圭吾さんの肌だから、好みなのだ。他に好きな点を上げればきりがなく、相手を好きになると、どこまでも突き抜けられるんだなと我ながら感心してしまう。

圭吾さんの体はとても張りがあって、触れると吸い付くような、といってもいい肌触り。メンズ的なヘアはそれなりにあるけど、胸毛と腕毛はない。そこ、大きいですよ？　重要です。サークルのメンバーには「胸毛上等むしろ全身よこせ」と体毛フェチもおりますが、私は毛に関してはモウ毛ッコウです。

さてさて、筋肉の話題に移りましょうか。自分的リポートは楽しいですね。

圭吾さんはごく普通の会社員してて、座り仕事が多いのに、なぜこんなミラクルボディをしているのでしょうか。背は高く足も長い、背中もうんと広いわで、さらに適度に筋肉がついた理想的な体型。いわゆる〝二次元のよくいるヒーロー像〟だ。二次元によくいるくせに、なぜ三次元でなかなか出会えないかってのが次元の差というか、なんというか……まあそれはいいとして。

仕事中はもちろんだけど、帰宅も遅いし……保つ秘訣はなんでしょう。以前聞いてみたことがあるのです。そうしたら、「……秘密」ですって！　いつか暴いてやりたいです。でもきっと圭吾さんのことだからこのスタイルはキープできるのでしょう。アイドルはトイレ行かない説のようなもので、圭吾さんは太らない。……ああ……是非私にも、その技教えてください。

そこまで悶々と考えていたところ、もぞりと圭吾さんが動く。

「んっ……あ、圭吾、さん……出ちゃ……」

「待ってろ。拭くから」

ようやく身を起こした圭吾さんは、自身を私のナカからゆっくり引き抜いた。毎度ながら、この瞬間がたまらなく寂しい。ようやく一つになれたのに、また離れてしまう気がするから。

圧迫感がなくなった箇所へ、圭吾さんがタオルを宛がう。……濡れやすい体質だったらしい私の腰辺りには、前もってタオルが敷かれているので、シーツを汚すことはない。ええ、敷いておいたのは圭吾さんです。ほんとこういう準備に余念がないというか、なんというか……

トロッと、交わりの残滓《ざんし》が私のナカから溢れ、それを圭吾さんはティッシュで軽く拭き取ってからタオルを当てる。……こうした事後処理ってあまり知らないのですが、私がぼんやりしている間に、甲斐甲斐しく世話をしてくださるのですよ、圭吾さんてば。

ほらほら、だっていろんなお話読むとさ、「あー！」で終わること多いじゃないですか。こういう地味な事後の処理、わからないじゃないですか。そして私はリアルな方の基礎知識、知らないじゃないですか！　……うっ、なんか泣けてきた。

よくもまあ、圭吾さんは私を選んでくださいました。オタクどころか腐った趣味を持っているのを知ったのに、よくぞ、よくぞ……！

「圭吾さん！」

「なんだ」

「ぎゅーっとしてください！　ぎゅーっと！」

抱きしめてもらおうと、仰向けのままの私は両手いっぱい圭吾さんに伸ばす。

「子供か」

苦笑しながら、それでも私の望んだとおりに抱きしめてくれる。もちろん、全体重かけないよう気を配りながら。圭吾さんと私の間に、胸が柔らかく潰れた。

「圭吾さん、圭吾さん」

「ハイハイ」

「けーごさーん」

「ハイハイ」

「もー。ハイハイじゃなくて、もっとなんかないですか？　ムツゴトとか愛の語らいとか！」

「ない」

「酷っ！　断るの、速攻すぎませんかっ！」

会話をしながら、圭吾さんの手は私の頭をヨシヨシと撫でてくれる。うっとりとそれに身を任せながら、軽口を叩きあった。

いわゆるピロートークは他愛ない話が多いけれど、なぜか圭吾さんはこの時とても饒《じょう》舌《ぜつ》になる（当社比）。だから、私はこの時間が大好きだった。

全裸、だけど。ええ……全裸、ですけど。

「ところで圭吾さん、明日のお夕飯は何がいいですか？」

「……ユリの作るものならなんでも」

「もー！　私は圭吾さんの好きなもの作りたいんですよ？」

「俺の好きなものはユリの料理だ。問題ないだろう」

「やーだー」

「それに、さっき夕飯食べたばかりだろ。そんな先のことは考えられん」

「チッチッチ。それがあきまへんねん圭吾はん」

「また微妙な関西弁使って……」

「あのですね、一家の台所を預かるようになり、わかったのですよ。ええ、身に沁みました」

私は全裸ということも忘れ、しかも圭吾さんに抱きしめられていることも忘れ、拳を握って力説をした。

「そう、メニューです！　献立です!!　おかーさん、いっつも困ってました。今夜何しようかしら、って朝イチで聞いてくるんですよ。おいおいこれから今日が始まるんだよマミィ。そんな私に夕飯の話を振るのかい？　と思ったものです。でもね、当時私は食事を作っていなかったからサッパリわからなかったんですけど、今ならその理由がわかります！　冷蔵庫と相談するって意味もわかりました！」

そうなんですよ。おかーさん、メニューが決まらないと人に聞いてくるから、適当でいいよって答えていた当時の自分をぶん殴りたいです。冷蔵庫にないものを買い足したり、メニューによっては下拵えが必要になったり、なによりバランスのいい食事を、と心掛けるなら、副菜も考えなきゃいけませんからね。

けっこう……大変……なのです……

圭吾さんと一ヶ月同棲（？）し、ただいま新婚ホヤホヤ家庭でありますが、食卓がマンネリ化していることもあって、どうしても新しい風を取り入れたい……のです！

「じゃあ魚」

精いっぱい主張したのに、圭吾さんはあっさりとそんな事を言いました。が、それで終わらせるわけにはいきませんよ！

「しょ、食材ですか……！　えーと、魚って、例えばどんな」

「いや、魚は魚だろ」

「魚にもね、種類があるのですよ。それに、生か焼くか煮るか揚げるという調理法も違いますが」

「ユリの気分で」

「だーーーーっっ！」

圭吾さんてば、私と一緒にいるせいでアホになってしまったんでしょうか？　こんな適当な圭吾さん、会社じゃ見たことありませんよ。

「私はただ、圭吾さんの食べたいものを作りたいって言っているんです！」

とうとう居心地のいい圭吾さんの懐から身を起こし、ベッドの上で正座して自分の膝をペチペチ叩く。もー、どうしてわかってくれないかなあ！

するると圭吾さんは、しばらく天井を見上げ、今度は忍び笑いを漏らした。

「クク ッ……ユリ、お前面白いな……」

「お、お、面白いってなんでですかっ」
「惚気《のろけ》にしか聞こえん」
えっっ！　そうなの!?
「あなたのために、か。それは嬉しい。ありがとう、ユリ。ただな、ユリも働いている
し、そのうえ家事全てこなしているじゃないか」
「は、はい……」
「逆を聞こう。俺は何をしたらいい？　ユリに何をしてあげられる？」
圭吾さんが私に？
そう聞かれると、なんて答えたらいいのやら。困惑していたけれど、一つ……そう、
一つだけ揺るがない答えがありました。
「……萌え」
「……は？」
私の答えが予想外だったのか、面食らった顔をみせた。その表情はとても貴重ですの
で、きちんと私の心の片隅にある秘密の小箱にしまいますよ！
「ええ、萌えです。圭吾さん全てが萌え対象です！　私はその萌えを生きる糧として日々
楽しく過ごすことができます！　これってすっごいことですよ？　圭吾さん！　いつも
萌えをありがとうございます!!」

言葉を重ねるたびにどんどん一人で興奮してしまい、矢継ぎ早に話し、最後は立ち上がって直角の礼をした。ええ、ほんと私の生きる原動力は、圭吾さんなのです！

「……」

あれっ。圭吾さんてば何か言ってくれないのかな。せっかくこんなにも素晴らしい生活ができているって言っているのだから、少しは反応見せてくれてもいいのに。

しかし私の予想に反して、圭吾さんはふかーーーーく溜息を吐く。

「……俺の見立てはまだまだか……」

予想していた答えと随分かけ離れていたようで、頭を抱えていた。えっ、この答え求めていなかったですか⁉

「あのぅ……三次元では一番圭吾さんが好きですよ？」

「それはフォローのつもりなのか」

「あっ、ハイ！　もちろんです！　てゆっか、圭吾さんだってさー、いっつも過去の事はぐらかすじゃないですかー。前も、〝圭吾さん慣れてる？〟と聞いたら答えてくれないし、〝ユリはそういうタイプだから〟なんて意味深なこと言うし、別に圭吾さんモテモテだったのは間違いないんですから今更嫉妬とかしません！　前にも申し上げましたが、ネタにもなりますし、そこのところ、覚悟はよろしいか！　――アダダダダダダ」

「黙って聞いていればお前というやつは‼　なにが覚悟はよろしいか、だ！　阿呆‼」

「ひぃぃ！　ほっぺた引っ張らないでぇぇ！　ごめんなさい大好きー！」

……とまあ、結局いつもの通り、昔の女関係は答えてもらえなかったのですが、一番大好き同士が一緒にいるんだからそれでいいだろってことで落ち着きました。

つまり、圭吾さんが言いたかったのは、私の作る料理なら何でも好きだし、肉も好きだけど特に魚がいい、と。それから、調理方法はその時々で冷蔵庫の在庫が違うだろうから、買い物の予定も含めて作りやすいものでよい、ということらしいです。もっと詳しく話してくれないとわかんないよ圭吾さん！

ただでさえ普段喋《しゃべ》るタイプじゃないんだから。

――三次元で唯一好きになった、男の人。

そんな人と、不意打ちとはいえ結婚したのがいまだに信じられないのです。

「おい。とりあえず風呂に行くか着替えるかどっちかにしろ」

「……わ、わああああっっ！」

全裸だったことをすっかり忘れていた私に、圭吾さんは見事な大外刈りを決めてベッドに沈め、なんと第二ラウンドが始まりました。

「ちょ、なっ、どっ！」

「〝ちょっと、なんで、どうして〟か？　……目の前で好きな女が胸揺らして立っているんだぞ。しかも全裸でだ。まだユリも元気そうだし、いいかと思って」

「〝も〟ってなんですか、〝も〟って！　いいかと思ってじゃありませんよ！　わ、わああっ！　圭吾さんのケイゴサンが復活してる！」

「愛してるよ、ユリ。料理もユリも、たくさん食べたい」

「ここでも〝も〟ですかー！　圭吾さーん!!」

連日にわたるイチャイチャにもかかわらず、圭吾さんは元気です。

そして私も、すっかりそれに慣らされております。

こんな幸せの毎日ですが、圭吾さんだって覚悟してくださいよ？　私はずっと圭吾さん一筋です。

――そこのところ、覚悟はよろしいか？

HokakuDaiSakusen
捕獲大作戦
あの大人気作品が
待望のコミックス化!!
大好評
連載中!
(毎月第四水曜日更新)
原作:丹羽庭子
Niwako Niwa
漫画:千花キハ
Kiha Chihana
純情腐女子のアブナイ同居ラブストーリー!
ETERNITY WEBMANGA
エタニティWEB漫画!
無料で
読み放題!
他にも人気漫画が多数連載中!!
今すぐアクセス!
エタニティ Web漫画
検索

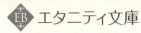

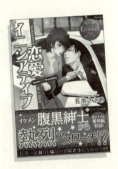

恋愛小説「エタニティブックス」の人気作を漫画化!

Eternity COMICS
エタニティコミックス

プラトニックは今夜でおしまい。

シュガー＊ホリック

漫画：あづみ悠羽　原作：斉河燈

10年待ったんだ

もういいだろう?

B6判　定価640円+税
ISBN 978-4-434-19917-2

ちょっと強引、かなり溺愛。

ハッピーエンドがとまらない。

漫画：繭果あこ　原作：七福さゆり

この独占欲は、

お前限定。

B6判　定価640円+税
ISBN 978-4-434-20071-7

Noche
ノーチェ
佐倉 紫
YUKARI SAKURA
A SUSPECTED ROYAL WEDDING
疑われたロイヤルウェディング
物わかりの悪い女には、仕置きが必要だな……。

Noche
疑われたロイヤルウェディング
佐倉紫
諦めきれない恋が、
王宮に波乱を呼ぶ
甘く激しいドラマチックストーリー！

本書は、2012年11月当社より単行本として刊行されたものに書き下ろしを加えて文庫化したものです。

エタニティ文庫

捕獲大作戦《ほかくだいさくせん》 1

丹羽庭子《にわにわこ》

2015年2月15日初版発行

文庫編集－橋本奈美子・羽藤瞳
編集長－塙綾子
発行者－梶本雄介
発行所－株式会社アルファポリス
〒150-6005 東京都渋谷区恵比寿4-20-3 恵比寿ガーデンプレイスタワー5階
TEL 03-6277-1601（営業） 03-6277-1602（編集）
URL http://www.alphapolis.co.jp/
発売元－株式会社星雲社
〒112-0012東京都文京区大塚3-21-10
TEL 03-3947-1021
装丁イラスト－meco
装丁デザイン－MiKEtto
（レーベルフォーマットデザイン―ansyyqdesign）
印刷－株式会社暁印刷

価格はカバーに表示されてあります。
落丁乱丁の場合はアルファポリスまでご連絡ください。
送料は小社負担でお取り替えします。

ISBN978-4-434-20201-8 C0193